Alan Sillitoe

La solitude du coureur de fond

nouvelles

TRADUITES DE L'ANGLAIS
PAR HENRI DELGOVE

Éditions du Seuil

TEXTE INTÉGRAL

EN COUVERTURE : illustration Copik Buntz

Titre original : *The Loneliness of the Long-Distance Runner*
Éditeur original : W. H. Allen, 1960

ISBN 2-02-012209-X
(ISBN 1re publication : 2-02-001465-3)

L'ONCLE ERNEST

Un homme entre deux âges qui portait un imperméable crasseux, était mal rasé et donnait l'impression de ne pas s'être lavé depuis un mois, sortit des cabinets publics avec un sac à outils en étoffe plié sous le bras. S'étant arrêté un instant au bord du trottoir pour ajuster sa casquette — ce qu'il y avait de plus propre dans son vêtement — il jeta un coup d'œil rapide à gauche et à droite et, quand la circulation se fut un peu ralentie, traversa la chaussée. On disait toujours son nom et sa profession d'un seul trait, même quand la nature de son métier n'avait rien à faire à l'histoire : Ernest-Brown-le-tapissier. Tous les soirs avant de rentrer chez lui, il laissait pour plus de sûreté son sac à outils chez le tenancier des water-closets publics près du centre de la ville, car il avait l'impression qu'il les égarerait ou se les ferait voler s'il les ramenait à son domicile, et si jamais pareille chose arrivait, il en perdrait son gagne-pain.

Le carillon d'une demi-heure se fit entendre à l'horloge de l'Hôtel de Ville. Au-dessus du théâtre, des taches de ciel bleu tenaient une position âprement conquise sur les nuages d'automne et un vent perfide se déclenchait par bouffées, faisant voler papiers et paquets de cigarettes le long des caniveaux non balayés. Ernest, le ventre creux, se préparait à prendre son *breakfast*. Il franchit donc le seuil d'un café en baissant d'instinct la tête, bien que les poutres fussent encore à un pied au-dessus de lui.

Le restaurant, vaste et tout en longueur, était presque plein. Ernest venait généralement y prendre son *breakfast* à neuf heures, mais ayant touché dix livres sterling la veille pour avoir recouvert un ensemble de trois pièces dans une taverne, il s'était attardé au bar le reste de la soirée à boire pinte sur pinte de bière de cette manière au ralenti et avec ce recueillement qui sont propres aux hommes vivant seuls. Résultat, il lui avait été difficile ce matin-là de s'arracher au sommeil réparateur que la bière lui avait procuré. Il avait le teint blafard et ses yeux étaient d'un jaune de mauvais aloi : quand il parlait, on n'apercevait derrière ses lèvres que quelques dents esseulées.

Etant parvenu à se frayer un chemin à travers une demi-douzaine de consommateurs bruyants, il atteignit le comptoir tout balafré et tailladé, refuge pour les mains, évoquant une plage de débarquement jonchée de débris entre les promontoires de deux fontaines à thé. La serveuse, une brune costaude et bien en chair, était fort affairée, aussi se dépêcha-t-il de parcourir le menu inscrit en grandes lettres blanches sur la cloison derrière elle. Il esquissa un geste timide de la main :

— Une tasse de thé, s'il vous plaît.

La femme brune le servit. Le thé jaillit d'un gros bec marron pour emplir une tasse dont une fêlure faisait l'effet d'un cheveu au-dessus de la couche de lait, et fut suivi d'une cuillère qui cliqueta au milieu de la vapeur.

— Et avec cela?

Il hésita pour commander : « Avec des toasts aux tomates. » S'emparant de l'assiette qu'on avait poussée vers lui, il retraversa lentement, à reculons, la cohue, pour faire demi-tour et se diriger vers une table de coin qui se trouvait libre.

Un fumet appétissant s'élevait de l'assiette; il s'empara de la fourchette et du couteau et avec les gestes nets et décidés d'un artisan, il découpa un angle du toast à la tomate, le porta lentement à sa bouche et le mangea avec appétit en faisant à peine attention aux gens qui étaient assis autour de lui. Le moindre geste qu'il faisait avec sa fourchette et son couteau, chaque découpage géométrique de sa tranche de toast, chaque mouvement de ses lèvres, se fondaient en un ensemble complexe et régulier qui lui faisait éprouver une grande satisfaction. Il mangeait lentement, silencieusement et avec volupté, ne s'occupant que de lui-même et de son corps que la mangeaille réchauffait et rendait de nouveau supportable. Le mouvement mesuré de sa cuillère, de sa tasse et de sa soucoupe contribuait au bruit familier des *breakfasts* tardifs dans ce café bondé et faisait l'effet d'une musique s'élevant de-ci de-là en rythmes variés.

Il y avait des années qu'il mangeait seul, mais il n'était pas encore fait à la solitude. Il n'arrivait pas à s'y habituer : il n'avait fait que s'y adapter provisoirement dans l'espoir qu'il parviendrait un jour à secouer son maléfice. Ernest ne se rappelait guère son passé et la vie glissait sur lui sans qu'il en perçût beaucoup l'écoulement. Il ne demeurait guère de souvenir saillant qui le rattachât à ce qui n'était plus, à part celui de morts et de mourants accrochés aux barbelés entre les tranchées adverses lors de la première guerre. Il lui était surtout revenu deux phrases aux lèvres au cours des années qui avaient suivi : « Je ne devrais pas être en Angleterre ; je devrais être mort en France comme les autres. » Le temps lui avait fait oublier ces phrases dont il ne lui demeurait qu'un vague écho sans paroles.

Il avait l'impression qu'on le traitait comme s'il avait été un revenant, comme s'il n'était pas fait de chair et de sang — ou tout au moins à ce qu'il lui semblait — et il s'était peu à peu mis à vivre tout seul. Sa femme l'avait quitté — à cause de son mauvais caractère, disait-on — et ses frères étaient partis vivre dans d'autres villes. Plus tard, il avait décidé d'aller les voir, mais s'en était finalement abstenu, parce que dans cette solitude même où il vivait, seule semblait en valoir la peine la volonté d'aller de l'avant en sachant en accepter davantage. Il sentait d'une façon confuse et inexprimée que de revenir en arrière et de retrouver les taudis et les événements marquants de sa jeunesse, les amis d'autrefois, les odeurs et les sons qui évoquaient de façon tangible des jours meilleurs, aurait été pour lui une sorte de mort. Il avait décidé qu'il valait mieux oublier tout cela parce qu'il lui semblait au demeurant probable qu'après la mort, quand celle-ci viendrait, il retrouverait toutes ces choses.

La commotion et les chocs cérébraux causés par les éclatements d'obus n'avaient pas marqué sa chair de cicatrices roses, aussi ce qui lui était arrivé à la guerre ne lui valait-il pas de titre de pension, et le mot de « lésion » ne lui était même jamais venu à l'esprit. Il y avait seulement qu'il se moquait de tout désormais : la ronde des années l'avait écrasé et par cela même lui avait rendu la vie supportable. Lorsque l'autre guerre arriva, il n'en subit pas le contrecoup au début et même les amendes qu'il eut à payer et les jours de prison à faire pour ne pas avoir de carte d'identité ou de carnet de rationnement — ou les avoir volontiers donnés à des déserteurs — ne l'arrachèrent pas à sa tolérable déchéance. Les heures de cauchemar des canonnades de la D.C.A. et les bombardements aériens qu'il passait à regarder stupidement les murs de la cave de la pension ramenèrent en lui de vagues images longtemps chassées et lui suggérèrent en même temps les mots décousus des deux phrases ineptes. Mais, compte tenu de la cadence à laquelle sa vie se déroulait, la guerre ne dura pas longtemps et de nouveau plus rien n'eut d'importance. Il vivait au jour le jour, ouvrier habile à réparer chaises longues, divans et fauteuils, se moquant de tout le monde. Tant qu'il avait eu du mal à trouver du travail et que la vie avait été difficile, il ne s'en était guère soucié, et maintenant que son affaire marchait et qu'il avait un peu d'argent, il n'y trouvait guère de différence, dépensant ses gains en bière sans jamais penser à s'acheter un nouveau complet ou une bonne paire de chaussures.

Il porta à sa bouche le dernier morceau de pain grillé et de tomate, puis but son thé dont il sentait les menues feuilles lui passer entre les dents. Après avoir fini de mastiquer il alluma une cigarette et reprit conscience des gens qui étaient assis autour de lui. Il était onze heures du matin et le café au plafond bas se vidait peu à peu, ne conservant plus guère qu'une douzaine de clients. Il se rendit compte qu'à une table on parlait courses de chevaux, et de la guerre à une autre, mais les mots ne faisaient que lui passer par les oreilles et n'avaient qu'un retentissement minime dans son cerveau : ils le laissaient calme et béat,tandis qu'il contemplait la disposition et le dessin des tables dans la salle. Il n'avait pas de travail avant deux heures de l'après-midi, aussi comptait-il demeurer assis jusqu'à ce moment là où il se trouvait. Pourtant, la gêne qu'il éprouva soudain de ne plus rien avoir à consommer sur sa table qui pût en justifier une occupation prolongée l'incita à aller au comptoir chercher une autre tasse de thé et des gâteaux.

Tandis qu'on le servait, deux petites filles entrèrent dans le café. L'une d'elles alla s'asseoir à une table, mais l'autre, l'aînée, vint au comptoir. En retournant à sa place, il aperçut la cadette qui s'était assise à sa propre table. Il en fut gêné et embarrassé, mais s'assit néanmoins pour boire son thé et couper son gâteau en quatre. La petite fille le regarda et ne détacha les yeux de sur lui que lorsque l'aînée fut revenue du comptoir en portant deux tasses de thé fumant.

Les deux fillettes se mirent à bavarder et à boire sans faire la moindre attention à Ernest qui se sentait pénétré peu à peu par leur conversation enfantine et pleine de réserve. Il leur jetait un coup d'œil de temps à autre avec l'impression qu'il n'aurait pas dû rester là bien que, quand il les regardait, il le fît avec gentillesse, avec des yeux pleins de sourires et de bonté. L'aînée des fillettes, qui devait avoir une douzaine d'années, portait un manteau marron trop grand pour elle, et bien qu'elle babillât et rît presque sans arrêt, il remarqua la pâleur de son visage et ses grands yeux ronds qu'il eût trouvé beaux s'il n'y avait décelé le genre de vivacité dénotant d'ordinaire le manque de soins et l'indigence.

La plus petite était moins animée et se contentait de sourire en répondant à sa sœur par quelques mots rapides. Elle se chauffait les mains tout en buvant son thé et ne reposa sa tasse que lorsqu'elle l'eut terminée. Elle tenait la tasse de ses doigts maigres et rouges, les yeux rivés sur les feuilles de thé au fond, et peu à peu la conversation se ralentit entre les deux fillettes qui finirent par demeurer silencieuses, laissant le champ libre aux bruits de la circulation qui parvenaient de la rue au-dehors et à ceux de l'intérieur produits par la femme brune qui lavait tasses et assiettes en prévision de l'affluence escomptée pour le repas de midi.

Ernest était en train de calculer combien de mètres de simili-cuir il allait lui falloir pour le travail qu'il devait faire dans l'après-midi, mais quand la petite se mit à parler, il l'écouta sans presque s'en rendre compte.

— Si tu as assez d'argent, je voudrais bien avoir un gâteau, dis, Alma.

— Je n'en ai plus assez, répondit l'aînée avec impatience.

— Mais si, tu en as, et je voudrais bien un gâteau.

Elle se faisait insistante, presque agressive.

— Alors, t'as qu'à continuer d'en avoir envie, parce qu'il ne me reste que deux pence.

— T'as assez de quoi m'acheter un gâteau, insista la petite en joignant ses doigts autour de sa tasse vide. On n'a qu'à ne pas prendre l'autobus pour rentrer : ce n'est pas si loin.

— On ne peut pas rentrer à pied à la maison : il va peut-être pleuvoir.

— Mais, non, il ne pleuvra pas.

— Bon, eh bien, moi aussi je voudrais bien un gâteau, mais on ne va pas faire tout le trajet à pied, prononça l'aînée d'un ton sans réplique en comblant toutes les failles qu'il pourrait y avoir dans son système de défense. La plus petite déclara forfait et ne dit plus rien, se contentant de regarder dans le vague droit devant elle.

Ernest, qui avait fini de manger, avait pris une cigarette qu'il alluma en faisant craquer une allumette contre l'attache en fer du pied de la table et, après avoir aspiré profondément il laissa la fumée lui sortir librement de la bouche. Comme la marée qui monte doucement sous le clair de lune et dont les premières vagues s'avancent vers les terres en recouvrant le sable, une impression de solitude aiguë s'emparait de lui, déclenchant une souffrance que des larmes ne pouvaient apaiser. Les deux fillettes assises devant lui étaient entièrement plongées dans leur problème et continuaient d'agiter la question de savoir si elles devaient ou non acheter un gâteau ou rentrer chez elles en autobus.

— Mais, avança l'aînée, il va faire froid pour rentrer à la maison à pied.

— Mais non, répliqua l'autre, quoique sans conviction.

Le son de leurs voix lui faisait percevoir combien il se sentait seul, chaque parole accroissant cette impression au point de lui faire toucher la profondeur de sa solitude et de sa détresse.

Le temps s'écoulait tout doucement : l'aiguille des minutes de l'horloge semblait calée dans une position invariable. Les deux fillettes se regardaient mutuellement et n'avaient pas conscience de sa présence : lui se retrancha en lui-même en sentant tout le néant de ce monde et en se demandant comment il arriverait à supporter tous les jours qui lui semblaient s'allonger sans but devant lui, comme des produits fabriqués qu'emporte une bande transporteuse déréglée. Il essaya de se remémorer tout ce qui lui était arrivé et se sentit désemparé quand il se rendit compte du vide de ses trente dernières années. Tout ce qu'il pouvait voir de son passé, c'était une brume grisâtre, et dans son avenir, la même brumasse mystérieuse qui ne dissimulait que le néant. Il avait envie de sortir du café pour trouver une activité qui pût dorénavant lui permettre d'enregistrer l'écoulement de ses jours sans but. Mais il n'arrivait pas à s'y décider. Il entendit que l'on pleurait et cela l'aida à s'arracher à ses pensées : il vit la plus jeune des deux fillettes, la main sur les yeux,qui sanglotait. « Qu'est-ce qu'il y a donc? » lui demanda-t-il avec sollicitude en se penchant par-dessus la table.

Ce fut l'aînée qui répondit pour elle en disant d'une voix sévère :

— Rien. Elle fait la bête.

— Mais il doit y avoir une raison pour qu'elle pleure. Qu'est-ce que c'est? insista Ernest d'une voix douce et rassurante, en se penchant davantage vers elle. Dis-moi ce qui te fait de la peine?

Puis il se souvint de quelque chose. Il l'extirpa, comme un fil électrique chargé de courant, d'un salmigondis de réalité et de rêve en s'accrochant à de vagues paroles qui flottaient quelque part dans son souvenir. La conversation des fillettes lui revenait à l'esprit par un processus compliqué de recherche dans sa mémoire.

— Je m'en vais aller te chercher quelque chose, hasarda-t-il. Veux-tu?

Elle détacha de ses yeux ses poings fermés et le regarda, tandis que sa sœur aînée le foudroyait du regard avec vindicte et lui disait :

— Nous n'avons besoin de rien. Nous allons partir.

— Non, ne vous en allez pas, s'écria-t-il. Restez assises ici et vous allez voir ce que je vais vous apporter.

Il se leva et se dirigea vers le comptoir en les laissant chuchoter entre elles. Il revint avec une assiette de pâtisseries et deux tasses de thé qu'il posa devant les fillettes. Celles-ci le regardaient en silence. La plus jeune souriait maintenant. Ses grands yeux ardents avaient une expression émerveillée, non sans suivre avec une certaine appréhension chacun des mouvements d'Ernest. Bien qu'encore hostile, l'aînée se laissait peu à peu gagner par les gestes secourables de ses mains, par ses paroles caressantes et par la bonté qui transparaissait sur le visage de l'homme. Lui était entièrement absorbé par son désir de faire plaisir, tout en luttant contre son sentiment d'esseulement qu'il n'avait pas oublié, mais se rappelait seulement comme un cauchemar qui vous reste à l'esprit.

Les deux fillettes qu'il avait fini par apprivoiser se mirent à manger les gâteaux et à boire leur thé à petites gorgées. Elles se jetaient des coups d'œil puis regardaient Ernest assis devant elles, qui fumait une cigarette. Le café était encore presque vide, et les quelques personnes qui mangeaient étaient trop accaparées par ce qu'elles faisaient, ou trop pressées d'absorber leur repas afin de s'en aller, pour faire attention au petit groupe dans le coin. Maintenant que la glace avait un peu fondu entre les deux fillettes et Ernest, celui-ci engagea la conversation avec elles.

— Est-ce que vous allez à l'école ? leur demanda-t-il.

C'était l'aînée qui prenait automatiquement l'initiative et qui répondit à ses questions.

— Oui, mais aujourd'hui, il a fallu qu'on monte en ville faire une course pour notre mère.

— Alors, c'est donc que votre mère travaille ?

— Oui, l'informa-t-elle. Toute la journée.

Ernest était lancé.

— Et c'est elle qui vous fait vos repas?

Elle daigna continuer de l'informer.

— Oui, mais le soir seulement.

— Et qu'est-ce que fait votre papa? poursuivit-il.

— Il est mort, fit la plus petite, la bouche pleine de mangeaille, osant pour la première fois se permettre de répondre.

Sa sœur lui lança un coup d'œil réprobateur pour bien

lui faire comprendre qu'elle avait commis une faute et qu'elle ne devait parler que si elle le lui permettait.

— Est-ce que vous allez cet après-midi à l'école ? reprit Ernest.

— Oui, fit le porte-parole.

Il sourit de sa prétention à détenir l'autorité.

— Et comment est-ce que vous vous appelez ?

— Alma, lui répondit-elle. Elle, c'est Joan.

Elle désigna sa cadette d'un léger mouvement de tête.

— Est-ce que vous avez souvent faim comme cela ?

Elle s'arrêta de manger et le regarda, incertaine de ce qu'elle devait répondre.

— Non, pas souvent, dit-elle sans se compromettre, tout en se jetant ardemment sur son second gâteau.

— Mais aujourd'hui vous aviez faim ?

— Oui, fit-elle en abandonnant toute diplomatie comme le papier froissé qui enveloppait le gâteau, qu'elle laissa tomber par terre.

Il ne dit plus rien pendant quelques instants, assis les poings fermés pressés contre les lèvres.

— Tenez, reprit-il soudain. Je viens déjeuner ici tous les jours, vers les midi et demi. Si jamais vous avez encore faim, entrez et venez me retrouver.

Elles donnèrent leur accord, acceptèrent la pièce de six pence qu'il leur remit pour prendre l'autobus, le remercièrent bien poliment et lui dirent au revoir.

Au cours de la semaine suivante, elles vinrent le voir presque tous les jours. Parfois, quand il était un peu à court d'argent, il calmait son estomac vide avec une tasse de thé, tandis qu'Alma et Joan se gobergeaient avec une nourriture plus consistante qui lui coûtait cinq shillings. Mais il en était heureux et éprouvait une immense satisfaction à les voir penchées avidement sur des œufs, du jambon et des pâtisseries, et le sentiment agréable d'avoir un but à sa vie l'apaisait au point que c'est à peine s'il se rappelait ses jours d'esseulement où pour lui la seule chance de communiquer avec quelqu'un se réduisait à aller s'enivrer dans un *pub* : il était heureux maintenant d'avoir à s'occuper de « ses petites filles » comme il avait pris l'habitude de les désigner.

Il se mit à dépenser de l'argent pour leur faire des cadeaux au point de s'endetter à sa pension. Il continuait à ne pas s'acheter de vêtements parce que, si naguère tout son argent filait en bière, c'était maintenant en cadeaux et en repas pour les fillettes ; il continuait donc de porter le même vieil imperméable crasseux et de ne pas mettre de col sur sa chemise. Sa casquette elle-même avait cessé d'être propre.

Tous les jours, dès qu'elles étaient sorties de l'école, Alma et Joan couraient prendre l'autobus qui montait vers le centre de la ville, et, quelques minutes plus tard, toutes souriantes et hors d'haleine, elles faisaient leur entrée dans le café où Ernest les attendait. Au bout de quelques semaines, comme Alma s'était rendu compte à quel point leur compagnie était précieuse pour Ernest, combien il était heureux de les voir et combien il avait l'air désemparé si elles avaient manqué de venir un jour, — ce qui maintenant était rare — elle se mit à réclamer de plus en plus souvent des cadeaux, davantage à manger, plus d'argent, mais d'une façon toujours tellement naïve et puérile qu'Ernest, dans cet oubli qui le contentait à un tel point, ne songeait pas à s'en offusquer.

Mais certains clients habituels du café ne pouvaient s'empêcher de remarquer que les fillettes lui demandaient constamment quelque chose et qu'il leur cédait immanquablement avec trop de bonne grâce et sans donner l'impression qu'il se rendait compte de ce qui se passait réellement, pour que cela ne dissimulât pas quelque chose. Jamais il ne lui serait venu à l'idée de demander le pourquoi de leurs requêtes, car ces deux fillettes, qu'il considérait presque comme ses propres filles, étaient les seuls êtres aimés qu'il eût au monde.

Comme il allait entamer son repas, Ernest remarqua les deux hommes habillés avec une certaine recherche qui venaient de s'asseoir à une table à quelques mètres de lui. Ils s'y étaient déjà installés la veille et également le jour d'avant, mais il ne s'appesantit pas sur cette constatation parce qu'Alma et Joan venaient d'entrer et se dirigeaient précipitamment vers sa table.

— Bonjour, oncle Ernest, lui lancèrent-elles avec enjouement. Qu'est-ce que nous allons manger aujourd'hui ? Alma jeta un coup d'œil sur la carte écrite à la craie sur le mur pour voir quels étaient les plats du jour.

Le visage d'Ernest abandonna l'expression d'intérêt machinal qu'il avait tant qu'il mangeait et un sourire heureux transforma ses joues, ses yeux et le dessin de ses lèvres.

— Ce que vous voudrez, répondit-il.

— Mais qu'est-ce qu'ils ont? demanda Alma avec une pointe d'humeur. J'arrive pas à lire leur gribouillage.

— Va voir au comptoir et commande toi-même, lui conseilla-t-il en riant.

— Donnez-moi de l'argent, alors, intima-t-elle en tendant sa main.

N'ayant pas l'assurance d'Alma, Joan demeurait à côté de sa sœur sans rien dire, l'air timide et nerveuse parce qu'elle ne comprenait pas encore le sens de cette transaction monétaire régulière entre Ernest et elles. Ne fallait-il pas craindre que le jour où elles attendraient qu'Ernest leur donnât de l'argent, celui-ci se montrât tout naturellement fort surpris et leur répondît qu'il n'avait rien pour elles?

Il venait juste d'achever la réparation d'un salon d'époque

et avait été réglé le matin même, aussi Alma reçut-elle cinq shillings et les petites s'en allèrent au comptoir choisir ce qu'elles allaient manger. Pendant qu'elles attendaient qu'on les servît, les deux hommes bien mis qui surveillaient Ernest depuis quelques jours se levèrent et vinrent à lui.

L'un d'eux prit la parole, l'autre ne disant rien et se contentant d'observer.

— Est-ce que ces deux enfants sont vos filles, ou des parentes à vous ? demanda le premier en faisant un geste de la tête vers le comptoir.

Ernest leva les yeux et sourit.

— Non, expliqua-t-il, d'une voix contenue. Ce sont simplement des petites amies à moi. Pourquoi cela ?

Les yeux de l'homme se firent durs et il dit sans ménagement :

— Quelles sortes d'amies ?

— Mais des amies comme cela. Pourquoi ? Qui êtes-vous ?

Il frémit, sentant une sorte de vague culpabilité se développer en lui pour une raison entr'aperçue qu'il voulait espérer ne pas être la bonne.

— Qui nous sommes ne vous regarde pas. Je vous prie simplement de répondre à nos questions.

Ernest éleva légèrement le ton, mais il n'osait tout de même pas encore regarder dans les yeux l'homme arrogant.

— Pourquoi cela ? s'écria-t-il. En quoi est-ce que ça vous regarde ? De quel droit me posez-vous ces questions ?

— Nous sommes de la police, précisa l'homme sèchement, et l'on nous a prévenus que vous donniez de l'argent à ces fillettes et que vous les poussiez au vice !

Ernest avait envie de rire, mais seulement de souffrance. Pourtant il s'en retint de crainte de déplaire aux deux détectives. Il voulut parler : « Mais... mais... » puis se trouva incapable d'en dire davantage. Il aurait voulu dire bien des choses, mais rien n'arrivait à sortir et un regard d'animal apeuré commença de se voir dans ses yeux.

— Vous, déclara l'homme avec rudesse, on n'a pas besoin de vos « mais ». Nous savons tout sur votre compte. Nous savons qui vous êtes. Cela fait des années, en fait, qu'on vous a à l'œil, et nous vous conseillons de laisser ces petites tranquilles et de ne plus vous occuper d'elles. Des hommes comme vous n'ont pas à donner de l'argent à des petites filles. Vous devriez savoir où ça vous mène et avoir un peu plus de jugeote.

Ernest parvint enfin à protester à voix haute.

— Mais puisque je vous dis que ce sont des petites amies à moi. Je ne leur veux rien de mal. Je m'occupe d'elles et je leur fais des cadeaux tout comme j'en ferais à mes propres filles. Elles sont les seules personnes que je connaisse. Qu'est-ce qui m'empêche de m'intéresser à elles? Pourquoi voulez-vous me les retirer? Qu'est-ce que vous croyez donc que vous êtes? Laissez-moi tranquille... laissez-moi tranquille.

Sa voix s'était élevée presque à un ton de défi, et les autres consommateurs du café tournaient la tête vers leur groupe et le regardaient en se demandant quelle pouvait être la cause de l'altercation.

Les deux inspecteurs agirent avec célérité et savoir-faire tout en n'ayant pas l'air de montrer la moindre précipitation. Ils encadrèrent l'homme qu'ils firent se lever et, en lui serrant étroitement les poignets, l'emmenèrent au-dehors en passant devant le comptoir. Comme ils passaient devant celui-ci, Ernest vit les deux petites qui tenaient leurs assiettes et le regardaient emmener, une expression de terreur et d'incompréhension dans leurs yeux.

Ils l'escortèrent ainsi jusqu'au bout de la rue où ils le retinrent pendant quelques instants pour lui servir un petit discours, tout en lui serrant toujours les poignets dans lesquels ils lui enfonçaient durement leurs doigts.

— Vous entendez : nous ne voulons plus avoir à entendre parler de vous. Si jamais nous vous repinçons avec ces petites, c'est au tribunal que vous vous retrouverez.

Le caractère irrévocable de cette menace possédait une force qui faillit faire perdre la raison à Ernest.

Il demeurait muet. Il aurait voulu dire bien des choses, mais les mots n'arrivaient pas à lui monter aux lèvres. Celles-ci frémissaient de honte et de haine, ce qui les rendait incapables de former des mots.

— Nous vous ordonnons simplement pour le moment, poursuivait le policier, de les laisser tranquilles. Vous avez compris ?

— Oui, parvint à répondre Ernest.

— Bon, alors, filez. Et qu'on ne vous revoie plus avec ces gamines.

Une seule chose lui restait sensible : la terre s'effondrait sous lui, une vague de terreur déferlait dans sa tête, et l'insupportable vide qu'il connaissait si bien partait d'un endroit minuscule et mystérieux en lui-même pour envahir tout autour de lui. Alors, il fut rempli de haine, puis d'une immense pitié pour l'animation qui se poursuivait autour de lui, et enfin, d'une pitié plus profonde encore envers lui-même. Il avait envie de pleurer, mais il n'y parvenait pas : tout ce qu'il pouvait faire, c'était de s'éloigner du lieu de sa honte.

Cependant, son angoisse s'atténuait avec chaque pas. Sa rancœur s'estompait peu à peu pour être remplacée par un sentiment dont il n'avait jamais encore connu la profondeur. Sa marche, comme il s'enfonçait dans la cohue de midi sur le trottoir, avait maintenant un but plus défini. Il lui semblait que rien n'avait plus pour lui d'importance désormais : il poussa la porte va-et-vient d'un *pub* et se dirigea vers le comptoir à travers la foule bruyante qui s'y pressait, les yeux rivés sur l'appât magnifique et irrésistible des chopes de bière qui lui apporteraient la seule et unique espèce d'oubli, et la meilleure.

LE MAITRE D'ÉCOLE

Maintenant que ses élèves se tenaient relativement tranquilles, M. Raynor regarda par la fenêtre de la salle de classe la vitrine de chez Harrison, le marchand de nouveautés, de l'autre côté de la rue pavée. La vue aiguisée par ses lunettes à monture d'écaille, il observait la nouvelle vendeuse qui levait les bras très haut pour atteindre du coton dans de petits tiroirs, geste qui lui étirait les seins sous son corsage bleu foncé, au point qu'on aurait cru qu'elle n'avait presque pas de poitrine. M. Raynor gratta ses pieds légèrement sur le barreau de son haut tabouret, objet d'une plaisanterie courante en étude : on prétendait qu'il avait donné une bonne pièce à l'homme chargé de l'entretien du matériel pour qu'il allongeât les pieds de ce tabouret afin de mieux arriver à voir par la fenêtre pour observer les faits et gestes des employés du magasin Harrison, de l'autre côté de la rue. La plupart des garçons qui étaient devant lui s'étaient tellement habitués à ses longs moments de distraction — pendant lesquels il les laissait tranquilles — qu'ils n'étaient plus tentés ou ne trouvaient plus le temps de faire des gorges chaudes pour la raison que tous connaissaient bien.

Quand la fille à la poitrine plate fut remontée au rayon de confection pour hommes, à l'étage au-dessus, une autre, petite, courtaude et massive, mais avec des seins plus agréablement bombés, apparut devant le milieu du comptoir où elle étala, tels les rais d'une roue, le contenu d'un carton de cravates multicolores devant un client qui venait d'entrer. Mais elle n'était pas davantage à son goût et il regretta une fois de plus la disparition de celle qui, selon lui, représentait la perfection suprême. Sur l'arrière-plan de la rue et de la boutique, avec dans l'intervalle une circulation dont son regard figé faisait aisément fi, il s'efforça d'évoquer son visage, opération malaisée, car les visages ne demeurent pas longtemps bien nets dans la mémoire, même quand il n'y a que dix jours qu'ils sont morts.

Elle avait dix-huit ans, il se le rappelait. Elle n'était pas très grande, avec des traits presque garçonniers sous ses cheveux châtains coupés courts, des yeux marron, des joues bien pleines et une bouche assez charnue, telle Aphrodite, ávait décrété à mainte reprise l'œil intérieur de M. Raynor, mais avec une expression un peu plus douce. Elle portait un cardigan marron sur un sweater de même couleur, combinaison qui ne lui avait permis que de fugaces aperçus tentateurs du buste de la jeune fille jusqu'à ce jour d'été où elle s'était dépouillée de son cardigan en lui révélant des seins du même style classique et des hanches assez étoffées complétées par des jambes toutefois un peu courtes, mais que rachetaient des mollets bien tournés. Il lui suffisait d'aller du comptoir au pied de l'escalier conduisant à l'étage supérieur du magasin pour que les principes d'arithmétique élémentaire de M. Raynor se réduisissent à des formules scolastiques stéréotypées débitées au plus vite, en laissant presque carte blanche aux élèves pour le restant du cours.

Ce que le souvenir n'arrivait pas à faire, l'imagination y suppléait. Sous l'influence d'impulsions sensuelles, cultivées de longue date, dans lesquelles sa femme et les siens n'avaient rien à voir, M. Raynor reconstituait une image tangible. Il réajusta ses lunettes, fit rouler sa langue sur la face interne, sèche, de ses dents, et racla une fois de plus ses pieds contre le barreau de son tabouret. En se déplaçant, la jeune fille avait imprimé à tout son corps un mouvement magnifique qui en avait mis en valeur les moindres parties, au point que M. Raynor en arrivait à avoir conscience de ses talons au-dedans de ses chaussures et de la pointe de ses doigts peut-être enfouis sous un rouleau d'une opulente étoffe. Un gros trolleybus emplit la rue de son avant-train peint en vert oblitérant sa vision par les affiches publicitaires qui décoraient le bandeau entre le dessus des fenêtres et l'impériale.

Frustré d'une façon aussi soudaine, il chercha une cigarette dans sa poche, mais la récréation n'aurait pas lieu avant une demi-heure. Il lui fallait en terminer avec cette classe-ci avant qu'elle ne parte au cours de géographie à dix heures. Le bruit fit irruption en lui, le replongeant dans la réalité comme dans l'eau glacée qui envahit un navire. Il avait affaire aux élèves de la classe supérieure, aux plus indisciplinés et aux plus ignares, un ramassis de petites brutes de quatorze ans sur le point de quitter l'école pour aller travailler dans les usines des alentours. Bullivant, le plus chahuteur de tous, ne consentit à se taire que lorsque le maître eut enfin détourné les yeux de la fenêtre, mais l'agitation n'en persista pas moins. La seule méthode à envisager était de les faire se tenir aussi tranquilles que possible pendant les mois qui restaient à s'écouler avant de leur ouvrir les grilles pour les laisser prendre leur essor dans le vaste monde, comme les jeunes animaux qu'ils étaient, avides de cigarettes et de football, de bière et de filles, et de la jungle des rues où ils iraient rouler leur bosse. Une fois qu'ils auraient filé, ce ne serait plus lui qui en serait responsable : ils seraient inscrits sur d'autres registres que le sien pour commettre des méfaits plus graves que ceux possibles dans le morceau de jungle qu'il lui fallait administrer pour son gagne-pain. Il aurait en tout cas fait tout ce qui était en son pouvoir pour des élèves aussi foncièrement intraitables et de mauvaise volonté.

— Allons, prononça-t-il d'une voix claire et forte. Un peu de silence là-dedans, maintenant.

Bien que le bruit n'en fût guère atténué, un souffle d'obéissance semblait être passé sur la salle. M. Raynor n'était pas une brute de magister, mais il y avait vingt-cinq ans qu'il faisait la classe et avait acquis un ton d'autorité auquel on ne résistait pas. Bien qu'il n'eût que rarement recours aux châtiments corporels, on savait bien que ce n'était plus un gringalet et qu'il n'hésitait pas éventuellement à y faire appel. Et l'on sentait nettement qu'il y avait plus de force dans la poigne d'un homme d'âge mûr que dans celle d'un jeune maître sans expérience. Aussi, quand il ordonnait à un garçon de se taire, obtempérait-on en général.

— Prenez vos Bibles, ordonna-t-il, et ouvrez-les au Livre de l'Exode, chapitre six.

Il regarda quarante-cinq mains, dont bien peu étaient propres, ouvrir leur Bible, comme elles faisaient de tout autre livre, en commençant par la fin, on ne sait pourquoi, pour remonter vers le début. De temps à autre, il percevait l'éclat des illustrations criardes çà et là dans la classe, éparses dans un fouillis de pages. Il se pencha en avant au-dessus de son bureau, se tenant le front d'une main, le coude reposant sur la table, car il s'était aperçu que Bullivant chuchotait quelque chose à son voisin et avait entendu l'autre ricaner.

— Handley, interrogea M. Raynor d'un ton délibérément sévère. Qui est Aaron ?

Un petit qui se trouvait dans le milieu de la classe se leva :

— Aaron qui est dans la Bible, m'sieu ?

— Oui, qui était-il, espèce d'âne ?

— J'sais pas, m'sieu, répondit le gamin, soit qu'il n'en sût vraiment rien, se dit M. Raynor, soit pour se venger d'avoir été traité d'âne.

— N'as-tu pas lu le chapitre que je vous avais dit hier de lire ?

Ça, c'était une question à laquelle Handley pouvait répondre.

— Oui, m'sieu, répondit-il avec empressement.

— Eh bien, qui était Aaron, alors?

Le rayonnement s'effaça sur-le-champ du visage qui se rembrunit, tandis que le gosse avouait : « J' l'ai oublié, m'sieu. »

M. Raynor se passa lentement la main sur le front. Il décida de changer de tactique.

— Ah! vraiment, hurla-t-il avec une telle force que le gamin en sursauta. Ne te rassieds pas, Handley. (L'enfant se redressa.) Cela fait un mois que nous lisons cette partie de la Bible, aussi tu n'as pas d'excuse pour ne pas répondre à ma question. Alors, qui était le frère de Moïse?

Bullivant psalmodia derrière Handley :

L'Eternel dit alors à Moïse :
Les Juifs auront le nez long comme un pan d' chemise,
Sauf pour ce qui est d'Aaron
Qui l'aura carré son piton
Et du pauvre vieux saint Pierre
Dont le sien s'ra une pomme de terre!

Le chuchotement étouffé parvint aux oreilles de M. Raynor et il aperçut plusieurs visages tout autour de Bullivant qui se contorsionnaient pour ne pas rire.

— Allons, voyons, Handley, reprit-il, qui est-ce qui était le frère de Moïse?

Le visage de Handley se mit à s'épanouir, quasi transformé par la lueur d'une inspiration inaccoutumée, étant enfin parvenu à saisir le sens de la ritournelle de l'autre.

— Aaron, m'sieu, fit-il.

— Et alors (M. Raynor espérait qu'il allait enfin aboutir) qui était Aaron?

Handley, qui avait cru que son supplice était arrivé à son terme en entendant un ironique bravo étouffé lancé par Bullivant, leva un visage décomposé par la détresse.

— J' sais pas, m'sieu.

Un soupir découragé, suffisamment discret pour que les élèves ne l'entendissent pas, échappa à M. Raynor.

— Assieds-toi, dit-il à Handley, qui le fit avec un tel empressement que le couvercle de son pupitre en sursauta. Le maître avait fait ce qu'il avait pu avec Handley et maintenant c'était au tour de Robinson qui se leva derrière son pupitre à quelques mètres de l'autre.

— Dis-moi, toi, qui était Aaron ? lui ordonna M. Raynor.

Robinson, plus malin qu'Handley, avait eu l'idée de garder sa Bible ouverte sous son pupitre pour pouvoir s'y référer.

— Un prêtre, m'sieu, répondit-il précipitamment. Le frère de Moïse.

— Bon, assieds-toi, fit M. Raynor. Maintenant, est-ce que tu le sauras, Handley ? De quelle section es-tu, Robinson ?

L'autre se leva de nouveau avec un sourire respectueux.

— Buckingham, m'sieu.

— Bon, tu auras un bon point.

Quand l'étoile verte eut été fixée sur le tableau d'honneur de l'effectif, M. Raynor commanda à l'un des élèves de faire la lecture à haute voix et une fois le bourdonnement monotone bien en train, il se retourna de nouveau vers l'espace s'étendant entre son tabouret et la vitrine du marchand de nouveautés. En amalgamant les silhouettes et les visages des vendeuses qu'il apercevait et en les laissant s'estomper, il s'efforçait de ressusciter la vision voluptueuse de celle qui était morte dernièrement, processus mental qui lui avait permis de supporter son emploi dans cette école, déclenché par cette plongée visuelle à travers la rue pavée dans la boutique d'Harrison, braquée sur les jeunes filles qui venaient y travailler à l'âge de quinze ans et en repartaient à vingt pour se marier. Il était devenu expert en matière de jouvencelles des faubourgs, les fluctuations de la main-d'œuvre et du marché matrimonial faisant de M. Raynor un amoureux volage qui trop souvent oubliait une grande passion au profit d'une nouvelle venue. Chaque fille « bien » recevait en esprit une mention spéciale en effaçant le souvenir de toutes celles qui l'avaient précédée, jusqu'à ce qu'une nouvelle fille « bien » se présentât comme une estampille fraîche de valeurs fiscales spirituelles en se substituant à celle d'avant! Les souvenirs s'enchaînaient ainsi de sorte qu'aucun ne se trouvait totalement aboli.

Mais le plus persistant avait été celui de la précédente vendeuse, arrière-plan d'une beauté inattendue, derrière la circulation du carrefour des rues sordides. C'était avec une espèce d'extase qu'il la regardait aller et venir, ou parler aux clients ou, les jours de pluie, demeurer immobile derrière son comptoir. Au premier rang, l'élève lisait avec un ton de prophète et le bruit lointain d'une mer tumultueuse commença de s'enfler en M. Raynor dont le rideau du souvenir se leva sur le roulement d'un vers de Baudelaire qui lui revenait soudain : *Timide et libertine, et fragile et robuste,* qui dépeignait le secret de la beauté classique et de la nubilité de la jeune fille, lequel s'évanouit quand la phrase riche de sang fut emportée par l'impériale d'un trolleybus tout plein de visages tendus et hébétés. Un jeune commis surgit des bureaux du marchand de biens, porteur d'une théière blanche, se faufila agilement entre les files de voitures et de camions arrêtés à un feu rouge et disparut en sifflotant dans un salon de thé un peu plus loin dans la rue.

L'océan de bruit qui avait baigné la voix monotone et pseudo-prophétique du garçon qui faisait la lecture s'enfla et atteignit un diapason que la discipline ne pouvait tolérer quand une vague submergea les paroles du lecteur et un autre bruit domina l'ambiance. Le maître regarda sa classe et aperçut Bullivant debout en train de cogner de toutes ses forces sur le garçon assis devant lui, et celui-ci qui levait les poings pour riposter.

M. Raynor, son visage enluminé, plus très jeune, penché par-dessus son pupitre, se mit à hurler avec une telle violence que le silence se fit immédiatement dans la classe.

— Viens ici, Bullivant, ordonna-t-il.

Libertine et robuste : la phrase se débattit et mourut, il planta une croix blanche dessus et l'abandonna.

Bullivant avança d'un pas traînant entre des rangées de camarades se demandant ce qui allait se passer.

— C'est lui qui m'a tapé dessus le premier, fit-il en approchant du tableau noir.

— Et maintenant c'est moi qui vais te donner une correction, lui renvoya M. Raynor en soulevant le couvercle de son pupitre et en y prenant une grande badine. Son adversaire le regardait faire d'un air hargneux et témoignait de la façon dont il se moquait du mauvais cas dans lequel il était présumé s'être mis en se retournant vers ses camarades pour leur adresser des clins d'œil. C'était un robuste gaillard de quatorze ans, vêtu de blue-jeans et d'un chandail gris.

— V's allez pas m' cogner d'sus, fit-il, j'ai rien fait pour ça, que j' vous dis.

— Tends ta main, dit M. Raynor, son visage passant au cramoisi. *Timide*. Non, pensa-t-il, pas précisément. C'est là le moins que je puisse faire. Je vais lui faire sortir un moment de la tête ses idées de teddy-boy !

Mais aucune main ne se tendait vers lui en réponse à l'ordre. Bullivant ne faisait pas un mouvement. M. Raynor lui ordonna de nouveau de tendre la main. La classe entière était tout yeux et les bruits de la circulation dans la rue n'arrivaient pas à étouffer les murmures qui s'échangeaient dans ce qui était censé être le silence. Bullivant s'obstinait à ne pas allonger sa main et il s'était écoulé assez de temps pour que M. Raynor pût dire qu'il avait assez patienté.

— Vous n'allez pas m' taper d'sus avec ça, reprit Bullivant, un éclair apparaissant dans ses yeux bleus à demi clos.

Un solide gaillard qui n'hésiterait pas à riposter. Le corps de la jeune femme, le bas de son sweater s'évasant sur ses hanches, tout cela s'évanouit sans bruit. La soif de vengeance de M. Raynor se trouvait mise en échec, mais elle fit place à une crise de fureur non moins ardente qui le contraignit à agir. Comme passait un trolleybus, il avança vers Bullivant et lui appliqua plusieurs grands coups de canne en travers des épaules, assenant chacun d'eux de toutes ses forces.

— Tiens, prends cela, lui criait-il, espèce de petit propre à rien !

Bullivant fit un écart et avant que d'autres coups aient pu l'atteindre et que M. Raynor ait pu se rendre compte que pareille chose était possible, le garçon se rua sur lui à coups de poing et un pugilat se déclencha, chacun s'efforçant de repousser son adversaire pour pouvoir mieux le frapper. M. Raynor se cambra, les jambes écartées, pour essayer de coincer Bullivant contre les pupitres, mais l'autre prévit la manœuvre et se faufila de sorte que la lutte se poursuivit bientôt entre les deux rangées de tables.

— C'est pas vous qui allez m'avoir, soufflait Bullivant entre ses dents. Pour qui donc qu' vous vous prenez ?

Il dégagea sa tête qui avait soudain glissé sous l'aisselle de M. Raynor, lança deux grands coups de poing qui manquèrent leur but et bondit comme une gazelle par-dessus une rangée de pupitres. M. Raynor réagit promptement et coupa la retraite du gamin qu'il attrapa solidement par le bras et, en lui lançant des regards fulgurants, le visage empourpré, il lui tordit le poignet cruellement l'espace d'une seconde, puis le relâcha et le repoussa gardant toujours sa canne en alerte au cas où Bullivant aurait voulu revenir à l'attaque.

Mais celui-ci acceptait la trêve et se contenta de dire :

— J'enverrai mon grand frangin vous faire votre affaire, et se rassit.

M. Raynor avait la sagesse de l'expérience. Il savait qu'il était inutile de prolonger le conflit jusqu'à sa conclusion logique, que cela n'aurait pu faire que compliquer les choses. Il allait se contenter du bon avertissement qu'il venait de donner à Bullivant et du fait qu'aucun des adversaires n'avait perdu la face dans ce loyal combat. Il alla se rasseoir sur son haut tabouret derrière son pupitre. Quelle importance cela avait-il, après tout? Bullivant et la plupart de ses condisciples s'en iraient dans deux mois et il arriverait bien encore à les mater pendant ce laps de temps. Et après les vacances, la progression scolaire lui amènerait d'autres Bullivant dans sa classe.

Il était dix heures moins cinq et pour que la classe s'achevât dans le calme, il prit sa Bible et se mit à lire d'une voix claire et forte :

« Alors l'Eternel dit à Moïse : (quelques ricanements se firent entendre!) Tu verras maintenant ce que je ferai à Pharaon; une main puissante le forcera à les laisser aller; une main puissante le forcera à les chasser de son pays. »

La classe qui commençait à dix heures et demie était consacrée à un cours d'arithmétique. Il ordonna aux élèves d'ouvrir leurs livres et de faire les exercices de la page cinquante-quatre. Il remarqua que les feuillets de nombre de livres étaient couverts d'inscriptions à l'encre, des phrases obscènes écrites en travers des figures et décorant les emplacements réservés aux « réponses », tels des tatouages sur les bras de vieux marins; dans un mois, ces pages, qui devaient en durer douze encore, seraient complètement illisibles. C'étaient des élèves plus jeunes que leurs prédécesseurs et leur rébellion se limitait pour le moment aux pages de leurs manuels.

Mais c'était encore là quelque chose qu'il fallait accepter et, tournant la tête vers la droite, il oublia le bruit de sa classe et guetta de l'autre côté de la rue les jeunes filles qui travaillaient dans le magasin de nouveautés. Eh oui, c'était bien la dernière la mieux de toutes celles qu'il pouvait se rappeler. Il en était arrivé à un point où il avait décidé, pour se guérir de son obsession, de lui parler un soir qu'elle quitterait le magasin. C'était là une bonne idée.

Mais elle lui était venue trop tard parce qu'un jeune homme s'était mis à l'attendre et à l'accompagner, tout au moins, semblait-il, jusqu'à l'arrêt de l'autobus. La plupart des jeunes femmes qui s'en allaient du magasin le faisaient pour une raison naturelle ou une autre (« *Timide et libertine, et fragile et robuste* », il n'arrivait pas à chasser la phrase de son esprit !) Certaines se mariaient, d'autres, il s'en était rendu compte, étaient devenues enceintes et disparaissaient ; quelques-unes s'étaient disputées avec le directeur et semblaient avoir été mises à la porte. Mais la dernière, avait-il appris en ouvrant son journal un certain soir sous le feu de signalisation du carrefour, avait été assassinée par le jeune homme qui venait l'attendre.

Trois trolleybus à impériale passèrent à la queue leu leu, mais il ne cessait de voir la jeune femme près de son comptoir.

— Silence ! rugit-il aux quarante visages qui lui faisaient face. Le prochain qui parle aura un coup de canne.

On n'entendit plus un bruit dans la classe.

LA GRAVURE DU BATEAU DE PÊCHE

J'ai été facteur pendant vingt-huit ans. Prenez cette première phrase : parce qu'elle est écrite tout simplement, elle peut porter à croire que c'est quelque chose d'important que j'aie été si longtemps facteur, mais je me rends bien compte que ça ne veut absolument rien dire. Après tout, je n'y peux rien si ça paraît avoir de l'importance pour certains seulement parce que j'ai écrit cela comme ça : mais c'est que je ne saurais le dire autrement. Si je me mettais à employer de grands mots compliqués que j'aurais été chercher dans le dictionnaire, je m'en servirais à bien trop de reprises : je n'en finirais pas de les répéter dans beaucoup de phrases, quand ce ne serait pas entre chacune d'elles. Aussi j'aime autant ne pas donner, en me servant de mots du dictionnaire, un air ridicule à ce que je vais écrire.

Cela fait aussi vingt-huit ans que je me suis marié. Cette déclaration est très importante de quelque façon que vous l'écriviez ou que vous la compreniez. Il s'est trouvé que j'ai épousé ma femme dès que j'ai eu un emploi stable, et le premier intéressant que j'ai déniché, ç'a été au Service des Postes (parce qu'avant j'avais été garçon de courses et aide-cuisinier). Il a bien fallu que je l'épouse dès que j'ai obtenu un poste parce que je le lui avais promis et qu'elle n'était pas de l'espèce de personnes à me laisser l'oublier.

Le soir de ma première paie, je suis allé la voir et je lui ai dit : « Qu'est-ce que tu en dirais si on allait faire un tour au bois de Snakey ? » J'étais fier comme un roi et nageais dans le bonheur, et parce que je ne pensais plus à ce que nous avions convenu, cela ne m'a pas paru drôle qu'elle me réponde : « Mais, bien sûr ! » Je me rappelle que l'automne tirait à sa fin, et qu'il y avait des feuilles empilées en tas comme de la neige, sèches et craquantes sur le dessus, mais toutes gluantes par en dessous. Sous la pleine lune et par un petit vent, nous avons traversé le verger des cerisiers, tout guillerets, bras dessus bras dessous. Soudain, elle s'arrête et se tourne vers moi, une grande fille osseuse pas mal balancée et assez jolie.

— Alors, tu tiens à aller dans le bois?

Quelle question ! Je me mets à rire :

— Tu sais bien que j'en ai envie. Pas toi?

On continue de marcher et au bout d'une petite minute, elle me dit :

— Oui, je veux bien. Mais tu sais ce qu'on va faire maintenant que tu as une situation assurée, hein ?

Je me demandais où elle voulait en venir et pourtant, je m'en doutais un peu.

— Nous marier ? hasardai-je, en ajoutant, après réflexion, c'est guère avec ce que je gagne qu'on pourra se marier, tout de même.

— Ça suffit en ce qui me concerne, qu'elle me répond.

Et voilà ! Elle m'a embrassé comme elle ne l'avait encore jamais fait. Et puis, on est entré dans le bois.

Elle n'a jamais été satisfaite de notre vie ensemble, et ça depuis le début. Moi non plus, parce qu'elle n'a pas perdu de temps avant de se mettre à me dire que tous ses amis — et surtout sa famille — ne cessaient de déclarer que notre mariage ne ferait pas long feu. Je ne pouvais pas répondre grand-chose à cela, parce que je m'étais rendu compte dès les premiers mois combien ils avaient raison. Je ne m'en faisais d'ailleurs pas pour autant parce que je ne suis pas le genre de gars qui se fait de la bile pour n'importe quoi. Si vous voulez savoir la vérité — le genre de choses que peu de gars voudraient admettre — de me marier, ça ne voulait rien dire de plus que de changer de crèche et de vieille : ce n'était pas plus compliqué que ça. Même ma paie, elle n'a pas changé de destination. Je la remettais tous les vendredis soirs et recevais cinq shillings pour mon tabac et une séance de cinéma. Notre mariage, c'en était un du genre où les frais de la noce et du gueuleton ça joue le rôle d'acompte et où vous continuez les versements avec votre paie à vie durant. C'est là que je me figure qu'on a dû prendre l'idée de la vente à crédit.

Mais notre ménage a tout de même duré plus des cinq minutes que tout le monde prédisait : il a duré six ans. Elle m'a quitté quand j'avais trente ans et qu'elle en avait trente-quatre. L'ennui, c'est que quand on avait des scènes — et des scènes on en avait : on s'engueulait, on se jetait des assiettes à la figure, toute la musique — ça avait trop l'air d'être de la souffrance, et quand on était bien lancés, il me semblait qu'on n'avait jamais rien fait que de se chamailler et de se faire du mal comme ça depuis le premier jour qu'on s'était vus, sans jamais un instant de répit, et que ça continuerait ainsi tant qu'on resterait ensemble. Mais la vérité, telle que je la vois maintenant — et telle que je la voyais des fois alors — c'est qu'on a passé bien des bons moments ensemble.

J'avais eu le pressentiment avant qu'elle s'en aille, un jour qu'on s'était bagarré plus fort que jamais, que notre temps comme mari et femme n'allait plus durer longtemps. On était assis chez nous un soir après le thé, chacun à un des bouts de la table, nos assiettes vides et la panse si pleine qu'il n'y a pas d'excuse pour ce qui allait venir. J'avais la tête plongée dans un livre et Kathy était tout simplement assise là.

Soudain elle me dit :

— Je t'aime pourtant, Harry.

J'ai pas tout de suite compris les mots, comme c'est souvent le cas quand on lit un livre. Alors elle a dit :

— Harry, regarde-moi.

Je lève la tête, je lui souris et je me remets à lire. Peut-être que j'ai eu tort et que j'aurais dû dire quelque chose, mais le livre était trop intéressant.

— Je suis bien sûre que toute cette lecture, ça ne te vaut rien pour les yeux, déclara-t-elle, en m'arrachant une fois de plus à l'absorbant monde brûlant des Indes.

— Mais non, lui dis-je sans la regarder.

Elle était jeune et encore jolie, avec un corps dans la trentaine qui crachait le feu et ne me permettait pas d'ignorer ses entêtements ou ses rognes.

— Mon vieux disait toujours qu'il n'y a que les ballots qui lisent des livres parce qu'ils ont tout à apprendre !

Les paroles me blessèrent avec tant de force que je ne pus résister à l'envie d'y riposter. Toujours sans la regarder je dis :

— S'il disait ça, c'est qu'il ne savait pas lire. Si tu veux mon avis, c'est qu'il était jaloux.

— Y a pas de quoi être jaloux de toutes les inepties dont tu bourres ta grande caboche, qu'elle dit, lentement, pour bien faire sentir qu'elle en pensait chaque mot. Je n'arrivais plus à suivre ma lecture : l'orage était trop proche.

— Voyons, pourquoi que tu ne prends pas un livre, toi, ma chérie ?

Mais pour ça, il n'y avait rien à faire : elle détestait la lecture.

Elle ricana :

— J'ai plus de jugeote, et puis j'ai bien trop à faire.

Alors je lui envoyai, mais pas trop violemment parce que j'espérais encore qu'elle n'allait pas répondre et que je pourrais finir mon chapitre :

— Eh bien, laisse-moi au moins lire, veux-tu? C'est un livre intéressant, et puis, je suis fatigué.

Mais cet argument-là ne fit que l'exciter de plus belle.

— Fatigué ? T'es toujours fatigué.

Elle partit d'un grand éclat de rire.

— Monsieur est fatigué! Tu ferais mieux de travailler un peu pour changer, au lieu de traîner les rues avec ton idiot de sac à lettres!

Je ne m'étendrai pas en répétant mot à mot tout ce qu'elle m'a dit. D'ailleurs elle n'en dit guère plus, avant de m'avoir arraché le livre des mains. « Espèce de crétin de liseur, qu'elle hurlait. Y connaît que ça, les livres, les livres, les livres, espèce de con... » Et elle jeta le livre dans le feu de la cheminée, en le poussant au beau milieu des charbons ardents avec le tisonnier.

Je n'étais pas content, aussi je lui flanquai une torgniole, pas très fort, mais une torgniole tout de même. C'était un livre intéressant et qui plus est, c'en était un de la bibliothèque. Il faudrait que je rembourse le prix d'un neuf! Elle sortit en claquant la porte et je ne la revis pas de la nuit.

Je n'allais pas me briser le cœur quand elle a mis les voiles! J'en avais assez d'elle. Tout ce que je peux dire, c'est que ç'a été heureux qu'on n'ait pas de gosses. Elle s'est trouvée prise une fois ou deux, mais cela n'a jamais été jusqu'au bout : chaque fois elle en devenait plus hargneuse et on n'arrivait pas à l'oublier pendant les quelques mois de vie paisible dans l'intervalle. Il aurait peut-être mieux valu qu'il nous vienne des mômes, on ne sait jamais!

Un mois après avoir brûlé le livre, elle est partie vivre avec un peintre en bâtiment. Ça c'est fait tout à fait en douce, sans criailleries, sans coups réciproques ou sans esquinter le charmant foyer. Un jour en rentrant du travail, j'ai seulement trouvé un billet pour moi : « Je m'en vais et je ne reviendrai pas », posé sur le dessus de la cheminée devant la pendule. Pas de traces de larmes sur le papier : juste huit mots au crayon sur une quittance d'assurances. Je l'ai encore dans le fond de mon portefeuille, je me demande bien un peu pourquoi.

Le peintre en bâtiment avec qui elle est partie habitait tout seul une maison de l'autre côté du passage. Il avait été pendant quelques mois en chômage, puis avait soudain trouvé du travail à une vingtaine de milles de là, à ce qu'on m'a dit plus tard. On aurait cru que ça faisait plaisir aux voisins de me raconter — après qu'ils ont été partis, naturellement — que ma femme et lui couchaient ensemble depuis près d'un an. Personne ne savait au juste où ils avaient filé : ils se figuraient sans doute que j'irais leur courir après. Mais l'idée ne m'en est jamais venue. Et puis, qu'est-ce qu'il aurait fallu alors que je fasse ? Le mettre K. O. et ramener Kathy en la traînant par les cheveux ? C'est pas mon genre.

Même maintenant, ce n'est pas la peine que j'essaie de me dire que je n'ai pas été désemparé par mon changement de vie. Une femme avec qui vous avez vécu dans la même maison pendant six ans, ça vous manque, malgré toute la vie de chien et chat que vous avez eue ensemble, bien qu'on ait eu aussi nos bons moments, ça, je dois le dire. Après son départ si subit, la maison n'était plus la même, avec les murs, le plafond et tous les objets qui s'y trouvaient. Et il y avait aussi quelque chose de changé au-dedans de moi, malgré que j'essayais de me dire que tout était du pareil au même et que le plaquage de Kathy, ça ne me faisait ni chaud ni froid.

Pourtant le temps m'a paru long pour commencer et je me suis senti comme un gars qui essaie de marcher comme avant avec une jambe de bois. Mais les longues soirées de l'été sont arrivées et je me suis trouvé heureux presque malgré moi, trop bien en tout cas pour m'accrocher à des impressions de tristesse et de solitude. Le monde se transformait et, à ce qu'il me semblait, moi aussi.

Autrement dit, j'arrivais très bien à me débrouiller, ce qui, pour une bonne part, voulait dire que je m'offrais tous les jours un bon repas à la cantine à midi, je me faisais un œuf à la coque pour le breakfast, sur le plat avec du jambon le dimanche, et mangeais quelque chose de froid, mais de consistant, avec mon thé tous les soirs. De la façon que ça allait, ce n'était pas une vie désagréable. Je m'y sentais peut-être un peu seul, mais j'avais au moins la paix, et je finis par m'y habituer petit à petit. Je finis même par ne plus sentir la solitude qui m'avait fait penser à trop de choses tout juste après qu'elle était partie. J'arrivai à ne plus m'en apercevoir du tout. Je voyais tous les jours assez de gens au cours de ma tournée pour que ça me dure toute la soirée et les week-ends. Des fois, je faisais une partie de dames au foyer des facteurs, ou allais boire une demi-pinte que je faisais durer, au *pub* du bout de la rue.

Cela a marché comme ça pendant dix ans. D'après ce que j'ai appris plus tard, Kathy était partie vivre à Leicester avec son peintre en bâtiment, puis elle était revenue à Nottingham. Elle est venue me voir un vendredi soir, le jour de la paie. Pour elle, évidemment, elle n'aurait pas pu mieux tomber.

J'étais appuyé à ma barrière dans la cour de derrière, en train de fumer une pipe. Mes tournées ce jour-là avaient été esquintantes et m'avaient donné du fil à retordre : ce n'avait été d'un bout à l'autre que des lettres qu'on m'avait rendues, des gens qui étaient partis sans que personne sache où ils étaient allés, d'autres qui mettaient dix minutes à se sortir du plumard pour venir signer une lettre recommandée, et maintenant, je me sentais tout détendu d'être à la maison, à fumer ma pipe dans la cour de derrière à la fin de cette journée d'automne. Le ciel d'un jaune pâle se faisait verdâtre au-dessus des toits et des antennes de radio. Les cheminées commençaient à cracher leur fumée du soir et on avait coupé le courant de la plupart des moteurs des usines. On aurait dit que c'était de très loin que parvenaient le bruit des mômes faisant la course en trottinettes autour des lampadaires, et les aboiements des chiens. J'allais me préparer à faire tomber les cendres de ma pipe et à rentrer à la maison pour m'y replonger dans la lecture d'un livre sur le Brésil, interrompue depuis la veille.

Je la reconnus dès qu'elle eut tourné le coin du passage et fut entrée dans la cour. Ça me fit tout de même un drôle d'effet; c'est pas en dix ans qu'on change au point qu'on ne vous reconnaisse pas, mais ça fait cependant assez longtemps pour qu'il faille regarder les gens à plusieurs reprises pour être sûr de ne pas se tromper. Et la fraction de seconde que ça prend, vous donne comme un choc à l'estomac. Elle ne marchait pas de sa démarche habituelle, comme si le passage avait été sa propriété avec tous ceux qui s'y trouvaient. Elle allait plus lentement que la dernière fois que je l'avais vue, comme si au cours des dix dernières années, à force de faire la prétentieuse, elle était allée se cogner dans un mur. Elle ne semblait plus aussi sûre d'elle et elle avait grossi. Elle portait encore une robe d'été avec un manteau d'hiver déboutonné et ses cheveux étaient teints en blond alors qu'autrefois elle les avait d'un joli châtain foncé.

Je n'étais ni content ni ennuyé de la voir : peut-être que c'est à cause de la surprise, parce que, pour ce qui est d'être surpris, je peux dire que je l'étais! Non pas que je me sois figuré que je ne pourrais jamais la revoir, mais vous savez ce que c'est, je l'avais tout simplement presque oubliée. Plus les années passaient, moins il me semblait que nous avions été mariés longtemps : ça se réduisait à une année, à un mois, à un jour, à la fraction de seconde d'une étincelle dans le noir avant de se réveiller. Rien qu'en dix ans, mes souvenirs s'étaient tellement éloignés qu'il n'en restait plus guère qu'un rêve. Parce que dès que je m'étais habitué à vivre tout seul, je n'avais plus guère pensé à elle.

Bien que son allure eût changé, je m'attendais encore à ce qu'elle me lançât quelque chose de rosse du genre de : « Tu ne t'attendais pas à me revoir revenir si tôt sur les lieux du crime, hein, Harry ? » Ou encore : « Tu t' figurais qu' c'était pas vrai qu'on retrouve toujours la même pièce fausse, dis ? »

Mais elle s'est tout simplement arrêtée :

— Bonsoir, Harry, fit-elle en attendant que je m'écarte du portillon pour qu'elle puisse entrer... Ça fait longtemps qu'on s'était vu, hein !

J'ouvris la porte et fis disparaître discrètement ma pipe vide.

— Bonsoir, Kathy, dis-je et j'avançai dans la cour de manière qu'elle puisse me suivre.

Elle boutonna son manteau en arrivant dans la cuisine comme si elle sortait de la maison au lieu d'y entrer.

— Comment vas-tu ? lui demandai-je en me tenant près de la cheminée.

Elle tournait le dos au poste de radio et on aurait dit qu'elle ne voulait pas me regarder. Peut-être que sa visite inattendue me faisait une drôle d'impression et il est possible que je l'aie laissé paraître sans m'en rendre compte sur le moment, parce que je me suis mis tout de suite à rebourrer ma pipe, chose que je ne fais jamais d'habitude. Je laisse toujours ma pipe refroidir avant de la bourrer une nouvelle fois.

— Moi, ça va.

C'est tout ce qu'elle me dit.

— Pourquoi donc que tu ne t'assieds pas, Kathy ? Je m'en vais faire un peu de feu.

Elle gardait toujours les yeux baissés comme si elle n'avait pas osé regarder autour d'elle les choses qu'elle connaissait bien, et qui étaient à peu près comme lorsqu'elle était partie. Pourtant elle en avait vu assez pour dire :

— Tu as l'air de bien te débrouiller tout seul.

— Qu'est-ce que tu croyais donc ? lui répondis-je, mais pas d'une manière sarcastique.

Je remarquais qu'elle avait du rouge aux lèvres, comme je ne lui en avais jamais vu mettre, et du rouge aux joues, et peut-être même aussi de la poudre, ce qui lui donnait un autre air et la vieillissait, à ce qu'il me sembla, plus que si elle n'avait rien mis du tout. Ce n'était pas grand-chose, mais ça suffisait pour faire disparaître à mes yeux — et peut-être aux siens — la personne qu'elle avait été dix ans auparavant.

— On dit qu'il va y avoir la guerre, dit-elle, histoire de causer.

J'attirai une chaise de sous la table.

— Allons, assieds-toi donc, Kathy, soulage donc un peu tes guibolles — un vieux cliché qu'on avait l'habitude d'employer, quoique je me demande bien pourquoi je l'ai ressorti alors.

— Non, je n'en serais pas surprise. Ce salaud d'Hitler aurait besoin d'un pruneau dans la tête, comme pas mal d'Allemands.

Ayant levé les yeux, je la vis qui regardait fixement une gravure représentant un bateau de pêche qui était accrochée au mur : un bateau brun et couleur de rouille, avec des voiles à demi déployées dans un pâle lever de soleil, pas loin d'une plage au long de laquelle marchait une femme portant un panier de poisson sur l'épaule. Il faisait partie d'une série que le frère de Kathy nous avait donnée comme cadeau de noces, mais on avait cassé les deux autres au cours d'une scène. Elle l'aimait beaucoup, cette gravure du bateau de pêche qui restait. Le dernier de la flotte, qu'elle avait coutume de l'appeler quand ça gazait entre nous.

— Comment ça va pour toi ? lui demandai-je. T'arrives à vivre ?

— Très bien, me répondit-elle.

Je ne pouvais me faire à l'idée qu'elle ne fût plus aussi bavarde qu'autrefois et qu'elle parlât d'une voix plus basse et plus monotone, qui avait perdu son mordant. Mais peut-être que ça lui faisait tout drôle de me revoir dans notre vieille maison après tant de temps ; avec toutes nos affaires comme elle les avait laissées. J'avais une radio maintenant : il n'y avait que cela de changé.

— T'as du travail ? lui demandai-je.

Elle semblait ne pas oser prendre la chaise que je lui offrais.

— Chez Hoskins, me répondit-elle, dans Ambergate. La manufacture de dentelle ! La paie est de quarante-deux *bobs* [1] par semaine. C'est pas trop mal.

Elle s'assit et boutonna le dernier bouton de son manteau. Je vis qu'elle regardait de nouveau la gravure du bateau. Le dernier de la flotte !

— C'est pas non plus tellement. Ils ne paient jamais que des salaires de misère et ça sera toujours comme ça sans doute. Où est-ce que t' habites, Kathy ?

En se lissant les cheveux, — on y voyait un peu de gris à la racine — elle répondit :

— J'ai une maison à Sneinton. C'est petit, mais je ne paie que sept shillings par semaine. Et puis c'est un quartier bruyant, mais ça me plaît comme ça. J'ai toujours aimé que ça remue, tu le sais bien. « Une chope de bière et un litre de boucan », c'est-il pas ce que tu me disais, hein ?

Je souris.

— Dire que tu te rappelles ça !

Mais elle n'avait pas l'air bien enjoué. Il manquait dans ses yeux cette étincelle de malice qui apparaissait souvent

1. *Bob* : shilling (N.d.T.).

dans le feu de joie de son rire. Les rides qui les entouraient ne servaient qu'à indiquer son âge et le passage du temps.

— Je suis content de voir que tu arrives à te débrouiller.

Ses yeux rencontrèrent les miens pour la première fois.

— T'as jamais eu beaucoup de réactions, pas vrai, Harry ?

— Non, répondis-je sincèrement. Pas des masses.

— Ça t'a manqué, fit-elle, mais d'un ton désabusé. Autrement, on se serait peut-être mieux entendu.

— C'est trop tard maintenant, lançai-je en me rendant bien compte de la cruauté de ce que je disais. J'ai jamais été très fort pour la bagarre et les discussions, tu le sais bien. Moi, je suis un pacifiste.

Elle me renvoya une plaisanterie dont on se mit à rire tous les deux : « Comme le gars Chamberlain ! » puis elle repoussa un plat vers le milieu de la table et mit les coudes sur la nappe.

— Ça fait trois ans que je vis toute seule.

Peut-être que c'est un défaut que j'ai, mais il m'arrive d'être curieux.

— Qu'est-ce qui est donc arrivé à ton peintre en bâtiment ?

J'avais pourtant posé cette question d'un air tout naturel parce que je n'avais pas l'impression d'avoir quelque chose à lui reprocher. Elle était partie, un point c'est tout. Elle ne m'avait pas laissé dans la panade avec un tas de dettes ou d'histoires comme cela. Je l'avais toujours laissée faire comme elle avait voulu.

— Je vois que tu as un tas de livres, me dit-elle en en observant un calé contre une bouteille de condiments et deux autres sur le buffet.

— Il me font passer le temps, répondis-je en craquant une allumette parce que ma pipe s'était éteinte. Moi, j'aime la lecture.

Elle resta quelque temps sans rien dire. Trois minutes, je me le rappelle parce que j'ai regardé l'horloge sur le buffet. Ça devait être l'heure des nouvelles à la radio et j'allais presque toutes les manquer. Ça commençait à devenir intéressant à cause de la guerre qui menaçait. Je n'avais rien d'autre à quoi m'occuper qu'à penser à ça pendant que j'attendais qu'elle parle de nouveau.

— Il est mort des coliques de plomb, m'expliqua-t-elle. Il a beaucoup souffert. Il n'avait que quarante-deux ans. On l'a emmené à l'hôpital un mois avant sa mort.

Sans vraiment lui en vouloir beaucoup je ne pouvais tout de même pas offrir mes condoléances. Après tout, je ne le connaissais pas.

— Je ne crois pas avoir dans la crèche de cigarettes à t'offrir, dis-je en regardant le dessus de la cheminée au cas où j'en aurais laissé une, tout en sachant bien qu'il n'y en avait pas.

Elle se recula quand je passai devant elle dans ma recherche, en faisant grincer sa chaise sur le parquet.

— Non, ne te dérange pas. J'ai la place de passer.

— Ne t'en fais pas, dit-elle. J'en ai sur moi. (Elle tâta dans sa poche et en sortit un paquet de cinq cigarettes tout écrabouillé.) T'en veux une, Harry ?

— Non merci. Ça fait vingt ans que je n'ai pas fumé de cigarette, tu le sais bien. Tu ne te rappelles pas quand je me suis mis à fumer la pipe ? Quand on se faisait la cour. Tu m'en avais fait cadeau d'une pour mon anniversaire en me disant que je devrais fumer la pipe parce que ça me donnerait l'air distingué ! Et c'est pourquoi j'ai jamais fumé autre chose depuis. Je n'ai pas mis trop de temps à m'y habituer et j'aime assez ça. En fait, je ne peut plus m'en passer !

Comme si tout ça était d'hier ! Mais peut-être que je parlais trop parce qu'elle montra un peu de nervosité en allumant sa cigarette. Je ne sais pas pourquoi elle était nerveuse parce qu'elle n'avait pas besoin de venir chez moi.

— Vois-tu, Harry, commença-t-elle en regardant la gravure du bateau de pêche et en me la désignant d'un signe de tête, je voudrais l'avoir.

Comme si elle n'avait jamais de sa vie rien désiré de plus que cela.

— Ce n'est pas une mauvaise gravure, hein? je me rappelle lui avoir répondu. Ça fait bien d'avoir des tableaux sur le mur, pas tellement pour les regarder, mais ça vous tient compagnie. Même quand on ne les regarde pas on sait qu'ils sont là. Mais tu peux le prendre si ça te fait plaisir.

— Tu le dis pour de bon? s'enquit-elle d'un ton qui fit que j'eus pitié d'elle pour la première fois.

— Bien sûr. Prends-le. Je n'en ai pas besoin. S'il me fait défaut, je n'aurai qu'à racheter une autre gravure, ou je mettrai là une carte du front.

C'était la seule gravure qu'il y eût sur ce mur à part la photo du mariage en dessous, sur le buffet. Mais j'évitais de lui parler de cette photo de crainte que ça lui rappelle des souvenirs pas agréables. C'est pour des raisons sentimentales que je l'avais gardée et j'aurais peut-être mieux fait de la faire sauter.

— Est-ce que t'as des gosses?

— Non, me répondit-elle, comme si ma question ne l'intéressait pas. Mais ça m'ennuie de te prendre ta gravure; j'aimerais mieux te la laisser si tu y tiens vraiment.

Nous restâmes assis là à nous regarder furtivement pendant un bon moment. Je me demandais ce qui lui était arrivé pendant ces dix dernières années pour lui faire parler de la gravure avec une telle envie. Au-dehors il commençait à faire sombre. Pourquoi donc qu'elle ne la bouclait pas sur ce sujet et ne se contentait-elle pas d'emporter la fichue gravure? Je la lui proposai donc une fois encore et, pour régler la question, la décrochai, en époussetai l'envers avec un torchon, la lui enveloppai dans du papier d'emballage et ficelai le paquet avec la meilleure ficelle du Service des Postes.

— Tiens, la voilà, dis-je en repoussant la vaisselle qui était sur la table et en lui posant le paquet devant ses coudes.

— T'es bien gentil pour moi, Harry.

— Bon, puisque ça me plaît. Qu'est-ce que ça peut faire qu'il y ait une gravure de plus ou de moins dans la maison? Et puis d'ailleurs, quelle importance a-t-elle pour moi?

Je vois bien maintenant que nous nous flanquions des rudes coups comme on n'avait jamais appris à le faire quand on vivait ensemble. J'avais tourné le bouton de l'électricité, mais comme ça avait l'air de la gêner de voir tout si nettement dans la pièce, je lui offris d'éteindre.

— Non, ce n'est pas la peine.

Elle se leva et prit le paquet.

— Je vais m'en aller maintenant. Il pourrait se faire qu'on se revoie une autre fois.

— T'as qu'à entrer quand ça te dira.

Pourquoi pas? Nous n'étions pas des ennemis. Elle déboutonna deux boutons de son manteau, comme si de les défaire lui donnait l'impression d'être plus à son aise dans ses vêtements, puis elle m'adressa un petit geste.

— Au revoir.

— Bonsoir, Kathy.

Je me rendis compte qu'elle n'avait pas souri ou ri franchement une seule fois pendant tout le temps qu'elle avait été là, aussi je lui adressai un sourire comme elle se dirigeait vers la porte, et ce qu'elle me renvoya ce ne fut pas le grand sourire insolent que je lui avais connu autrefois, mais une petite grimace de biais de ses lèvres, actionnées plutôt mécaniquement que par sentiment. Elle a dû en voir de dures, pensai-je, et elle a plus de quarante ans maintenant.

Là-dessus, elle s'en alla. Et il ne me fallut pas longtemps pour retourner à mon livre.

Un matin, quelques jours après, je remontais St. Ann's Well Road en distribuant mon courrier. Ma tournée prenait un bon moment parce qu'il fallait que j'entre dans presque toutes les boutiques. Il pleuvait, un petit crachin assez dru et l'eau roulait sur mon capuchon en trempant mon pantalon au-dessous des genoux, de sorte que j'étais impatient d'aller, quand j'aurais terminé, prendre une tasse de thé à la cantine où j'espérais bien qu'on n'aurait pas laissé tomber le feu. Si je n'avais pas été si en retard dans ma tournée, je serais entré dans un café en prendre une.

Je venais de déposer tout un paquet de lettres chez un épicier quand, en sortant, j'aperçus la gravure du bateau de pêche dans la vitrine du prêteur sur gages qui était à côté : celle que j'avais donnée à Kathy quelques jours avant. Il n'y avait pas à s'y tromper : appuyée contre de vieux niveaux à bulle d'air, des rabots sans lame, des marteaux rouillés, des truelles et une boîte à violon aux courroies arrachées, je reconnaissais une encoche dans la dorure près du coin de gauche en bas du cadre.

Pendant une demi-minute je n'arrivai pas à en croire mes yeux et à comprendre comment la gravure avait pu venir là, puis je revis les premiers jours de ma vie conjugale et le buffet tout chargé de cadeaux parmi lesquels, bien en vue, surgissait cette survivante du trio qui me contemplait d'au milieu des autres épaves de vies brisées. La voilà maintenant réduite à rien du tout, pensai-je. Elle a dû la vendre le soir même avant de rentrer chez elle, les prêteurs sur gages restant toujours ouverts très tard le vendredi pour que les femmes puissent aller y dégager les complets de leurs maris pour le week-end. Ou peut-être qu'elle l'avait vendue ce matin-ci, une demi-heure seulement avant que je ne fasse ma tournée. Il fallait qu'elle soit vraiment fauchée, la pauvre Kathy, me dis-je. Pourquoi ne m'a-t-elle pas demandé de lui prêter un ou deux shillings ?

Je ne réfléchis pas longtemps à ce que j'allais faire. Je ne le fais jamais. J'entrai dans la boutique et attendis devant le comptoir que le vieux gâteux de grigou à cheveux grisonnants eût fini d'inventorier le contenu des ballots, ouverts devant lui, de deux femmes aux traits tirés qui se penchaient dessus pour être bien sûres qu'il se rendait compte que c'étaient des articles de belle qualité qu'elles mettaient en gage. Je m'impatientais. En sortant de sous la pluie fraîche, ça puait dans la boutique les vieilles nippes et le bric-à-brac moisi ; et, par-dessus le marché, ça me mettait de plus en plus en retard dans ma tournée. La cantine serait fermée avant que je sois rentré et je me brosserais pour mon thé du matin.

Le vieux finit par se tourner vers moi et tendit la main.

— Y a du courrier pour moi ?

— Non, il n'y a rien, le père. Je voudrais seulement jeter un coup d'œil sur cette gravure que vous avez en vitrine, celle où il y a un bateau.

Pendant que les femmes continuaient de compter les quelques shillings qu'il leur avait donnés et enfournaient dans leur porte-monnaie les récépissés de dépôt, le vieux revint en portant avec soin la gravure comme si elle avait valu cinq livres sterling.

Dans ma vexation je ne pouvais douter que ce ne fût ma gravure qu'elle avait vendue, mais j'hésitais pourtant à le croire, aussi je la regardai de près pour être bien sûr que c'était vraiment elle. Par-derrière, une étiquette indiquait un prix que je n'arrivais pas à lire.

— Combien est-ce que vous en voulez ?

— Vous pouvez l'avoir pour quatre *bobs*.

Comme c'était généreux de sa part ! Mais je ne suis pas porté sur le marchandage. J'aurais pu l'obtenir à moins, mais j'aimais mieux payer un shilling de plus que de passer cinq minutes à ergoter. Je lui tendis donc l'argent et dit que je repasserais plus tard chercher la gravure.

Quatre misérables shillings, me disais-je en me remettant à patauger sous la pluie. Le sale voleur ! Il avait dû en donner à peu près un shilling six à la pauvre Kathy. Trois pintes de bière pour le tableau du bateau !

Je ne sais pas pourquoi, mais j'étais sûr qu'elle reviendrait la semaine suivante. Elle vint le jeudi, à la même heure, habillée de la même façon : robe d'été qu'on apercevait sous son manteau d'hiver marron dont elle ne pouvait pas laisser les boutons tranquilles, ce qui me faisait voir combien elle était nerveuse. Elle avait pris un verre ou deux en route et avant d'entrer fit une halte aux cabinets au-dehors. J'étais revenu du travail en retard et n'avais pas encore terminé mon thé. Je lui demandai si elle en voulait une tasse.

— Je n'en ai pas envie, me répondit-elle. J'en ai pris une tasse il n'y a pas longtemps.

Je vidai dans le feu le contenu du seau à charbon.

— Assieds-toi plus près du feu. Il fait un brin frisquet ce soir.

Elle en convint, puis regarda la gravure du bateau au mur. J'avais attendu cela en me demandant ce qu'elle dirait en l'apercevant, mais elle n'eut pas l'air surprise de le retrouver au même endroit, ce qui me déçut un peu.

— Je ne m'attarderai pas ce soir, fut tout ce qu'elle dit. Il faut que j'aille voir quelqu'un à huit heures.

Pas un mot au sujet de la gravure !

— Comme tu voudras. Comment ça va, le travail ?

— Dégueulasse, répondit-elle avec nonchalance, comme si ma question avait été indiscrète. On m'a vidée parce que j'avais envoyé bouler la contremaîtresse.

— Oh ! fis-je. Je dis toujours « oh ! » quand je veux cacher mes sentiments, bien qu'il y ait de fortes chances qu'à toutes les fois que je dis « oh ! » il n'y ait pas grand-chose d'autre à ajouter.

Je me demandais si elle n'avait pas envie de revenir vivre avec moi maintenant qu'elle avait perdu sa place. Si ça lui disait, moi, je voulais bien. Elle n'avait pas besoin d'avoir peur de me le demander, même maintenant. Mais ce n'était pas moi qui allais lui en parler le premier. Peut-être que j'ai eu tort, mais je ne le saurai jamais.

— C'est moche qu'ils t'aient vidée ! lançai-je.

Elle regardait de nouveau la gravure, quand alors elle m'a demandé :

— Pourrais-tu me prêter une demi-couronne[1] ?

— Mais bien sûr.

Je vidai la poche de mon pantalon et en extirpai une demi-couronne que je lui remis. Cinq pintes. Elle n'arrivait pas à trouver quelque chose à dire, et frotta ses pieds au rythme d'un air muet en elle-même.

— Merci beaucoup.

— Il n'y a pas de quoi, dis-je avec un sourire. Je me rappelai avoir acheté un paquet de cigarettes au cas où elle en voudrait une, ce qui montre bien combien je comptais qu'elle reviendrait. « Une cigarette ? » Elle en prit une et craqua une allumette sur la semelle de son soulier avant que j'aie pu lui offrir du feu moi-même.

— Je te rendrai la demi-couronne la semaine prochaine quand je toucherai ma paie. (Ça, c'est bizarre, que je me dis.) J'ai trouvé du travail tout de suite après avoir perdu l'autre, ajouta-t-elle en devinant ce que je pensais avant que j'aie eu le temps de le lui dire. Ça n'a pas demandé longtemps. Il y a tout le boulot qu'on veut dans les usines de guerre maintenant. Et ça paie mieux.

— Sans doute que ça va bientôt changer dans toutes les usines.

Je réfléchis qu'elle était en droit de me demander une sorte d'allocation — on était toujours légalement mariés, en somme — plutôt que de venir m'emprunter une demi-couronne. C'était son droit, je n'avais pas besoin de le lui rappeler et je n'aurais pas été tellement dérangé si elle m'avait entrepris là-dessus. Depuis tant d'années que j'étais céliba-

1. Deux shillings six pence (N.d.T.)

taire — comme on dit — je n'avais pas pu m'empêcher de mettre quelques livres sterling de côté.

— Je vais m'en aller maintenant, dit-elle en se levant pour boutonner son manteau.

— C'est bien vrai que tu ne veux pas une tasse de thé?

— Non, vraiment. Je vais sauter dans le trolleybus pour rentrer à Sneinton.

Je dis que j'allais la reconduire jusqu'à la grille.

— Ne te dérange pas, je sortirai bien toute seule.

Mais elle s'attardait pour m'attendre tout en regardant la gravure au mur au-dessus du buffet.

— C'est un beau tableau que tu as là. Il m'a toujours beaucoup plu.

Je lançai la phrase traditionnelle.

— Oui, mais c'est le dernier de la flotte!

— C'est pour ça que je l'aime.

Pas un mot sur le fait de l'avoir vendu pour dix-huit pence!

Je la reconduisis jusqu'au-dehors, n'y comprenant plus rien.

Elle revint me voir chaque semaine pendant toute la durée de la guerre, toujours le jeudi soir, vers la même heure. On faisait un bout de conversation sur le temps, la guerre, son travail et le mien, jamais sur des sujets importants. Souvent nous restions assis un long moment à regarder le feu d'où nous nous trouvions l'un et l'autre dans la pièce, moi près de la cheminée, Kathy un peu plus loin près de la table comme si elle venait de finir de manger, tous les deux sans dire un mot, mais sans se sentir gênés pour cela. Des fois, je faisais une tasse de thé, d'autres fois, pas. Je trouve que, maintenant que j'y repense, j'aurais bien pu me procurer une pinte de bière pour quand elle venait, mais ça ne m'est jamais venu à l'esprit. Non que je croie qu'elle en ait éprouvé le besoin, parce que ce n'est pas des choses comme cela qu'elle s'attendait d'ailleurs à trouver à la maison.

Elle n'a pas manqué de venir une seule fois, même quand elle était enrhumée l'hiver et qu'elle aurait été mieux au lit. Ce n'étaient pas non plus le black-out et la mitraille de la défense passive qui l'arrêtaient. En douce et sans éclat nous avions fini par trouver de l'agrément à ces réunions et nous attendions la suivante ; ce sont peut-être les meilleurs moments que nous ayons jamais passés ensemble. Ils nous ont certainement aidés à supporter les longues soirées mornes et monotones de la guerre.

Elle portait toujours le même manteau marron qui devenait de plus en plus miteux. Et jamais elle ne manquait de me taper de quelques shillings avant de s'en aller. Elle se levait : « Heuh... tu ne pourrais pas me prêter un demi-dollar, Harry ? » Je le lui donnais, parfois avec une plaisanterie : « Hé, hé, ne bois pas trop avec cela, dis », à laquelle elle ne ripostait jamais, comme si ce n'eût pas été convenable de plaisanter sur ce sujet. Jamais elle ne m'a rien remboursé, bien entendu, mais d'ailleurs ça ne me faisait guère défaut. Aussi jamais je ne lui refusais quand elle me demandait. Avec l'augmentation du prix de la bière, c'est trois shillings qu'elle se mit à me réclamer, puis trois shillings six pence, et enfin peu de temps avant sa mort, quatre shillings. Ça me faisait plaisir de pouvoir lui rendre service, d'autant plus que je me disais qu'elle n'avait personne d'autre. Je ne lui avais jamais posé de questions sur l'endroit où elle habitait bien qu'elle ait dit une fois ou deux que c'était du côté de Sneinton. Et jamais je ne l'ai rencontrée non plus au-dehors, dans un *pub* ou un cinéma. Nottingham est une grande ville à bien des égards.

Chaque fois qu'elle venait, elle jetait de temps en temps un coup d'œil à la gravure du bateau de pêche, au dernier de la flotte, accrochée au mur au-dessus du buffet. Elle disait souvent combien elle la trouvait belle et qu'il faudrait que je ne m'en sépare jamais, combien le lever du soleil, le bateau, la femme et la mer étaient bien rendus. Puis quelques minutes après, elle me laissait entendre combien elle eût aimé l'avoir, mais comme je savais que ça aboutirait chez le prêteur, je ne relevais pas l'allusion. J'aurais préféré lui prêter cinq shillings au lieu d'une demi-couronne plutôt que de lui voir emporter la gravure, mais elle n'avait pas l'air de jamais vouloir plus d'une demi-couronne au cours de ces premières années. Je lui ai dit une fois que je pourrais lui donner davantage si elle le voulait, mais elle ne m'a pas répondu. Je ne crois pas qu'elle voulût vraiment la gravure pour la vendre et en tirer de l'argent, ou pour l'accrocher chez elle : seulement pour avoir le plaisir de la mettre au clou et que quelqu'un l'achète pour qu'elle ne soit plus ni à elle ni à moi.

Quand, à la fin, elle me la demanda carrément, je ne vis pas de raison de la lui refuser. Comme je l'avais fait six ans auparavant quand elle était revenue me voir pour la première fois, je l'époussetai, l'enveloppai soigneusement dans plusieurs épaisseurs de papier d'emballage, la ficelai avec de la ficelle des Postes et la lui remis. Elle semblait tout heureuse de l'avoir sous le bras. On aurait dit qu'elle n'arriverait jamais à sortir assez vite de la maison.

Et ça se passa tout comme la première fois : quelques jours après, je revis la gravure dans la vitrine du décrochez-moi-ça, au milieu de la vieille camelote qui s'y trouvait depuis des années. Mais cette fois-ci je n'entrai pas pour essayer de la ravoir. En un certain sens, je crois que j'aurais dû, parce que Kathy n'aurait peut-être pas eu l'accident qui devait lui arriver quelques jours après. Bien qu'on ne sache jamais. Si ça n'avait pas été ça, ç'aurait été autre chose.

Je ne la revis pas avant sa mort. Elle s'était fait renverser par un camion à six heures du soir et elle était morte avant que la police ait pu me conduire à l'hôpital. Elle était pour ainsi dire réduite en charpie et elle est morte à bout de sang avant qu'on ait pu l'emmener. Le docteur me dit qu'elle devait avoir bu quand elle avait été renversée. Parmi ses affaires qu'ils me firent voir, il y avait le tableau du bateau de pêche. Mais il était si démoli et taché de sang que c'est à peine si je l'ai reconnu. Je l'ai brûlé dans la cheminée dans le courant de la soirée.

Quand ses deux frères, leurs épouses et leurs enfants m'eurent quitté avec l'air réprobateur qu'ils avaient pris envers moi, comme si j'avais été la cause de l'accident de Kathy, je suis resté auprès de la tombe en me croyant tout seul, dans l'espoir que j'allais finir par m'arrêter de pleurer. Mais va te faire fiche. Relevant soudain la tête j'aperçus un homme que je n'avais pas encore remarqué. C'était par un bel après-midi ensoleillé d'hiver, mais d'un froid glacial, et la première chose qui arriva à me changer les idées de sur Kathy, c'était la pensée qu'il avait fallu qu'un pauvre gars pioche la terre gelée pour creuser le trou dans lequel elle était maintenant. L'inconnu, un homme dans les cinquante et quelques années, avait des larmes qui lui roulaient sur les joues. Il était habillé d'un bon complet, mais avec un brassard noir au bras, et il ne s'en alla que lorsque le fossoyeur, qui en avait marre, lui toucha l'épaule — et à moi aussi — pour nous faire comprendre que c'était terminé.

Je n'avais pas envie de demander qui c'était. Et j'ai aussi bien fait. Quand je suis allé à la maison de Kathy, qui avait également été la sienne, il était en train de faire ses bagages et il est parti un moment après avec un taxi sans avoir dit un mot. Mais les voisins, qui savent toujours tout, m'ont expliqué que Kathy et lui habitaient ensemble depuis six ans. Qu'est-ce qui s'en serait douté ? Je regrettais seulement qu'il n'eût pas rendu Kathy plus heureuse.

Le temps a passé et je n'ai pas cherché à me procurer un autre tableau pour le mur. Peut-être une carte de la guerre ferait-elle l'affaire : le mur fait trop vide et j'espère bien qu'un gouvernement ou un autre aura l'amabilité d'en fournir. Mais, pour dire la vérité, il n'a vraiment besoin de rien pour le moment. Cette partie de la pièce est assez garnie par le buffet sur lequel se trouve toujours la photo des noces, qu'elle n'a jamais pensé à me réclamer.

Et quand je revois enfouies au fond de ma mémoire toutes ces vieilles gravures, j'en arrive à penser que je n'aurais jamais dû les laisser filer, et que je n'aurais pas dû non plus laisser partir Kathy. Quelque chose me dit que j'ai été stupide et une brute de le faire et, avec ma fichue poisse habituelle, c'est le mot de brute plus que celui de stupide qui m'est resté à l'esprit et y reste toujours et qui s'y est planté comme une arête de morue ou de congre, à m'en rendre dingo parfois quand la nuit je suis couché dans mon lit et que je pense.

J'ai commencé à trouver que ma vie n'avait aucun sens. Il était trop tard pour que je me tourne vers la religion ou que je me mette à boire. Pourquoi est-ce que j'avais vécu ? Je me le demande et je n'arrive pas à trouver de réponse. A quoi tout ça rime-t-il ? Et pourtant, dans les pires moments de mes insomnies, ce n'est pas tant à moi que je pense qu'à Kathy. Je me rends compte qu'elle a souffert bien plus que moi et je m'aperçois — le temps qu'une aspirine me calme une de mes perpétuelles migraines — que ma raison de vivre était d'avoir à ma petite façon rendu service à Kathy toute sa vie.

Je me demande souvent si je ne suis pas qu'une sale brute. Mais tous les hommes sont des brutes, que je me réponds. C'est bien vrai, je le sais. Seulement, la plupart ne s'en rendent pas compte comme je commence à le faire, et il est bien malheureux que cela m'arrive quand ça ne me sert plus à rien et qu'il est trop tard pour que je fasse autre chose qu'un mauvais usage de cette découverte.

C'est alors que l'optimisme surgit des ténèbres comme un chevalier avec toute son armure. Si tu l'avais aimée... (mais bien sûr que je l'ai aimée...) alors vous avez tous les deux fait la seule chose susceptible de demeurer en vous comme un souvenir d'amour. Allons, n'est-ce pas vrai ? Le chevalier tout caparaçonné rentre dans les ténèbres. Eh oui, je pleure, mais ni l'un ni l'autre n'avons rien fait pour y porter remède, et c'est bien ça le malheur.

LE MATCH

Bristol City venait de matcher contre *Notts County* et avait gagné. Dès le coup d'envoi, Lennox avait eu l'impression que *Notts* allait perdre, non à cause d'une connaissance prophétique des possibilités de chacun des joueurs du club local, mais parce que lui-même, en tant que spectateur, ne s'était pas senti au mieux de sa forme. Son pessimisme systématique l'avait incité à avertir charitablement son copain, le mécano Fred Ironmonger, qui assistait au match à côté de lui : « J' savais bien depuis le début qu'ils étaient pas foutus d' gagner. »

Vers la fin du match, quand *Bristol* avait marqué le but gagnant, c'est à peine si l'on parvenait à voir les joueurs, et le ballon n'était plus qu'une boule de brouillard que l'on envoyait à coups de pied d'un bout à l'autre du terrain. Au-dessus des tribunes, les panneaux publicitaires proclamant les mérites de pâtés de porc en croûte, de bière, de whisky, de cigarettes et autres voluptés des soirées de week-end, s'effaçaient en même temps que l'après-midi.

Ils étaient dans les tribunes debout à un shilling trois pence. Lennox s'efforçait de ne pas perdre le ballon des yeux, de suivre chacun de ses trajets erratiques, résultat d'un coup de pied bien appliqué, mais après être passé, pendant dix minutes, d'un joueur à peine visible à un autre, il porta son regard sur les spectateurs qui se serraient dans les tribunes en gradins s'allongeant des deux côtés du terrain en deux grands arcs de cercle qui se rejoignaient confusément par leurs extrémités. Comme il n'arrivait pas à mieux les voir, il frotta ses yeux défaillants de son poing fermé en pressant de toutes ses forces, comme si la douleur allait leur redonner un regain d'acuité. Peine inutile. Le seul résultat avait été de produire une série de carrés grisâtres dansant devant ses paupières ouvertes et, lorsqu'ils se dissipèrent, il ne voyait pas mieux qu'auparavant. Une telle infirmité lui donnait, lors d'un match de football, un air plus flegmatique que Fred et la plupart de ceux qui les entouraient, lesquels faisaient marcher des crécelles, agitaient chapeaux et écharpes et poussaient des cris à pleine gorge à chaque nouvelle fluctuation du jeu.

Pendant sa cécité momentanée, les avants de *Notts* avaient attaqué et convergeaient vers le but de *Bristol*, et un shoot magnifique de l'un d'eux avait donné naissance à de vains espoirs, déclenchant sous la voûte du ciel gris et lourd une salve d'applaudissements, vite arrêtée.

— Qu'est-ce qui se passe? avait demandé Lennox à Fred. Qui est-ce qui a marqué? On a marqué un but?

Fred était plus jeune que son compagnon. Nouveau marié, il portait son meilleur veston sport des dimanches, un pantalon de gabardine et un imper, et ses cheveux bruns étaient peignés en arrière et soigneusement lissés à la brillantine.

— La semaine des quatre jeudis, répondit-il en riant. Mais ils ont fait de leur mieux, ça, je peux te le dire.

Le temps que Lennox ait pu arriver à rattraper des yeux les joueurs, la lutte s'était déplacée vers le but de *Notts*, et *Bristol* s'apprêtait à marquer un point. Il distingua l'un des joueurs qui parcourait le terrain en courant, entendant en lui-même le martèlement sourd des chaussures sur l'herbe mouillée toute piétinée. Une grappe d'adversaires se déploya en ligne et se mit au trot à sa poursuite. Soudain, l'homme qui avait le ballon fonça en un sprint et on le vit bien détaché des autres, comme si, en l'espace d'une seconde qui n'avait existé ni pour les spectateurs, ni pour aucun des autres joueurs, il s'était trouvé catapulté dans une zone sacrée devant les montants du but, où nul ne pouvait l'atteindre. Le cœur de Lennox cessa de battre. Il essaya de regarder entre deux épaules massives impossibles à faire bouger qui, pensait-il avec colère, étaient venues se placer devant lui dans l'intention bien arrêtée de l'empêcher de voir. Il aperçut le renégat d'avant-centre de l'équipe adverse qui, telle une marionnette qu'eût fait manœuvrer quelqu'un d'au-dessus des nuages bas, allongeait en arrière, pour se préparer à shooter, sa jambe à la lourde chaussure. « Allez, Lennox eut-il le temps de dire. Qu'est-ce que vous attendez pour foncer dessus, bande d'endormis. Ne le laissez pas le placer ! »

Le gardien de but, d'animal faisant les cent pas dans le territoire qui lui était dévolu entre les montants dont il assurait la défense, se transforma en un singe bondissant, bras et jambes écartés, puis en un vulgaire bâton qui s'abattit en pivotant, et manqua le ballon qui passa à toute vitesse à côté de lui pour aller se perdre dans les mailles du filet en arrière.

Dans le vacarme général, l'accalmie qui s'ensuivit fit l'effet de silence à la multitude de spectateurs qui se pressaient autour du terrain. Chacun avait décidé en lui-même que la partie, toute médiocre qu'elle fût, se terminerait par un match nul, mais il ne faisait pas de doute, désormais, que *Notts*, l'équipe locale, serait battue. Un formidable rugissement de déception aussi bien que de joie s'éleva des quelque trente mille spectateurs qui n'auraient jamais pensé que *Bristol City* allait s'adjuger la victoire avec une telle facilité, ou qui avaient espéré un miracle de leurs propres champions à la dernière minute, passa pardessus les galeries bondées et déborda dans les rues au-dehors, où des groupes de gens, émus du bruit qui s'élevait soudain du stade, se demandaient quelle était l'équipe qui avait gagné.

Fred riait comme un fou, sautant en l'air et beuglant quelque chose à mi-chemin entre des vivats et une colère s'exprimant en hilarité, comme s'il entendait en avoir pour son argent, en application de ce principe que mieux vaut voir l'adversaire marquer un but qu'assister à un match nul.

— Tu te rends compte ? lança-t-il à Lennox. Non, mais, tu te rends compte ? Quatre-vingt-quinze mille *quids* partis en fumée !

Sachant à peine ce qu'il faisait, Lennox atteignit une cigarette et l'alluma.

— C'était bien la peine ! proféra-t-il avec amertume : ils ont perdu ! Dire qu'il ne tenait qu'à eux de gagner...

Et il ajouta par-devers lui qu'il ferait tout de même bien de s'acheter des lunettes pour voir un peu mieux. Sa vue avait baissé à un tel point depuis quelque temps qu'il s'était mis à loucher et que la vision de ses yeux se contrariait dès qu'il regardait un peu loin. Au cinéma, il lui fallait s'asseoir au premier rang, et ce n'était jamais lui qui reconnaissait un copain rencontré dans la rue. Le résultat, c'est qu'il n'était plus capable de suivre des matches de football alors qu'il se rappelait avoir pu distinguer la physionomie des différents joueurs et même vu nettement tous les spectateurs autour du terrain, ce qui ne l'empêchait pas de vouloir se persuader qu'il n'avait pas besoin de verres et qu'avant longtemps sa vue ne manquerait pas de s'améliorer. Une conséquence plus humiliante d'une telle déficience visuelle, c'est qu'on se mettait à l'appeler « Guigne-à-gauche » ! L'autre jour au garage où il travaillait, alors que les camarades étaient réunis pour la pause du thé, l'un d'eux, ne l'ayant pas aperçu dans la salle, avait demandé : « Où donc est Guigne-à-gauche ? Son thé va être froid. »

— Quelle poisse, lança Fred, comme si personne n'était encore au courant du dernier but. C'est pas croyable.

Les acclamations et les huées commençaient à s'apaiser.

— Quelle nouille que ce gardien de but, fit Lennox avec un juron, sa casquette enfoncée jusqu'aux yeux. Il ne serait même pas capable d'attraper un bon rhume.

— C'est un coup de chance, déclara Fred avec réticence, mais ils ont fait ce qu'il fallait pour ça, faut croire.

Il se calmait peu à peu bien que la déception finît par s'infiltrer jusque dans son corps et son âme de nouveau marié.

— Bon Dieu, j'aurais mieux fait de rester chez moi avec

ma bourgeoise. J'y aurais eu plus chaud, ça, j'en suis sûr. J'aurais même pu m'offrir une partie de pageot-maison si j'avais su lui demander!

La gaudriole et le clin d'œil étaient à l'intention de Lennox qui se débattait encore dans les remous de sa propre défaite.

— Je sais bien que tu ne penses guère qu'à ça maintenant, lui renvoya-t-il avec un sourire de travers.

— C'est peut-être vrai, mais tu sais, j'obtiens pas toujours ce que je veux.

Il était tout de même manifeste qu'il en obtenait assez pour garder bon moral malgré le froid et un match de football décevant.

— Bon, déclara Lennox, mais tout ça ne tardera pas à changer, tu peux être tranquille.

— Pas si je sais y faire, répondit Fred avec un large sourire. Et je reconnais que c'est meilleur après un mauvais match que si j'étais pas allé en voir un.

— Pour un mauvais match, t'as jamais dit si vrai, assura Lennox. (Il se mordit la lèvre de rage.) Quelle équipe! Elle trouverait le moyen de se faire battre au football à vent[1].

Derrière eux, une femme emmitoufflée dans une épaisse écharpe de laine aux couleurs bleu et blanc des joueurs de *Notts*, qui avait crié tout le temps du match à s'en rendre aphone pour encourager l'équipe locale, pleurait presque d'avoir vu les adversaires marquer un but.

— C'est pas régulier. Qu'ils foutent le camp, les salauds. Qu'on les réexpédie à Bristol d'où qu'ils viennent. C'est pas régulier, que je vous dis.

Tout autour d'eux les gens tapaient des pieds pour se réchauffer. Cela faisait plus d'une heure qu'ils luttaient contre ce froid qui leur gagnait peu à peu tous les membres, dans

1. Football à vent (*blow football*). Jeu d'enfants où l'on joue avec des balles en celluloïd que l'on actionne en soufflant dessus (N.d.T.).

l'espoir de voir leur équipe locale remporter au moins un match avant Noël. C'est à peine si Lennox arrivait à sentir ses propres pieds et il n'avait même pas envie d'essayer de les ranimer, surtout avec le vent glacial qui redoublait de violence, et un but qu'on s'était laissé prendre si facilement ! Sur le terrain, le jeu s'était fait décousu, car il ne restait plus que dix minutes avant la fin. Les deux équipes se massaient en direction d'un but, puis s'égaillaient autour d'un ballon invisible, et repartaient à travers le terrain vers l'autre but, sans qu'il en résultât aucun coup décisif. Il semblait qu'elles eussent accepté le résultat acquis comme devant ne plus changer, comme si leurs membres et leurs poumons eussent abdiqué tout effort.

— On est foutus, déclara Lennox à Fred.

Des gens commençaient à quitter le stade, se frayant un passage entre ceux qui étaient bien décidés à assister au match jusqu'à son terme, quel qu'il fût. Jusqu'à ce qu'ils entendissent les trilles du coup de sifflet final, la phalange des optimistes invétérés espérait une renaissance miraculeuse des joueurs épuisés.

— Je suis prêt quand tu voudras, déclara Fred.

— Allons-y.

Lennox jeta à terre son bout de mégot et, avec une grimace de déception et de dépit, il escalada les gradins. Arrivé à leur partie la plus élevée, il se retourna pour jeter un dernier coup d'œil sur le terrain. Y voyant courir deux joueurs alors que, dans la brume qui s'épaississait, tous les autres s'étaient figés alentour et que rien d'intéressant ne se passait, il descendit vers les sorties. Une fois arrivés sur le boulevard, ils entendirent une grande exclamation s'élever derrière eux au moment où un coup de sifflet donnait le signal de la ruée en masse qui allait s'ensuivre.

Sur le boulevard, des lampes étaient déjà allumées et les queues de gens attendant l'autobus s'allongeaient rapidement dans la demi-obscurité. Boutonnant son imper jusqu'en haut, Lennox fonça à travers la chaussée. Fred, qui était demeuré un peu à la traîne, fit un crochet pour esquiver un trolleybus qui se penchait sur le bord du trottoir comme un monstre dévoreur d'hommes et emportait tout un groupe d'humains vers le centre de la ville, des étincelles bleuâtres jaillissant des fils du trolley.

— Bon, fit Lennox quand ils se furent rejoints. Après cette petite affaire, j'espère bien que l'épouse m'aura préparé quelque chose de bon pour le thé.

— Moi, j'ai d'autres espérances que ça, dit Fred. C'est pas moi qui irai faire des histoires pour la becquetance.

— Naturellement, fit Lennox en ricanant. Toi, tu ne vis que d'amour ! Si on te servait de la bouillie pour les chats, tu déclarerais que c'est un excellent dîner !

Ils prirent par une rue à la hauteur du Centre de recrutement pour gagner les Meadows, faubourg déjà ancien de maisons noirâtres et de petites usines.

— Ça, c'est toi qui le dis, répliqua Fred, un peu vexé, mais encore trop plein d'espérance pour prendre cette saillie au tragique. Ce qu'il y a, c'est simplement que je ne suis pas un gars à faire un tas de rouspétances pour sa croûte, c'est tout.

— Si tu l'étais, t'en serais pas plus avancé, concéda Lennox. Mais la boustifaille ne vaut plus rien au jour d'aujourd'hui, faut bien l' dire. Tout est congelé ou en boîtes de conserves. Y a plus rien de naturel. Rien que le pain suffirait à vous étouffer.

Il en était de même du brouillard. Rendu plus dense par le froid, il allait en s'épaississant au point que Fred dut relever le col de son imperméable. Un homme qui était arrivé à leur hauteur sur le même côté de la rue les interpella d'un ton moqueur :

— On n'a jamais vu un pareil match !

— Non, j'en ai pas souvenance, répliqua Fred.

— C'est toujours la même chose, Lennox éprouva le besoin de lancer en commentaire : c'est jamais les meilleurs joueurs qui sont sur le terrain. Je me demande bien à quoi faire on les paie !

L'homme rit de cette puissante logique.

— Il faudra qu'ils les sortent la semaine prochaine. Ça leur apprendra.

— Espérons-le, renvoya Lennox à l'homme qui disparut dans le brouillard. C'est pas que l'équipe soit mauvaise, ajouta-t-il pour Fred.

Mais ce n'était pas à cela qu'il pensait. Il se rappelait la veille quand il avait été appelé par le patron, au garage où il travaillait, parce qu'il avait flanqué une beigne au gars qui faisait le thé pour l'avoir appelé « Guigne-à-gauche » devant la dactylo, et le directeur lui avait dit que si ça se renouvelait, il lui donnerait son compte. En ce moment, il se demandait si ce n'était pas lui qui le réclamerait, son compte. Il trouverait toujours du travail, se disait-il, ayant conscience de sa valeur professionnelle et de la sûreté de son instinct pour redonner de la vie à un moteur par la dissection d'un cylindre, de son piston, de son arbre à cames et de sa bielle, et par la découverte des mille et une causes de pannes possibles. Un petit garçon les interpella du seuil d'une maison :

— Quel est le résultat du match, m'sieu ?

— On a perdu, deux à un, répondit-il sèchement, et il entendit une porte claquer bruyamment comme le gamin rentrait chez lui colporter la nouvelle. Lennox marchait les mains dans ses poches, la cigarette au coin de la bouche, de sorte qu'il lui tombait de temps à autre de la cendre sur son imperméable. Un fumet de friture de pommes de terre et de poisson parvint d'une boutique brillamment éclairée, lui faisant sentir sa faim.

— Pas de cinéma pour moi ce soir, dit Fred. Je connais le meilleur endroit où aller par un temps comme ça.

Les Meadows renvoyaient l'écho de bruits de pas derrière eux, du brouhaha de voix commentant avec passion le match perdu. Des groupes étaient massés à tous les carrefours, discutant, adressant des lazzi aux femmes qui passaient, l'aide apportée par les becs de gaz allumés se faisant de plus en plus défaillante. Lennox tourna dans un passage d'où s'élevait, mélangée à celle des poubelles, l'odeur froide et visqueuse des arrière-cours. Ils poussèrent chacun la grille donnant sur leurs propres demeures.

— Salut. On se reverra peut-être demain au *pub* ?

— Non. Pas demain, répondit Fred, déjà parvenu à la porte de la cuisine. J'ai pas mal de boulot à faire sur mon vélo. Je voudrais le repeindre et monter des patins de frein neufs. Ceux que j'ai sont cuits et ils ont bien failli me faire aplatir par un autobus l'autre jour.

Le loquet du portillon cliqueta.

— Bon, alors, dit Lennox. A plus tard.

Il ouvrit sa porte de derrière et entra chez lui.

Il traversa la petite salle de séjour sans rien dire et se débarrassa de son imperméable dans le petit salon contigu.

— Tu devrais faire un peu de feu là-dedans, déclara-t-il en ressortant. Ça sent le moisi. J' m'étonne pas que les frusques deviennent des loques en moins de six mois.

Sa femme était assise près du feu en train de tricoter, deux pelotes de laine bleu électrique sur les genoux. Elle avait quarante ans, le même âge que Lennox, mais elle s'était empâtée de visage et les soucis l'avaient fait grossir, alors que lui était resté mince et nerveux pour les mêmes causes. A la table, trois enfants, l'aînée, une fille de quatorze ans, finissaient leur thé.

Mrs. Lennox ne s'arrêta pas de tricoter.

— Je voulais en faire aujourd'hui, mais j'ai pas eu le temps.

— Iris pourrait bien s'en charger, dit Lennox en s'asseyant à la table.

La fille leva les yeux.

— J'ai pas encore fini mon thé, p'pa.

Le ton précieux qu'elle avait pris pour dire cela le mit en fureur.

— Tu l' finiras après, déclara-t-il d'un air menaçant. C'est maintenant qu'il faut le faire, ce feu, aussi grouille-toi, va chercher du charbon au bûcher.

Elle ne bougea pas et demeura assise avec l'entêtement des jeunes qui ont été gâtés par leur mère. Lennox se leva.

— Que je n'aie pas à te le répéter.

Des larmes vinrent aux yeux de la fillette.

— Alors, cria-t-il. Tu fais ce que je te dis?

Il ne tint aucun compte de l'intervention de sa femme qui lui demandait de cesser de harceler la petite et leva la main pour ponctuer son ordre d'une gifle.

— Bon, J'y vais. Tiens.

Elle se leva et se dirigea vers la porte du bûcher. Lennox se rassit, parcourant des yeux devant lui la table bien mise, gardant ses mains serrées sous la nappe.

— Qu'est-ce qu'il y a pour le thé, ce soir?

La femme releva de nouveau les yeux de sur son ouvrage.

— Il y a deux *kippers* au chaud dans le four.

Il ne bougea pas, manipulant d'un air morose sa fourchette et son couteau.

— Eh bien! fit-il. Va-t-il falloir que j'attende toute la nuit pour avoir quelque chose à manger?

Sans se presser, elle prit un plat dans le four et le posa devant lui. Il contenait deux *kippers* bruns et tout fumants.

— Un de ces jours, déclara-t-il en décollant de l'arête une longue bande de chair blanche, je voudrais bien autre chose.

— C'est ce que je peux te faire de mieux, fit-elle, sa patience forcée n'arrivant pas à arrêter les récriminations de son mari, bien qu'elle ne vît pas ce qu'elle pourrait faire d'autre pour y parvenir. Et le fait qu'il s'en rendait compte ne faisait qu'aggraver les choses.

— Naturellement, j'en doute pas, renvoya-t-il. Il entendit le bruit métallique du seau à charbon dans le petit salon où la fille faisait du feu. Lentement, il découpa son *kipper* en morceaux sans en porter aucun à sa bouche. Les deux autres enfants, assis sur le divan, le regardaient faire, n'osant souffler mot. Il poussa les arêtes d'un côté de son assiette, de l'autre, la chair. Le chat étant venu se frotter contre ses jambes, il lui jeta sur le lino quelques morceaux de poisson et, quand il eut décidé qu'il en avait assez mangé, il le chassa d'un coup de pied avec une telle violence que l'animal alla se cogner la tête contre le buffet. Il sauta sur une chaise et se mit à se lécher en regardant l'homme de ses yeux verts pleins de surprise.

Lennox donna une pièce de six pence à l'un des garçons pour aller lui acheter le *Football Guardian*.

— Et que ça saute ! lui cria-t-il, comme le petit sortait. (Il repoussa son assiette en désignant d'un geste de la tête les *kippers* disséqués.) J'en veux pas. T'as qu'à envoyer l'un des gosses chercher un peu de pâtisserie. Et me faire du thé frais, ajouta-t-il après coup. Celui-là est noir comme de l'encre.

Il exagérait vraiment. Pourquoi fallait-il qu'il leur fasse passer des samedis soirs aussi odieux ? La femme sentit la colère lui monter à la tête. Le cœur lui battant à tout rompre, elle lui renvoya :

— Si tu veux de la pâtisserie, t'as qu'à aller en chercher. Et faire ton thé toi-même.

— Quand on est au boulot toute la semaine, on peut bien vous faire votre thé, fit-il en la regardant d'un air furieux. Puis, désignant d'un geste le garçon qui restait : Envoie-le-me chercher des gâteaux.

L'enfant s'était déjà levé.

— N'y va pas. Assieds-toi, lui ordonna sa mère. Va les chercher toi-même, dit-elle à son mari. Le thé qui est sur la table est aussi bon que n'importe lequel. Il n'a rien d'imbuvable. C'est pas une raison pour nous faire une vie comme ça. C'est sans doute qu'on a perdu le match ? J' vois pas d'autre motif pour que tu nous fasses une figure pareille.

Une aussi longue tirade de la part de sa femme lui parut inconvenante, et il se leva pour le lui faire comprendre.

— De quoi ! cria-t-il. A qui donc que tu te figures que tu causes ?

Le visage de la femme s'empourpra.

— Tu m'as entendue, rétorqua-t-elle. Quelques bonnes vérités ne te feront pas de mal.

Il s'empara de l'assiette de poisson et, après une pause délibérément prolongée, il la flanqua par terre.

— Tiens, rugit-il. T'as qu'à en faire pareil avec ton sale thé.

— Espèce de dingo! hurla-t-elle. T'es bon qu'à enfermer.

Il lui appliqua sur la figure une, deux, trois gifles qui l'envoyèrent s'étaler par terre. Le petit garçon se mit à pleurer très fort, et sa sœur revint en courant du salon...

Dans la maison d'à côté, Fred et sa jeune femme avaient entendu la scène au travers des murs minces. La cadence des voix et le bruit des chaises renversées leur parvenaient, mais ce n'est que lorsqu'ils entendirent des cris perçants qu'ils se rendirent compte que la situation se gâtait pour de bon.

— Aurait-on jamais cru ça? fit Ruby en se laissant glisser de sur les genoux de Fred et en détirant sa robe. Tout ça, parce que *Notts* a perdu encore une fois! Je suis heureuse que tu ne sois pas comme cela!

Ruby avait dix-neuf ans. Elle était charnue à la façon d'une poire, non pas toute ronde comme un pudding, et déjà enceinte bien qu'il n'y eût qu'un mois qu'ils fussent mariés. Fred la retint par la taille.

— Je ne suis pas assez idiot pour aller tout gâcher avec des sorties pareilles.

Elle se libéra de son étreinte.

— Ça se trouve bien, parce que si t'étais comme ça, tu verrais ce que tu prendrais!

Fred, assis auprès du feu, faisait une grimace perplexe, comme en font les chats du Cheshire, tandis que Ruby, à la cuisine, préparait quelque chose à manger. On n'entendait plus rien dans la maison d'à côté. Après une suite de claquements de portes et toute une succession d'entrées et de sorties, la femme de Lennox avait fini par emmener ses enfants et quitter son mari une bonne fois pour toutes.

L'ARCHE DE NOÉ

Tandis que Jones, le maître, déroulait pour ses élèves les méandres de la fin du *Capitaine Ready*, dans la classe, Colin prêtait l'oreille au roulement d'un nouveau convoi de chariots et de roulottes qui s'acheminaient lentement vers les clairières de la forêt. Son esprit n'était pas moins encombré que le large boulevard sur lequel passaient les véhicules, et il voyait en pensée, se rappelant l'année précédente, des rangées fraîchement arrimées d'auto-scooters aux couleurs vives, de tracteurs et de ménageries ambulantes, de personnages des Trains fantômes et Arches de Noé soigneusement emballés sur des plateaux et des camions.

Bien qu'il fût rare qu'un récit d'aventures romanesques fût aussi facilement évincé de l'attention de Colin, le *Capitaine Ready* se trouvait cette fois battu par la perspective d'une distraction plus tangible. Toutes ces rêveries désordonnées permettaient d'ordinaire au gamin de supporter les jours mornes de pénurie, dressaient automatiquement devant lui la silhouette d'un joueur de flûte au costume pie[1] qui l'en-

1. *Joueur de flûte pie.* Allusion à la légende allemande, rendue célèbre en Angleterre par le poème de Robert Browning, selon laquelle la ville d'Hamel, ou Hamelin, au Brunswick, aurait été délivrée des rats qui l'infestaient par un mystérieux joueur de flûte, vêtu d'un costume pie. La municipalité ayant refusé de lui donner la récompense promise, il joua de nouveau de sa flûte enchantée et attira à sa suite tous les enfants de la ville, qu'il enferma à tout jamais dans une caverne entrouverte dans le flanc de la montagne (N.d.T.).

traînait irrésistiblement jusqu'au moment où il le dépècerait pour voir ce qui le faisait agir. A la suite de quelles circonstances, il n'en savait rien et ne tentait même pas de le découvrir, tandis que le maître faisait d'une voix monotone la lecture des dernières pages du récit.

Bien que son cousin, Bert, eût onze ans et fût son aîné d'une année, Colin se trouvait déjà dans une classe au-dessus, ce qui lui conférait, bien qu'il n'eût fait aucun effort pour y accéder, un certain sentiment de supériorité. L'imagination échauffée à en éclater par des lectures, il se souciait peu de n'être vêtu que de haillons — sauf lorsqu'il faisait froid —, et d'avoir le visage gonflé, paradoxalement, par suite d'une alimentation insuffisante. La seule chose qui l'ennuyât, c'était d'avoir des cheveux trops courts, même pour se les faire couper « au bol » à un penny chez le coiffeur, ce qui lui valait d'être parfois appelé « le vieux déplumé » à l'école.

Quand vint l'époque de la Foire de l'Oie, il lui restait quelques pennies sur ses achats hebdomadaires de journaux comiques, mais Bert avait des moyens à lui pour les faire durer bien plus que leur misérable pouvoir d'achat.

— On aura assez de sous pour se payer une flotte de tours de chevaux de bois, déclara-t-il à Colin quand il le retrouva au coin de la rue, un soir après l'école. Je te ferai voir, ajouta-t-il en lui passant le bras autour de l'épaule pour descendre la rue.

— Comment donc que tu feras? s'enquit Colin, réticent. Je ne marche pas pour dévaliser des boutiques, je te préviens tout de suite.

Bert, qui n'en était pas à son coup d'essai en cette matière, sentit là une désapprobation de son passé, tout en se rendant compte, non sans une pointe d'orgueil, que Colin n'aurait jamais le cran de pénétrer par effraction à minuit dans une boutique pour y plonger ses mains sales dans des bocaux de sucreries encore vierges.

— C'est pas la seule façon de se procurer des sous, fit-il d'un air méprisant. Tu ne fais ça que lorsque tu as besoin de beaucoup de galette. Mais je te montrerai comment t'y prendre quand on sera sur place.

Ils s'en allèrent par des rues embrumées, percevant à chaque tournant la rumeur confuse et prometteuse qui leur parvenait du nord par les airs. Les reflets de la foire illuminaient d'orange les nuages pansus, visibles de partout, appel brutal et irrésistible qui faisait fléchir toutes les volontés et attirait tout un chacun vers elle.

— Si la tournée ne coûte qu'un penny, on a de quoi en faire deux chacun.

Colin avait fait ce calcul la tête baissée vers les dalles vides du trottoir, les mains dans ses poches, agrippant sa fortune si péniblement acquise. Il se réjouissait de pouvoir en user pour des tours de manège, mais l'idée de ce que quatre pence auraient pu apporter à la table familiale l'emplissait — quand ni l'un ni l'autre ne parlait — des affres d'une profonde détresse. Quatre pence auraient pu procurer un quignon de pain ou une bouteille de lait, un plat cuisiné chaud, un pot de confiture ou une livre de sucre. Ils auraient pu faire cesser les angoisses que devait éprouver sa mère en voyant le père broyer du noir au coin du feu si lui, Colin, était allé lui acheter dix Woodbines avec ces quatre pence à la boutique du coin. Son père les aurait reçues avec le sourire et se serait levé pour embrasser sa mère avec un tas de chichis comme c'était sa manière, et il aurait fait du thé, son bonheur retrouvé s'étendant bientôt à tous dans la maisonnée.

C'était extraordinaire ce qu'on arrivait à faire avec quatre pence si l'on était assez raisonnable pour les affecter à leur emploi judicieux, ce qui n'est pas mon cas, pensait-il, parce qu'avec quatre pence on peut aussi acheter une poignée de journaux amusants, ou deux tablettes de chocolat, s'offrir à deux reprises les strapontins crasseux au cinéma, ou quatre tournées de manège à la Foire de l'Oie, et la distinction entre le bon et le mauvais, la tranchée large et profonde à relents de terre qui les séparait était pour Colin une cause d'affliction. Mais cette affliction n'était pas sans équivoque, parce que Colin savait que son désinvolte compagnon, Bert le siffleur, le lanceur de pierres, ne s'en faisait pas tant que cela pour une affaire de quatre malheureux pennies. Non, il les dépenserait et en jouirait sans vergogne, lui, et c'était bien ce qu'il entendait faire dès maintenant avec la moitié de ceux de Colin. Si Bert avait chapardé dans une boutique ou une voiture de marchand ambulant, il aurait ramené tout de suite chez lui les victuailles dérobées — de ça, Colin en était sûr —, et s'il avait mis la main sur cinq *bobs* ou une livre sterling, il aurait donné un shilling six à sa mère en lui racontant que c'était là tout ce qu'il avait pu gagner à faire un petit travail. Mais il n'allait pas faire tant d'histoires pour quatre pence et n'aurait aucun scrupule à les lessiver. Et Colin non plus, sauf dans l'intervalle entre deux tournées de chevaux de bois.

La foire n'était plus loin maintenant. Ils descendaient le raidillon de Bentinck Road et commençaient à l'apercevoir au travers des effluves de poissons et pommes frites, de moules et de berlingots. « Regarde par terre », lui enjoignit Bert, toujours en alerte, ses joues creuses éclairées par son ardent désir de vivre, poussé par son instinct à ne pas se laisser dépérir bien qu'il eût constamment l'air famélique. Ses cheveux trop longs faisaient des bourrelets sur son front et sur sa nuque, et il marchait d'un pas canaille, chaussé de savates éculées, les mains dans les poches en sifflotant, puis jurant comme un palefrenier parce que toute une bande de garçons et de filles l'avait forcé à descendre sur la chaussée.

Colin n'avait pas besoin qu'on le rappelât à l'ordre. Le nez collé sur le caniveau, il fit deux cents mètres courbé comme un rhumatisant précoce, puis soudain se redressa en exhibant un paquet dont deux cigarettes émergeaient encore. « Pas de rab ! » s'écria-t-il. Ce qui voulait dire : je ne partage pas.

— Allons, fit Bert, enjôleur et menaçant à la fois. Fais pas le radin, Colin. Donne-m'en une.

Mais Colin ne se laissa pas fléchir. Tout le profit était pour celui qui avait trouvé.

— J' les garde pour mon père. C'est probable qu'il n'a rien à fumer.

— Ben, mon vieux n'en a pas davantage, mais je ne vais pas m'en faire pour lui en garder si j'en trouve. Je le dis comme je le pense.

— On verra plus tard si on en fume une bouffée, concéda Colin tout en mettant les cigarettes dans sa poche.

Ils avaient atteint l'allée asphaltée de la Forêt, qui monte en forte pente. Bert éventrait fébrilement maintenant tous les paquets de cigarettes qui avaient été jetés par terre, envoyant au vent leur papier d'argent, mettant dans ses poches à l'intention de ses plus jeunes frères les images qu'il y trouvait et faisant du reste du paquet une boule qu'il lançait dans le noir, là où des corps gisaient enlacés dans une étreinte qu'ils ne pouvaient comprendre ni l'un ni l'autre, dont ils ne voyaient même pas vaguement la raison.

Du Monument aux Morts de la Guerre ils découvrirent l'ensemble de la Foire, un océan de lumières et de chapiteaux bordé de deux côtés par des maisons que l'on apercevait confusément, dont les occupants seraient bien heureux quand le vaste camp se serait, la semaine suivante, dispersé vers d'autres villes. La terre exhalait comme un frémissant grognement de plaisir montant par moments à un paroxysme de cris provenant des balançoires et de la Grande Roue, comme si au-dessous d'eux une armée offrait des sacrifices humains avant de se mettre en campagne.

— Descendons, prononça Colin en retournant dans sa poche ses pennies avec impatience. Je veux voir tout ça : je veux aller dans l'Arche de Noé.

Tout en léchant des sucettes à un penny, montées sur bâtonnets, ils passèrent devant le Train-fantôme, avec ses entrailles tapissées de squelettes dont parvenaient des cris poussés par des femmes.

— On va jouer quelques pennies à la loterie et s'arranger pour gagner, déclara Bert. C'est facile : tu vas voir. Tout ce qu'il faut, c'est miser sur un numéro quand la femme ne regarde pas.

Il parlait avec autorité pour arriver à convaincre Colin de participer à une entreprise qui serait bien plus attrayante s'ils s'y mettaient à deux. Non qu'il eût peur de tricher pour son compte, mais un couple de gamins éveillait moins la suspicion que l'un d'eux seul, manifestement en quête d'un bon coup à faire.

— C'est risqué, objecta Colin, presque décidé déjà toutefois, en se frayant un chemin derrière son compagnon. On peut se faire pincer.

Une grande femme à l'aspect tzigane, ses cheveux noirs tirés en une queue de cheval, trônait, reine de son domaine, derrière le comptoir d'une de ces loteries où l'on fait rouler des pièces jusqu'à des numéros. Ses yeux regardaient sans expression devant elle, bien que Colin, qui s'était peu à peu faufilé, se rendît compte combien il lui échappait peu de choses des allées et venues d'alentour. Elle faisait sauter systématiquement une pile de pièces d'une main dans l'autre en produisant un bruit qui, sans être très fort, attirait l'attention sur sa baraque. De temps à autre, elle interrompait ce rythme pour remettre, avec une expression d'indifférence totale, quelques pennies à un homme au chapeau mou qui, jouant sur deux des fentes, trouvait le moyen de faire venir quatre pennies à chaque coup.

— C'est pas pour ça qu'y gagne, chuchota Bert à l'oreille de Colin qui se rendit compte de la vérité de cette remarque :

l'homme hasardait bien plus de pièces qu'il n'en récoltait.

La réflexion avait été perçue par l'intéressé.

— Qui c'est qui ne gagne pas? interrogea-t-il en faisant filer une autre demi-douzaine de pennies avant de se retourner vers Bert.

— Vous, lui répondit Bert.

— Ah! j' gagne pas, moi?

L'imperméable déboutonné laissait voir des traces d'œuf et des taches de bière autour des boutons de la veste de l'homme.

Bert lui tint tête, ses yeux bleus le regardant avec effronterie.

— Non, vous n' gagnez pas.

— C'est toi qui te figure ça, repartit l'homme envers et contre tout, même quand la femme eut ramassé une autre cargaison de ses pennies.

Bert le lui fit remarquer sans ménagement.

— C'est-y ça que vous appeler gagner? Non, mais regardez donc. Moi, je l' trouve pas!

Tous les yeux s'étant tournés vers trois malheureuses pièces qui s'étaient arrêtées entre deux carrés, Bert glissa la main vers le comptoir où l'homme avait déposé une petite provision de monnaie. Colin regardait, le souffle coupé, de peur assurément, mais aussi de surprise, bien qu'il fût au courant de toutes les roueries de Bert. On eût dit qu'un shilling et six pence glissaient d'eux-mêmes dans la main de celui-ci, dont les doigts noirs se refermèrent dessus incontinent. De son autre main il allait atteindre quelques autres pennies, mais son poing fut soudain rivé contre le bord du comptoir.

— Aïe, espèce de salaud, vous me faites mal.

Les yeux de l'homme, brouillés jusqu'alors par la bière, reprirent de leur lucidité et se durcirent sous l'effet d'une légitime colère.

— A bas les pattes, espèce de voleur. Allons, petite canaille, vas-tu lâcher ces pièces?

Colin avait très honte et aurait bien voulu ne pas être mêlé à cela et se perdre parmi les manèges en folie. La main de Bert s'ouvrit sous la pression, doigt après doigt et laissa échapper les pièces.

— Ce sont mes pennies, geignit-il. C'est vous qui êtes un voleur, pas moi. Et une sale brute, par-dessus le marché. Je les tenais tout prêts à les faire rouler dès que je pourrais disposer d'une fente.

— Je regardais ailleurs, dit la femme qui ne voulait pas se compromettre.

Cette dérobade rendit l'homme furieux.

— Est-ce que vous croyez que je suis dingo, alors? Et aveugle? fit-il.

— Faut que vous le soyez, déclara froidement Bert, avec votre façon de prétendre que je vous ai fauché votre argent.

Colin se sentit obligé de venir à la rescousse.

— C'est vrai qu'il n'a rien pris, fit-il avec ardeur en exhibant une expression candide comme il savait le faire quand besoin était. Je n' suis pas son copain, m'sieu, mais c'est la vérité ce que je vous dis. Je me trouvais passer par là et je me suis arrêté pour regarder les jeux. Je l'ai vu qui a mis là deux pence qu'il avait sortis de sa poche.

— Bande de petits voyous de Radford! riposta l'homme avec mauvaise humeur, quoique désormais libéré de l'envoûtement de pertes continuelles. Foutez-moi le camp d'ici ou j'appelle un flic.

Mais Bert se montrait inébranlable.

— Pas tant que vous ne m'aurez pas rendu mes deux pence. J'ai eu assez de mal à les gagner : j'ai travaillé dur pour ça dans le jardin de mon père, à arracher des pommes de terre et à sarcler!

La femme, tout en continuant de faire passer sa pile de pennies d'une main dans l'autre, regardait d'un air distrait la foule derrière eux qui tourbillonnait en masses compactes et se pressait autour de ce fragile îlot. Une détermination farouche sur le visage, le chapeau rabattu sur les yeux et les bras en cercle autour de son argent, l'homme finit par s'abandonner à son destin de perdant et ramassa tous ses pennies, bien que sa conscience le tracassât assez pour qu'avant de s'en aller vers une autre baraque où la chance lui serait plus favorable, il laissât à Bert deux des pennies survivants.

— On l'a bien eu ! fit Bert, le clin d'œil qu'il adressa à Colin confirmant à celui-ci qu'ils avaient un boni d'un shilling huit pence.

Cette fortune leur dura une heure, et Colin, qui ne se souvenait pas avoir jamais disposé d'un pareil capital, aurait voulu en sauver une partie des tentacules avides de la foire aux mille feux. Mais l'argent glissait entre leurs doigts sales, dépensé de gré ou de force — qui aurait pu dire lequel ? — à acheter des crevettes et des sucettes, à faire des tours de manège ou à visiter des attractions multiples. Puis il leur fallut se contenter de regarder les parades foraines.

— On aurait dû garder un peu de ces sous, dit Colin, inconsolable de se voir pauvre de nouveau.

— Ça sert à rien de faire des économies, déclara Bert. Quand on a dépensé son fric, on n'a qu'à s'en procurer d'autre.

Il s'immobilisa soudain devant le spectacle d'une femme à demi nue, en costume africain, qui se tenait devant une caisse, un python enroulé autour de sa poitrine plantureuse.

Colin tentait de raisonner.

— Si tu fais des économies, tu pourras aller en Australie ou en Chine. Moi, je veux voir des pays étrangers. Hé, ajouta-t-il en poussant son compagnon du coude, c'est drôle que le serpent ne la pique pas, hein ?

Bert se mit à rire.

— Il est de l'espèce qui vous étouffe, mais ils lui donnent des pilules pour le faire roupiller. Moi aussi, je voudrais bien voir des pays étrangers, mais pour ça je m'engagerai.

— Ça te fera une belle jambe, déclara Colin tout en l'entraînant vers d'autres manèges. Il y aura bientôt la guerre et tu t'y feras tuer.

En faisant le tour de l'Arche de Noé, Bert découvrit une petite porte qui donnait sur son soubassement. Colin y hasarda un coup d'œil. Il en parvenait un bruit de mécaniques en mouvement, effroyable et déconcertant.

— Où est-ce que tu vas?

Mais Bert était déjà parvenu au centre, plié en deux pour éviter le monde qui, en une succession de plongées et d'ascensions, tournait à toute vitesse au-dessus de lui. Colin trouvait ça terriblement risqué : qu'une pièce vous heurte ou que vous vous redressiez par mégarde et ce serait la mort, votre cervelle écrabouillée allant se mélanger au sable gris, et cela mettrait un terme à tous vos projets d'Australie. Mais Bert avait une notion lucide et précise des distances qui subjugua Colin malgré sa frousse. Rampant sur les mains et les genoux, il rejoignit Bert et lui rugit à l'oreille :

— Qu'est-ce que tu cherches donc?

— Des pennies, lui cria Bert plus fort que le vacarme.

Ils n'en trouvèrent point et battirent en retraite vers une vie plus normale au milieu de la foule. Ils avaient faim l'un et l'autre. Colin se disait qu'il s'était bien écoulé cinq heures depuis qu'il avait pris le thé du soir.

— Je m'enfilerais bien un sandwich, fit-il.

— Et moi donc! agréa Bert. Mais attends voir ce que je vais faire.

Un jouvenceau à cache-col blanc, le chef coiffé d'une casquette, donnant le bras à une jeune fille qui se débattait avec une barbe-à-papa de taille outrancière, s'extirpa d'un interstice dans la foule. Colin vit Bert s'approcher du couple et dire quelques mots au jeune homme qui mit la main à sa poche et, lançant une plaisanterie qui provoqua le rire de sa compagne, donna quelque chose à Bert.

— Qu'est-ce que t'as récolté? lui demanda Colin quand il revint près de lui.

L'ingénieux Bert lui fit voir.

— Un penny. Je lui ai simplement dit que j'avais pas mangé et lui ai demandé qu'il me donne un petit qué'que chose.

— J' vais essayer, moi aussi, dit Colin qui ne voulait pas demeurer en reste. Mais Bert le retint parce que les seules personnes à se présenter étaient un couple de gens mariés, l'homme entre deux âges, son épouse, une femme bien mise.

— Y n' te donneront rien. C'est à des amoureux qu'il faut que tu t'adresses, ou à des gens tout seuls.

Mais l'homme tout seul auquel Colin fit appel se montra réticent. Un penny était un penny : deux cigarettes et demie.

— Pourquoi faire que tu le veux?

— Parce que j'ai faim.

Ce fut tout ce que Colin trouva à répondre. L'autre éclata d'un rire sardonique.

— Moi aussi.

— Oui, mais j'ai plus faim que vous. J'ai rien mangé depuis ce matin, je vous le jure.

L'homme hésita, tout en fouillant dans une poignée de pièces qu'il sortit de sa poche.

— Tiens, mais prends garde qu'un flic ne te voie pas mendigoter, ou tu te feras envoyer en Borstal.

Au bout d'un certain temps ils établirent leur bilan. Ils avaient récolté une douzaine de pennies.

— On n' te donnera rien si tu ne le demandes pas, comme la maternelle ne cesse de nous le dire, déclara Bert avec un large sourire.

Ils allèrent s'installer devant un comptoir où l'on servait du thé et s'empiffrèrent de petits pains au lait qu'ils firent passer avec de grandes tasses de thé. La Grande Roue, toute proche, envoyait dans sa rotation ses passagers vers les nuages, puis les ramenait à terre après leur avoir offert un aperçu alléchant de l'ensemble de la foire, toutes les filles, lors de la descente, déchirant l'air de cris animaux qui faisaient trembler Colin jusqu'à ce qu'il se fût rendu compte que ce n'étaient pas là des cris de douleur, que les femmes devaient même éprouver beaucoup de plaisir.

— Je me sens mieux maintenant, fit-il en repoussant sa tasse sur le comptoir.

Ils firent le tour des roulottes qui s'alignaient au long de la clôture de la Forêt, apercevant en haut des marches et passé les seuils, des couchettes et des poêles-crapauds, de magnifiques portes closes peintes de multiples couleurs et décorées de motifs étranges qui éberluaient Colin et lui rappelaient un spectacle qu'il avait jadis vu à l'*Empire*. Les saltimbanques, la Foire de l'Oie, le théâtre *Empire*, tout cela ne faisait qu'un pour lui, un paradis terrestre, une étroite tête de pont sur un autre monde, une brèche dans les fourrés obscurs qui entouraient le sien. Les enfants aux yeux sauvages qu'il voyait çà et là assis sur les escaliers de bois servaient d'intermédiaires, mais lorsque Colin s'en approcha pour mieux les voir, l'un des enfants prit peur et poussa un cri, et un costaud d'adulte sortit brusquement de la roulotte et obligea les deux gamins à déguerpir.

Comme ils se faufilaient au travers de la foule compacte, sous la fumée des boutiques de mangeaille et des groupes électrogènes, sous des arcades et des girandoles flamboyantes, Colin prit Bert par le bras.

— On a dépensé tous nos sous, lui dit-il. Il ne nous en reste plus pour aller sur l'Arche de Noé.

— T'en fais pas pour ça. T'as qu'à suivre le mouvement et aller d'un truc à l'autre derrière le gars qui encaisse l'argent de façon à c' qu'il ne te voie pas et n'arrive pas à te rattraper. T'as saisi ?

La méthode n'emballait guère Colin, mais il n'en escalada pas moins les degrés de l'Arche de Noé en se faufilant entre les spectateurs.

— J' vais y aller le premier, déclara Bert. T'as qu'à me regarder pour voir comment je m'y prends. T' auras qu'à faire comme moi.

Il commença par enfourcher un lion. Colin, demeuré près de la balustrade, le regardait attentivement. Lorsque l'Arche se mit en mouvement, Bert se transféra en douce sur un coq derrière le receveur qui avait fait irruption d'une espèce de cagna située au centre du manège. Celui-ci ne tarda pas à atteindre sa pleine vitesse, et c'est à peine si Colin parvenait à distinguer un animal d'un autre, perdant souvent Bert de vue dans le vrombissement de la folle rotation.

Puis le monde cessa de tourner, et ce fut à Colin d'y aller.

— Est-ce que tu restes pour un second tour ?

Bert dit que non, qu'il n'était pas prudent de tenter l'aventure deux fois de suite. Colin s'en rendait bien compte, que ça présentait des risques, maintenant surtout que c'était à lui d'y aller, mais comment résister à une Arche de Noé qui tourbillonne devant vous avec le prestige de la puissance surhumaine émanant des têtes d'animaux en bois entr'aperçues fugitivement ? Il vous fallait à tout prix vous faufiler sur le plateau, que vous ayez l'argent nécessaire ou non, que vous ayez ou non la frousse, et y demeuriez soumis à ses cabrioles désordonnées jusqu'à ce qu'il s'arrête. A la contempler d'au-dehors, il semblait qu'un tour sur la prestigieuse Arche de Noé vous remplirait pendant une année entière d'une même énergie inépuisable, qu'à la fin du tour vous ne voudriez plus en descendre, qu'il vous faudrait y rester indéfiniment, jusqu'à ce que vous en soyez malade, ou mort de faim.

Il était seul sur sa monture : un tigre de la rangée extérieure auquel il se cramponnait, presque malade d'appréhension et par suite des montées et descentes que l'animal s'était brusquement mis à faire dès que le manège avait démarré. Au cours du premier tour, encore au ralenti, il avait adressé un signe de la main à Bert. Puis, la vitesse du manège s'accentuant, il dut cesser d'étreindre le tigre afin de pouvoir suivre les faits et gestes de l'employé qui venait d'apparaître pour réclamer la monnaie. Mais il avait très peur, car il lui semblait que s'il lâchait prise, même d'un seul doigt, il serait catapulté de ce qui n'aurait dû être qu'une merveilleuse randonnée pour aller se fracasser contre la balustrade extérieure, à moins qu'il n'y écrasât l'un des spectateurs qui s'y appuyaient.

Cependant, avec une peur affreuse et beaucoup d'efforts, il sauta et atterrit, fort ému, dans l'espace entre deux animaux en manquant de faire choir un couple qui se trouvait à proximité et, lorsque l'homme allongea la main pour lui assener une taloche vengeresse, Colin sentit le vent du coup, qui le manqua de bien peu, lui passer sur le côté de la figure. Le poing courroucé continuant à le menacer même lorsque le gamin se fut installé, hors de portée, sur un zèbre, Colin, aux prises avec un danger plus concret que le vide, tira la langue à l'homme et sauta de nouveau.

Il continua d'aller de l'avant, toujours en vue du dos penché de l'employé réclamant la monnaie. Dans sa progression zigzaguante désordonnée — car il restait peu d'animaux disponibles — il se rapprocha du centre du manège où il était moins en péril, sous un auvent de tambours battants et cymbales claquantes, songeant en un certain endroit à faire un signe à Bert, mais l'idée lui en partit bien vite en même temps qu'il se jetait de nouveau en avant en agrippant la queue d'un cheval.

A en juger par les cris perçants et les hurlements des femmes, le manège devait encore accélérer sa vitesse. Les mouvements de Colin se faisaient malhabiles et il enviait la dextérité de l'employé, qui le précédait de quelques mètres, et admirait Bert pour avoir accompli avec tant d'aplomb cette même odyssée circulaire. Conscient du danger qu'il courait à chaque seconde, il redoutait bien plus maintenant de se voir projeté comme un boulet de canon contre le bois et le fer que de se faire pincer par le garçon du manège. « Merde, jura-t-il. J'aurais pas cru ça comme ça ! » ajouta-t-il en riant jaune alors qu'il se sentait envoyé à l'extérieur par un brusque coup de roulis, et collé par la vitesse toujours croissante contre un dragon biplace.

Un crocodile sans occupant lui permit de souffler un peu quelques instants avant qu'il ne se rejetât sur un tamanoir afin de garder ses distances avec le percepteur de la monnaie. Il crut que celui-ci était arrivé au terme de sa tournée, mais soudain l'homme fit demi-tour et recommença son trajet en sens inverse pour bien s'assurer que tous les clients avaient payé leur place. Voilà qui était sans précédent! Même sans saboter leur tournée, les receveurs, d'ordinaire, une fois qu'il l'avaient effectuée, s'en tenaient là — tout au moins, c'est ce que Bert lui avait dit —, et voilà-t-il pas que ce saligaud-là voulait être plus malin et vous avait le culot de refaire sa tournée à l'envers. Ce n'était plus de jeu!

Le souvenir des soporifiques et agréables après-midi d'été consacrés à la lecture du *Capitaine Ready* se glissa sournoisement à l'arrière-plan de sa pensée, mais s'enfuit bien vite, irréel, devant cette jungle bien réelle dans laquelle il avait trouvé le moyen de venir se fourrer. Il lui fallait maintenant battre en retraite devant l'employé et se résigner au nouvel apprentissage de l'art de progresser sur le manège dans le sens des aiguilles d'une montre. Cela lui paraissait impossible et il songea pendant un court instant d'affolement à essayer de sauter d'un bond sur le couloir extérieur immobile et à se sauver, car il était bien certain que l'homme l'avait repéré et s'apprêtait à lui tordre le cou avant d'envoyer voler le poulet mort qui resterait de lui par-dessus les têtes de la foule. Il l'apercevait par intervalles, un grand diable en combinaison graisseuse, aux lèvres serrées sur un bout de mégot imbibé de salive, alourdi par sa sacoche de receveur, mais les pieds sûrs.

Combien de temps ce maudit manège allait-il continuer de tourner? Cela faisait bien une heure déjà, et Bert qui lui avait assuré que le tour ne durait que trois minutes! Je le croyais aussi, mais certainement qu'ils le font durer plus longtemps à cause du bonhomme qui me court après pour avoir fait une tournée à l'œil. Cette jungle n'était guère différente de celle de la vie à la maison et dans la rue, mais déroutante, plus impressionnante à cause de la vitesse où tout se mouvait. Son seul désir maintenant était de fuir de cette jungle-là pour se jeter avec soulagement dans celle où tout allait moins vite et qui lui était plus familière, bien qu'il s'y morfondît aussi au point d'essayer de s'en échapper un beau jour.

Il refit en sens inverse le trajet qu'il venait d'accomplir, éprouvant presque un sentiment d'affection pour les naseaux, têtes ou queues contre lesquels il venait se cogner, et auxquels il s'était accroché déjà, en se rendant précautionneusement du refuge du tamanoir à celui du dragon ou du crocodile, puis, emporté par la vitesse et plus sûr de lui, sautant du cheval sur le zèbre, puis sur le tigre, et derechef sur le lion et le coq. Il n'y a pas de répit pour les damnés, sa mère avait-elle coutume de déclarer. Mais je n'ai rien fait pour être damné, se disait-il. Tu n'en jouis pas pour cela de plus de répit. Mais du répit, je n'en veux pas. Tu seras servi. L'esprit lucide maintenant, il courait presque à la vitesse du manège, jetant un rapide coup d'œil en arrière quand il en avait la possibilité — pour apercevoir l'employé qui le rattrapait ! — esquivant des poings furieux qui se détendaient dans le vide quand il allait buter contre des gens et souriant à des visages surpris et furibonds comme s'il n'avait pas su pourquoi ils l'étaient, s'accrochant à des basques de vestons ou à des animaux déjà occupés.

Les choses ne vont jamais comme il faudrait, se répétait-il, jamais, jamais, jamais. Tralalalala, faisait la musique. Dzing-dzing-dzing, claquaient rythmiquement les cymbales dans un concert de rires et de cris, tandis que son cœur faisait toc-toc-toc-toc d'une façon perceptible malgré le tintamarre, lui martelant les oreilles à coups de gants de boxe énormes, lui coupant le souffle d'un coup de pied fourchu, lui écrasant l'estomac comme si c'était une tente d'où dix galapiats tenteraient de s'échapper, avides de boire un pot, après une semaine de soif.

Une main se glissa sur son épaule, mais il se libéra d'une secousse brusque et poursuivit sa folle équipée autour de l'Arche rotative. « Il va m'attraper, il va m'attraper. C'est un homme et il peut courir plus fort que moi. Il en a plus l'habitude. » Après une embardée il se redressa, bondissant en avant comme s'il prenait le départ en course, s'assurant une telle avance qu'il aperçut soudain devant lui le dos de l'homme au lieu de la main qui cherchait à le saisir par-derrière. Il freina, mais trop tard, car l'homme, sans doute averti par un coup d'œil lancé du centre, fit demi-tour. Colin fit également volte-face et repartit de plus belle.

En comparaison de la vitesse de tout à l'heure, le manège ne tournait plus maintenant qu'à une allure d'escargot. Le tour de trois minutes arrivait à son terme, mais Colin, au moment où il pensait qu'il avait gagné la partie, se sentit saisir, de façon plus robuste cette fois, par le collet et la taille. Il pivota sur lui-même au milieu d'une odeur de pétrole, de sueur et de tabac et commença par se débattre et donner des coups de poing, puis, mû par une inspiration soudaine, il lança un formidable coup de pied dans la cheville de l'homme, ne se rendant pas compte de la douleur qu'il avait infligée à cause de celle qu'il ressentit dans ses propres orteils. L'homme se mit à jurer aussi copieusement que l'avait fait le père de Colin une fois qu'il s'était donné un coup de marteau sur le pouce en posant des étagères dans leur cuisine. Mais le gamin se trouvait libre. Il décida que le mouvement de rotation, d'ascension et de plongée s'était assez ralenti pour qu'il pût s'esquiver. Inutile d'attendre l'arrêt complet : telle fut sa dernière pensée.

On eût dit Buck Rogers[1] atterrissant d'un navire de l'espace

1. Buck Rogers. Acteur de la T.V. très populaire outre-Manche il y a quelques années, spécialisé dans les westerns et les aventures spatiales (N.d.T.).

sans avoir pris les précautions nécessaires, mais ce ne fut qu'au bout de quelques minutes que Colin fut capable de se dire cela. En quittant le plateau, qui n'était pas encore arrivé à l'arrêt complet, son corps fut projeté en boule et avec une certaine violence, fonçant, tel un boulet de canon en chair et en os et doué de sens, entre deux amoureux et alla s'écraser contre la balustrade de bois. La boule que faisait son corps passablement à son insu s'épata en heurtant les poteaux, les bras et les jambes du gamin s'aplatissant contre la boiserie sculptée et peinturlurée de la balustrade : vlac, vlac. Mais lui n'avait pas conscience d'avoir terminé sa trajectoire bien qu'il eût tout de suite rouvert les yeux, abruti qu'il était par le tintamarre de l'orchestrophone, la vision confuse des girandoles bleu-blanc-rouge et des animaux bariolés, et le soulagement qu'il éprouvait, malgré tous les périls inhérents à l'atterrissage sur un sol ferme, d'avoir enfin échappé à son poursuivant.

Bert n'avait cessé de le suivre des yeux pendant ces trois minutes. Il avait essayé de se frayer un chemin à travers la foule pour pouvoir attraper Colin quand il s'échapperait, petit être loqueteux jouant des coudes entre des jambes flâneuses et presque détendues, ce qui ne voulait pas dire qu'elles fussent toujours aisées à déplacer, de sorte qu'il était arrivé trop tard.

— Viens, dit-il d'une voix angoissée à Colin. Lève-toi. J' vais te donner un coup de main. As-tu bien rigolé ?

Il essaya de le faire se relever. Puis, se tournant vers quelqu'un qui posait des questions :

— Laissez : c'est mon cousin. Y n'a rien. J' vais m'en occuper. Viens-t'en, Colin. Il te cherche toujours. Débinons-nous.

Colin se sentait les jambes en coton : il aurait voulu s'attarder contre la réconfortante dureté du bois.

— Il m'a fait valser en accélérant sa mécanique, le salaud. C'est un tour de cochon.

— Allons, viens, insistait Bert. Mettons les voiles.

— Laisse-moi. Je me traînerai. Je l' tuerai s'il m'approche.

Ça ne tournait plus maintenant : il sentait le plancher, voyait des jambes et l'éclat fugace d'un animal de bois qui passait devant lui. Le manège se remettait en route.

— C'est ton tour, voyons! dit-il avec hargne à Bert.

Il n'y avait pas de temps à perdre. Bert se pencha et se releva avec son cousin sur ses épaules, comme un gymnaste expert, et, le visage blanc, il descendit en chancelant les marches de bois vers le sol chaud et la poussière. La force lui manqua sur la dernière marche; il essaya de se rattraper en tournant sur la droite, mais monture et charge s'affalèrent et disparurent derrière les planches du bas du manège, où il n'allait personne. Ils demeurèrent allongés sur le sol là où ils étaient tombés.

— Pardonne-moi, fit Colin. Je n' savais pas qu'il nous avait repérés. Et qu' t' allais t' faire pincer. C'est un vrai salaud.

Il avait pris Colin par le bras pour l'empêcher de tomber sur le côté.

— Est-ce que ça va mieux, dis? J'aurais mieux aimé que ça soit à moi que ça arrive, ça, j' te l' jure. Te sens-tu malade? Vas-tu pas vomir?

Et il colla sa main sur la bouche de Colin, qui d'ailleurs était serrée.

— Le saligaud! T'avoir couru après comme ça! On devrait l' poursuivre, ça l' mériterait.

Colin se releva soudain, s'appuyant contre les planches et, mieux assuré maintenant sur ses jambes, il repartit en titubant à travers la foule, suivi de Bert. Piteux et penauds, ils rôdaillèrent jusqu'aux alentours de minuit, heure à laquelle, tous deux, morts de fatigue, eurent l'idée de rentrer chez eux.

— J' vais m' faire flanquer une tabassée, déclara Colin, parce que j'avais promis d'être revenu pour dix heures.

Bert déclara qu'il en avait marre et qu'il ne demandait qu'à rentrer lui aussi.

Au fur et à mesure qu'ils s'éloignaient de la foire, les rues se faisaient de plus en plus sombres et prenaient une couleur de cendre refroidie et mouillée. Ils marchaient bras dessus, bras dessous et le vide des rues les incitait à chanter à tue-tête une chanson que le père de Bert avait enseignée à celui-ci :

On n' veut pas s' faire casser la gueule,
Aller s' battre pour les profiteurs.
Tant mieux si ça fait vot' bonheur,
Nous autres on veut rester chez nous !
Nous autres on veut rester chez nous !
... on veut rester chez nous !

Les deux gamins se tenant par l'épaule lançaient les paroles à pleine gorge et d'un ton agressif en arpentant les rues sur leurs sandales, en tournant aux carrefours et en prenant des raccourcis ; quand ils passaient devant un cinéma fermé ou un cimetière suant le moisi, ils chantaient deux fois plus fort :

On n' veut pas s' battre pour les bourgeois,
Crever comme les gars d'autrefois
Noyés dans l' sang et la gadoue.
Ce qu'on veut, c'est du boulot, nous !

Ils scandaient leur marche avec ces vers de parodie, faisant peur aux chats, frôlant des rôdeurs nocturnes et entendant des gens leur dire, en ouvrant rageusement et bruyamment la fenêtre de leur chambre, de la boucler et de les laisser dormir, et leurs paroles avaient moins d'importance que leur respiration, qui se condensait devant eux dans l'air glacé. Lorsqu'ils se trouvaient dans une grande artère, ils tenaient le milieu de la chaussée jusqu'à ce qu'arrive une voiture, ne bougeant pas d'un pouce pour éprouver leurs nerfs et obliger la voiture à stopper, puis détalant à toutes jambes quand ils y étaient parvenus, pour échapper au courroux du conducteur et gagner un autre carrefour où ils reprenaient leur marche enlacée, défilant sur l'air de *Rule Britannia*[1] :

> Et l'on s'en fout
> Si ça n' plaît pas aux cognes,
> Maïs l' roi George barbe-à-poux
> Jamais ne s' rase la trogne!

chaque note tremblotant dans l'air et s'éteignant comme ils prenaient un tournant. Ou tout au moins, c'est ce qu'il eût semblé à quelqu'un qui les eût écoutés du coin de rue désert qu'ils venaient de dépasser. Mais pour Colin, le bruit persistait autour de leurs têtes et de leurs visages et estompait peu à peu le souvenir visuel et auditif de la bagarre de l'Arche de Noé, dans laquelle il avait fait un tour à l'œil, ce qui lui avait valu de s'en faire brutalement vider.

1. *Rule Britannia.* Hymne patriotique anglais, sur des paroles de James Thompson (1699-1748), exaltant la puissance britannique. Les paroles irrévérencieuses de la chanson des gamins sont une parodie du refrain :

> *Rule Britannia,*
> *Britannia rule the waves*
> *Britons never*
> *Never will be slaves.*

(N.d.T.)

GRANDEUR ET DÉCADENCE DE FRANKIE BULLER

Assis dans ce que l'on est convenu d'appeler mon studio, l'une des pièces d'un appartement au premier étage d'une maison majorquine décrépite, je parcours des yeux les étagères de livres qui m'entourent. Les multiples rangées de dos de couleurs et de tranches empoussiérées confèrent un aspect distingué non seulement à la pièce, mais à tout l'appartement, et l'on devine les impressions des gens à qui il arrive de venir nous voir, qui se penchent discrètement entre deux *drinks* pour lire les titres :

« Un dictionnaire grec, Homère dans le texte ! Il connaît donc le grec ? (ce n'est pas vrai : ces livres appartiennent à mon beau-frère). Shakespeare, *Le Rameau d'Or*, la Bible truffée de signets et d'encartages ! Il la lit donc ? Euripide et tous les autres, et une douzaine de Baedekers moisissants. Quelle drôle d'idée de garder tout cela ! Tout Proust en douze volumes ! Je ne suis jamais arrivé à en venir à bout ! (Moi non plus.) Dostoïevski ! Grand Dieu, est-ce que ça se lit encore ? »

Etc., etc. Titres qui sont arrivés à faire partie de mon individu, ramure qui a fini par masquer le tronc de ma vraie personnalité, de ce que j'étais avant d'avoir jamais vu ces livres-là, ou n'importe quel livre à vrai dire. Bien souvent l'envie me prend de les arracher de moi l'un après l'autre, de chasser leurs ombres de ma bouche et de mon cœur, d'en faire avec un scalpel l'ablation radicale de la jungle de mon cerveau. Mais c'est impossible. Vous ne pouvez pas faire marcher à l'envers la pendule qui vous contemple en grimaçant du haut de sa console de marbre. Vous ne pouvez même pas en fracasser le cadran et n'y plus penser.

Hier, nous sommes allés voir un ami qui habite un peu plus haut dans la vallée, plus loin que nous des bruits de la ville, de sorte qu'assis sur sa terrasse, les yeux à demi clos et la tête appuyée contre le dossier de ma chaise longue, sous un néflier aux fruits à demi mûrs, les mains encore tout imprégnées de l'odeur d'oranges chapardées, j'entendais le chant d'un coucou qui me parvenait des bois de pins sur le flanc des montagnes.

Le coucou fit ce que le bistouri d'un chirurgien n'aurait pu accomplir : il me replongea très loin dans ces années où j'étais encore à l'état naturel, sans livres, et sans le savoir que je suis censé y avoir puisé. Je me trouvai soudain emporté par-delà ces horizons immédiats du passé par le chant à la fois doux, aigu et flûté du coucou et ramené à nouveau dans le royaume de Frankie Buller.

Nous nous en allions à la guerre et je faisais partie de son armée, un bâton de sureau en guise de fusil et les poches alourdies de pierres lisses et plates, choisies avec soin pour pouvoir mieux cingler et avec le moins de bruit possible vers l'ennemi et le frapper à la tête. Mes espadrilles de toile laissaient passer mes durillons et je devais avoir une reprise au fond de ma culotte et des trous à mes chaussettes, parce que je ne peux me rappeler, jusqu'à l'âge de quatorze ans, n'en avoir jamais eus !

L'appel révéla que nous n'étions que onze, ce qui n'empêchait pas Frankie de faire un parfait centurion avec le barreau de grille de 1,80 m de long, terminé par un fer de lance, qu'il portait sur l'épaule, et le couvercle rouillé d'une poubelle qui lui faisait office de bouclier. Pour donner à l'ennemi l'impression que nous étions bien plus nombreux, il nous fit défiler par le pont et à travers la prairie en rangs de deux, car c'était un tacticien habile qui, depuis l'âge de quinze ans, avait l'habitude de commander toutes les armées de la localité.

A cette époque-là, il pouvait avoir entre vingt et vingt-cinq ans. Personne ne paraissait le savoir au juste, et Frankie moins que quiconque. Sans doute ses parents trouvaient-ils plus judicieux de garder soigneusement le secret. Quand on demandait son âge à Frankie, il répondait un chiffre fort improbable comme « cent cinquante-huit ans », ce qui amenait cette autre question toute logique : « Quand est-ce donc que tu as quitté l'école ? » Parfois, il vous renvoyait avec dédain : « Moi ? Je n'y suis jamais allé. » A moins que ce ne fût, réponse accompagnée d'un altier sourire : « J'ai pas quitté l'école : j'en ai foutu l' camp ! »

Comme j'étais encore en culotte courte, et qu'il portait pantalon, il m'était impossible de dire ce qu'il mesurait en pieds et pouces, mais il me donnait l'impression d'être un géant. Il avait des yeux gris, des cheveux bruns et des traits réguliers qui eussent fait de lui un joli garçon, n'eût été cette vague impression d'instabilité pré-pubère que trahissaient ses yeux et les plis de son front bas. Mais en musculature et en force, il était en tous points un adulte.

Nous autres, simples soldats, lui donnions automatiquement le titre de général, mais il tenait absolument à ce qu'on l'appelât sergent-major, grade que son père avait atteint lors de la première guerre. « Mon p'pa a été blessé à la guerre, nous contait-il à chacune de nos rencontres. Il a eu une médaille et une commotion, et c'est à cause de cela que je suis comme ça. »

Il était très fier et fort satisfait d'être « comme ça », parce que cela lui valait de ne pas avoir à aller travailler en usine à longueur de journées pour gagner sa vie comme tous les autres jeunes hommes de son âge. Il aimait mieux commander le gang des gamins de douze ans de notre rue et les emmener guerroyer contre une autre bande de galopins du même âge d'un autre quartier. Notre rue, à la lisière de la ville, était formée d'une rangée irrégulière de maisons dos à dos vétustes, alors que le quartier ennemi était une cité toute neuve composée de trois longues rues qui nous débordaient par le côté en ne nous laissant qu'une maigre parcelle de campagne, quelques prés et des jardins ouvriers, où pouvoir nous ébattre, et pour nous c'était là une bonne raison pour en vouloir à mort à ses occupants. C'étaient d'anciens habitants des taudis du centre de la ville que l'on avait relogés dans cette nouvelle cité, aussi nos ennemis n'étaient-ils pas moins féroces que nous, mais ce qui leur manquait, c'était un jeune gaillard arriéré, d'une vingtaine d'années, comme l'était Frankie, pour les conduire à la bataille. Les occupants de la cité n'avaient rien perdu de leurs mœurs d'habitués de taudis, et les gens de notre rue avaient pris l'habitude d'appeler le nouveau quartier *Sodome* !

— On va attaquer *Sodome* aujourd'hui, nous informa Frankie dès que nous fûmes alignés pour qu'il nous passe en revue. Il n'avait aucune idée du sens biblique de ce mot : il croyait que c'était le nom qui avait été donné officiellement au quartier par la municipalité.

Nous descendîmes donc la rue en rangs de deux et de trois pour aller nous regrouper sur le pont qui franchit la Lean. Frankie nous avait donné l'ordre d'arrêter tous les gamins errants que nous pouvions rencontrer en cours de route et, s'ils se refusaient à se joindre à nous de leur plein gré, il recourait à l'une ou l'autre de ces trois méthodes : ou il les faisait garrotter avec un bout de corde à linge et les emmenait de force avec nous, ou il les menaçait de tortures jusqu'à ce qu'ils eussent consenti à nous suivre « volontairement », sinon, il leur flanquait des claques de sa main formidable et les renvoyait chez eux en pleurnichant, quand

autres des Sherwoods sont venus lui donner de l'aide et empêcher les Boches de rappliquer davantage, c'est soixante-trois macchabs qu'on a comptés devant sa mitrailleuse. C'est pour ça qu'on l' a décoré et qu'on l'a renvoyé en Angleterre.

Il jeta un coup d'œil sur le demi-cercle de ses auditeurs.

— Qu'est-ce que vous dites de ça, hein ? demanda-t-il farouchement comme si ç'avait été lui-même le héros de l'aventure et que nous ayons mis en doute son récit. Ça va, commanda-t-il, quand nous eûmes manifesté l'appréciation requise des exploits de son père. Maintenant, vous allez tous aller ramasser du bois pour entretenir le feu.

Frankie se passionnait pour la guerre. Il me glissait fréquemment un penny dans la main en me disant d'aller lui acheter l'*Evening Post* pour que je lui lise les dernières nouvelles des guerres de Chine, d'Abyssinie ou d'Espagne et, appuyé contre le mur de sa maison, ses yeux gris fixés sur les toitures de l'autre côté de la rue, il me disait chaque fois que je m'arrêtais pour reprendre haleine : « Continue, Alan, lis-m'en encore. Relis-moi ce passage sur Madrid... »

Frankie était un colosse, ce qui ne l'empêchait pas de savoir nous mettre en formation et nous disposer dans les creux d'une prairie faisant face au talus du chemin de fer qui défendait les abords des rues de *Sodome*. On y attendait une heure, la douzaine de galopins que nous étions, le visage collé contre la terre, serrant nos bâtons et nous efforçant d'empêcher de s'entrechoquer les pierres que nous avions dans nos poches. Si jamais l'un de nous bougeait, Frankie, à mi-voix, lui lançait un avertissement : « L' prochain qui remue, j' lui fous un coup de trique ! »

Le talus était à trois cents mètres. Sous nos corps, l'' était moelleuse et douce, et Frankie en mâchonnait d fes, mais en ordonnant que personne ne l'imitâ cette herbe-là était plus vénéneuse que le la bellado tuerait recta en cinq secondes, si l'on essayait, bien qu'il ne risquât rien, lui, parce qu'il était contre tous les poisons. Il possédait un talisman qui le protégeait : il était sorcier, mais pour les autres, l'herbe leur brûlerait les tripes.

Un express surgit de la gare et accéléra quand il prit la courbe, nous masquant les pignons roses de *Sodome*, tandis que nous soulevions la tête au-dessus de l'herbe pour compter les voitures. C'est alors que nous aperçûmes l'ennemi, plusieurs silhouettes debout sur la voie, brandissant des bâtons et lançant comme par défi des pierres dans une mare en contrebas du remblais.

— Voilà la bande de *Sodome*, chuchotâmes-nous.

— Ne bougez pas, siffla Frankie. Combien que vous en voyez ?

— On ne peut pas dire.

— Huit.

— Y en a d'autres qui les rejoignent.

— Faites comme si c'étaient des Boches, ordonna Frankie.

Ils dévalèrent le talus et, l'un après l'autre, escaladèrent la palissade qui les séparait de nous. Tant qu'ils avaient été sur le remblai, ils avaient crié et s'étaient interpellés à voix haute, mais une fois dans la prairie, ils se groupèrent et avancèrent en silence. J'en comptai neuf, plus quelques autres qui franchissaient également la voie ferrée sans vergogne. Je me rappelai que nous étions onze de notre côté et, en attendant le signal de l'assaut, je me répétais en moi-même : « Ça ne va plus tarder maintenant, ça ne va plus tarder. »

Frankie nous transmit ses dernières consignes à voix étouffée.

— Vous, les gars, vous prendrez par la gauche. Vous autres, par la droite. Nous, on attaquera de front. Ce qu'il faut, c'est les cerner.

La seule tactique militaire qu'il admît, c'était de cerner l'adversaire et de le faire prisonnier.

Il se releva, brandissant son épieu de fer et agitant son bouclier. Nous suivâmes son mouvement et, nous étant déployés en ligne, nous nous mîmes à avancer lentement en lançant des pierres sur l'arc concentrique de la troupe ennemie aussi vite que nos bras nous le permettaient.

Ce fut une escarmouche classique. N'ayant point de David à opposer à notre Goliath, ils nous lancèrent quelques pierres inoffensives puis se mirent à détaler en désordre, refranchirent la palissade et réescaladèrent le talus du remblai. Plusieurs d'entre eux furent atteints par nos pierres.

— Vous êtes prisonniers! hurla Frankie. Mais ils avaient filé trop vite et nous échappèrent. Pendant quelques minutes, la prairie reçut une grêle de pierres lancées du talus de la voie, qui empêcha nos ailes de pousser en avant et d'opérer leur encerclement. L'ennemi s'en donnait à cœur joie de sa position sur la voie ferrée où le ballast lui fournissait une ample provision de pierres toutes prêtes, alors que notre terrain n'était couvert que d'herbe sans possibilité de nous ravitailler en munitions quand la provision de nos poches serait épuisée. S'ils se regroupaient et repartaient à l'assaut contre nous, il nous faudrait battre en retraite d'un demi-mille, jusqu'au pont, avant d'arriver à retrouver des projectiles.

Frankie en une seconde se rendit compte de la situation. Il s'était déjà trouvé devant le même problème de tactique. Un certain nombre d'entre nous étaient maintenant touchés. Quelques-uns se mirent à reculer. L'un de nous reçut une pierre dans l'œil. J'avais du sang qui me coulait sur la tête, mais je n'y attachai pour le moment aucune importance parce que je pensais beaucoup plus à la volée qu'à mon retour à la maison mon père allait m'appliquer de son poing massif pour avoir pris part à la bataille, qu'à un peu de sang et de douleur. (T' as 'core été avec Frankie Buller, hein ? — vlan — Qu'est-ce que je t'avais dit ? J' t'avais pourtant prévenu de n' pas recommencer ! — vlan — Mais ça s' fiche pas bien mal de c' qu'on vous dit ! — vlan — T'as qu'à continuer à aller comme ça avec le Frankie Buller et tu d'viendras aussi ballot qu' lui, j' te l' dis — vlan, vlan.)

Du flottement se manifestait dans nos rangs. Mes poches étaient légères, presque toutes mes pierres épuisées. J'avais mal aux bras à force d'en avoir lancé !

— Vous êtes d'accord pour qu'on charge, les gars ? interrogea Frankie Buller.

Il n'y avait qu'une réponse à faire. Nous l'aurions suivi jusque dans une fournaise s'il nous l'avait demandé. Peut-être nous acculait-il à des situations désespérées d'où aucune retraite n'était possible rien que pour se procurer cette magnifique sensation d'une victoire ou d'une défaite héroïque.

— Oui ! criâmes-nous tous ensemble.

— Allons-y, alors ! et il commanda, de toute la force de ses poumons : EN AVANT !

Ses grandes enjambées lui firent franchir en quelques secondes la centaine de mètres qui nous séparait du remblai dont il commençait déjà l'ascension. Les pierres lancées par la troupe de *Sodome* crépitaient sur son bouclier et le faisaient résonner. Nous autres, qui n'avions pas la lance emblématique et le couvercle de poubelle du chef, avancions plus lentement en lançant nos dernières pierres sur la troupe qui nous surplombait sur le remblai.

Comme nous escaladions la palissade à droite et à gauche de Frankie, celui-ci avait déjà gravi la moitié du talus et n'était plus qu'à quelques mètres de l'ennemi, exhortant cependant ses ailes à accélérer l'allure et à tourner l'adversaire, agitant maintenant sous le nez même de nos adversaires sa dangereuse tringle surmontée d'un fer de lance. Rattrapant notre retard, nous surgîmes soudain sur les deux flancs, atteignant d'un bond la voie du chemin de fer où nous pûmes nous réapprovisionner en munitions, tandis que Frankie continuait de harceler l'ennemi devant lui.

Ce fut chez celui-ci la débandade. Les garçons dégringolèrent à toutes jambes l'autre versant du remblai et s'enfuirent par les rues de *Sodome*, se dispersant pour aller trouver un refuge dans les passages entre les maisons roses aux portes, déjà couvertes d'écorchures et de traces de pierres, derrière lesquelles, disaient les mauvaises langues, les locataires emmagasinaient leur charbon dans leurs baignoires (bien qu'en secret on les enviât, car cela permettait de l'avoir bien commodément à portée de la cuisine !) et tendaient des collets dans leurs jardins de derrière.

Quand les femmes de notre rue étaient à court d'épithètes à décerner à Frankie Buller pour avoir entraîné leurs gosses dans des combats d'où ils revenaient les yeux pochés, les vêtements en lambeaux et des coupures plein la tête, elles le traitaient de « Zoulou », qualificatif que Frankie interprétait, lui, comme étant flatteur, synonyme à ses yeux de bravoure et d'audace. « Pourquoi donc que tu t'en vas courir avec ce sale Zoulou ? » demandait une mère à son rejeton, tandis qu'elle déchirait une vieille chemise du père pour lui faire un bandage ou mettre une pièce à la sienne. Et tout de suite, Frankie se matérialisait devant nous, sauvage silhouette brandissant sa lance et son bouclier-couvercle de poubelle, gesticulant comme un possédé avant de déclencher l'assaut contre l'ennemi. Quand on faisait des prisonniers, il les faisait attacher à un arbre ou à un poteau de clôture, puis ordonnait à sa troupe d'exécuter une danse de guerre autour d'eux. Une fois accompli ce rite auquel il prenait parfois part en personne avec son accoutrement de barbare, il faisait allumer un feu à proximité et proclamait qu'il allait maintenant torturer les prisonniers et les mettre à mort. Il fut si près une fois de mettre sa menace à exécution que l'un de nous s'esquiva pour aller prévenir le père de Frankie et le supplier de venir calmer son fils et mettre les prisonniers en liberté. C'est ainsi que M. Buller arriva, accompagné de deux autres hommes, dont mon propre père, en descendant quatre à quatre les marches du pont et se dépêchant de traverser la prairie, Chris aux noirs sourcils, courtaud et trapu, et le père Buller au crâne déplumé et à la moustache de morse. Mais le même gars qui était allé prévenir les parents était revenu en catimini dans le camp de Frankie et y avait donné l'alarme, de sorte que lorsque les trois hommes arrivèrent, tout prêts à mettre le grappin sur Frankie et à le ramener chez lui de gré ou de force, ils ne trouvèrent plus qu'un feu éteint et aux cendres dispersées, et un couple de prisonniers terrorisés, mais indemnes, encore ligotés à un arbre.

En fait, les actes de terrorisme de Frankie se multiplièrent à l'approche de la guerre, bien que beaucoup soient passés inaperçus en raison de l'atmosphère tendue et lourde de menaces de cet été-là. Il emmenait sa bande à travers les jardins ouvriers, enfonçait la porte des cabanes dont il dispersait, à travers les planches de légumes, les outils et les semences de fleurs avec une énergie démentielle, passant la tondeuse à gazon sur les plants de laitue et de persil et laissant derrière lui une jonchée de chrysanthèmes décapités ! Son amusement préféré était de lancer son javelot contre les baraques avec une telle force qu'il en crevait les parois de mince contreplaqué avec sa pointe de fer.

Il y avait beau temps que la nouveauté de posséder des masques à gaz avait perdu pour nous toute saveur. Frankie nous avait emmenés en expédition à la campagne un jour pour faire une razzia, accoutrés de nos masques, le nuage blanc qui se montrait au-dessus du bois étant, nous affirmait-il, plein de gaz moutarde lancé des tranchées boches de l'autre côté, et ils furent si endommagés dans la bagarre que nous les jetâmes tous cérémonieusement dans un feu de camp avant de rentrer chez nous, jugeant plus prudent de dire que nous les avions perdus que de montrer les morceaux déchiquetés qui en restaient.

Il y eut tant de carreaux cassés, tant de poubelles renversées, tant de pneus de bicyclettes dégonflés, tant de horions reçus au cours de victoires à la Pyrrhus lors des expéditions de notre gang — car il semblait que Frankie eût soudain perdu son génie militaire — qu'il fut bientôt risqué pour Frankie de se montrer dans notre rue. Fumant une vieille bouffarde de son père bourrée de tabac provenant de mégots qu'il nous faisait ramasser pour lui, il y était passé une fois, tenant le milieu de la chaussée, quand une ménagère avait soudain surgi en furie d'une entrée de maison en brandissant une perche à linge dont elle se mit à lui assener de grands coups.

— J' t'ai bien vu renverser ma poubelle la nuit dernière, espèce de sale Zoulou, espèce de grand imbécile. Tiens, attrape ça, et attrape ça encore !

— C'était pas moi, m'dame, je l' jure que c'était pas moi, protestait-il de toutes ses forces, la tête protégée derrière son bras replié et détalant au plus vite pour échapper aux coups.

— R'viens-y encore par chez moi, lui cria-t-elle, et j' te rafraîchirai avec un seau d'eau. Tu verras si ça n' t'arrive pas !

Une fois hors d'atteinte, il s'était retourné vers la femme, hébété, furibond, le sang bouillant de rage et il lui avait décoché les pires injures de son répertoire avant de rentrer chez ses parents en claquant la porte derrière lui.

Mais ce n'est pas seulement la venue des hostilités qui fut cause de l'effondrement de Frankie. Ce fut aussi parce qu'il y avait en lui certains appétits qui se manifestaient d'autres façons que par la petite guerre. Bien souvent au cours de l'été, en fin d'après-midi, il allait se poster en haut de notre rue pour guetter les femmes qui sortaient de la manufacture de tabacs. Celle-ci en employait deux mille dont près d'un quart passait tous les soirs par là après le travail.

Il les attendait, vêtu de son pantalon de velours noir, de

son veston rapetassé et d'une chemise sans col appartenant à son père, seul la plupart du temps, mais si l'un des plus âgés parmi les membres de sa troupe restait à lui tenir compagnie, cela ne l'incommodait pas le moins du monde dans la poursuite de ses amours assez particulières. Il était le champion des siffleurs de la ville, et il tirait parti de ses talents musicaux quand passaient les femmes en groupes de deux ou trois, bras dessus, bras dessous.

— Hé, ma chérie, les interpellait-il, comment ça va?

Elles lui répondaient d'un haussement d'épaules et d'un hochement de tête en riant, ou encore, le remettaient en place.

— Veux-tu sortir avec moi ce soir? poursuivait-il avec un gros rire. Veux-tu que j' te paie le cinéma?

Parfois, l'une des femmes traversait la rue pour l'éviter, ce qui la désignait tout particulièrement à ses avances les plus délicates.

— Hé, ma jolie, veux-tu qu' j'aille te voir de plus près?

On lui renvoyait des réponses de la même veine, ponctuées de grands rires.

— Ça t' coûtera cinq *quids* [1].

— Tu m'as pas r'gardé, ma cocotte. T' as des visions!

— Rendez-vous au Grand Cinéma à huit heures. Et m' pose pas un lapin, parce que moi, j'y serai...

C'était là l'apogée de son comportement d'adulte. Il ne faisait en cela qu'agir d'une manière conforme à son âge en copiant avec outrance les façons de tous les garçons de vingt et quelques années. Mais la consommation de ces amours singulières s'achevait dans une touffe de roseaux du marais s'étendant entre la Lean et la voie ferrée, où Frankie ne menait que rarement sa troupe. Il s'y enfonçait tout seul (la femme qu'il avait sifflée ne l'accompagnant que comme une vague image dans son souvenir), par des pistes dissimulées

1. *Quid* : livre sterling, en argot (N.d.T.).

utilisées pour attraper des têtards, puis allait s'étendre en un endroit secret où personne ne pouvait l'apercevoir, bosquet rustique d'osiers, de sureaux et de chênes entrelacés. De ces incursions, il revenait pâle et le regard fuyant, tout plein de honte autant que de souvenirs délectables.

Il alla se poster tous les soirs au coin de la rue jusqu'à la fin de l'été, avec plusieurs membres de sa troupe au début, puis tout seul parce que les remarques qu'il adressait aux ouvrières se faisaient de moins en moins innocentes, à tel point qu'un beau jour un policeman apparut et l'évinça à tout jamais de son coin de rue. Ce fut au cours des mêmes mois que des centaines de camions allèrent jour après jour déverser des détritus dans le marais pour le combler et y établir les fondations d'une extension de la manufacture de tabacs, détruisant la cachette secrète de Frankie qui disparut ainsi de ce monde.

Le dimanche matin où Chamberlain fit entendre sa voix chagrine que mon père et ma mère écoutèrent avec des hochements de tête devant le haut-parleur à nervures en forme de cœur de notre poste de radio, je rencontrai Frankie dans la rue.

Je lui demandai ce qu'il comptait faire maintenant que c'était la guerre, persuadé que, puisqu'il était d'âge mobilisable, il serait appelé comme tous les jeunes hommes du monde. Il me parut inerte et triste, ce que je m'imaginai être le fait des événements, un masque de gravité décente que tout le monde devait arborer, bien que je n'eusse pas l'impression que ce fût mon cas. Je remarquai également que lorsqu'il parlait, il bégayait maintenant. Il s'assit sur le trottoir, adossé au mur d'une maison, sentant inconsciemment que personne ne songerait aujourd'hui à lui flanquer une râclée à coups de perche à linge.

— J'attends qu'on m'appelle, me répondit-il. Alors, je m'engagerai dans les *Sherwood Foresters*.

— Moi, si on m'appelait, je demanderais à aller dans la

marine, précisai-je comme il se dispensait de me servir une anecdote sur les exploits de son père lors de la première guerre.

— Y a que dans l'armée que ça vaut d' s'engager, Alan, fit-il d'un ton profondément convaincu en se relevant et en atteignant sa pipe.

Il se mit soudain à sourire, son abattement dissipé.

— Ecoute-moi : après déjeuner, on va rassembler la troupe et aller faire des manœuvres au Pont-Neuf. Faut que je vous mette tous en forme maintenant qu'on est en guerre. On va s'entraîner un peu. Peut-être qu'on va rencontrer des gars d' *Sodome*.

Au cours de la marche de l'après-midi, Frankie nous dévoila ses plans d'avenir. Quand nous atteindrions nos seize ans, nous dit-il, si la guerre durait toujours — et il ne pouvait pas en être autrement parce que les Allemands avaient de l'endurance, c'est son vieux qui le lui avait dit, mais ils ne gagneraient tout de même pas parce que leurs officiers envoyaient toujours les hommes à l'attaque les premiers — il nous emmènerait au dépôt de recrutement pour nous faire nous engager en bloc, tous ensemble. De cette façon, c'est lui, Frankie — qui commanderait notre section.

C'était là une idée épatante et toutes les mains se levèrent en approbation.

Il n'y avait personne dans la prairie de l'autre côté du Pont-Neuf. Nous nous étions rassemblés en file le long du parapet et découvrions, muets, un nouveau témoignage de l'extension de la ville. Les lopins de terre et les jardins ouvriers étaient maintenant coupés de la véritable campagne par un boulevard qui commençait aux maisons neuves de *Sodome*, déjà sillonné de voitures et des autobus à impériale des transports municipaux.

Ne découvrant pas trace de la bande de *Sodome*, Frankie ordonna à trois d'entre nous d'aller se camoufler dans les fossés et les dénivellations pour que le reste de la troupe essaie de les découvrir. Le numéro suivant du programme d'instruction consista en un tir à la cible, le but étant une boîte à conserve posée sur un tronc d'arbre qu'il fallait abattre à coups de pierres à cinquante mètres de distance. Après des leçons d'escrime et des matches de lutte, six membres de la troupe de *Sodome* firent leur apparition sur la voie ferrée et, à la suite d'une escarmouche rapide et brutale, furent faits prisonniers. Frankie ne voulut ni les garder ni leur faire de mal, et il les relâcha après leur avoir fait jurer de s'engager aux *Sherwood Foresters*.

A sept heures du soir, il nous forma en file double pour rentrer en effectuant une grande marche. Quelqu'un protesta, prétendant qu'il était trop tard pour que nous soyons revenus chez nous à temps pour le thé du soir et, pour une fois, Frankie céda devant ce que je me rappelle nettement avoir considéré alors comme une manifestation d'insubordination. Tenant compte de cette remarque, il décida d'abréger le parcours en nous faisant traverser une voie ferrée qui desservait la mine. Les usines et les rues sordides de la colline étaient passées à une couleur ocre foncé pouvant faire présager un orage pour la nuit, et les nuages au-dessus de la ville étaient roses, donnant une impression irréelle de profond silence et nous faisant nous sentir vulnérables, comme si les employés du chemin de fer du poste d'aiguillage à l'extrémité de l'embranchement avaient pu nous apercevoir et entendre nos moindres paroles.

L'un après l'autre, nous franchîmes la clôture de grillage, Frankie, accroupi dans les broussailles nous indiquant quand personne n'était en vue. Il nous fit traverser la voie ferrée séparément, bondissant, courbés en deux, au-dessus des six voies, comme si nous étions passés devant un nid de mitrailleuses. Entre la dernière voie et la palissade, un obstacle se dressait sous la forme d'une voiture de chemin de fer dépourvue de ses roues, qui servait de hangar à outils et d'atelier de réparation. Frankie nous avait assuré qu'il n'y avait personne dedans, mais, quand nous eûmes tous traversé, les autres, déjà engagés dans la prairie, qui gagnaient en courant le chemin, j'aperçus, m'étant détourné, un employé de chemin de fer qui apparaissait à la porte du wagon et arrêtait Frankie au moment où celui-ci allait se disposer à escalader la clôture.

Je ne saisis pas distinctement les paroles, seulement le bruit confus d'une altercation. Je demeurai replié entre les osiers et vis le cheminot pointer son doigt vers la poitrine de Frankie comme s'il lui passait une verte semonce, puis Frankie se mettre à agiter les bras comme s'il trouvait intolérable d'être arrêté ainsi en vue de toute sa troupe qu'il s'imaginait les observer de la prairie.

C'est alors que, seconde inoubliable, je vis Frankie sortir de la poche de sa veste une bouteille d'une pinte et en asséner un grand coup sur la tête de l'employé. Dans le silence accru, j'entendis le choc et le cri de surprise, de colère et de douleur que poussa l'homme. Frankie fit alors demi-tour et courut vers l'endroit où je me trouvais, franchissant la clôture d'un bond de zèbre. Arrivé à ma hauteur et m'ayant aperçu, il me cria comme un fou :

— Débine-toi, Alan. Il l'a cherché. Il l'a bien cherché.

Nous filâmes tous deux...

Le lendemain, mes frères, mes sœurs et moi-même étions embarqués dans un des autobus municipaux et emmenés, avec nos quelques hardes dans des sacs en papier, vers Worksop, évacués en raison des risques de bombardement, ainsi que la plupart des enfants de la ville. Ce coup fatal priva Frankie de sa troupe, et lui-même fut emmené au poste de police pour avoir donné le coup de bouteille à l'employé de chemin de fer. Il fut également poursuivi pour avoir pénétré illégalement sur le domaine de la compagnie de chemin de fer.

Il est possible que la venue de la guerre ait coïncidé avec la fin de la pseudo-adolescence de Frankie, bien qu'ensuite il ait encore fréquemment donné des signes de manque de maturité dans son comportement. C'est ainsi qu'on le voyait souvent arpenter la ville d'un bout à l'autre, malgré écrans de fumée et black-out de la défense passive, à la recherche d'un cinéma projetant un western.

Je suis resté deux ans sans revoir Frankie. Puis un jour, étant passé par la rue où nous n'habitions plus désormais, je rencontrai un homme poussant une voiture à bras. C'était lui. Sa voiture était pleine de fagotins, de cette sorte de petit bois que les ménagères empilent sur un bouchon de vieux journaux pour allumer leur feu le matin. Nous n'avons pas trouvé grand-chose à nous dire, Frankie prenant d'ailleurs avec moi un air condescendant, comme s'il avait eu honte qu'on le vît en conversation avec quelqu'un tellement plus jeune que lui ! Il ne le manifestait pas ostensiblement, mais je le sentais et le gamin de treize ans que j'étais s'en offusquait. Les temps étaient vraiment changés : nous n'étions plus des copains. J'essayai pourtant de recréer l'ambiance d'autrefois en disant :

— Alors, est-ce que t'as essayé de t'engager, Frankie ?

Je me rends compte maintenant que c'était là une question maladroite et susceptible de le vexer. Je ne m'en étais pas aperçu sur le moment, mais j'avais pourtant senti un froid dans sa réponse.

— Qu'est-ce que tu veux dire ? Mais je suis soldat. Ça fait un an que je me suis engagé. Mon vieux est retourné dans l'armée, lui aussi : il est sergent-major et j' suis dans la même compagnie que lui.

La conversation en demeura là. Frankie poussa sa petite voiture jusqu'à la grille suivante et se mit à décharger ses fagotins.

Dix ans s'écoulèrent alors sans que je le revoie. Dans l'intervalle, j'avais moi-même « fait le soldat » en Malaisie, et je ne pensais plus à nos jeux d'enfants avec Frankie Buller et à nos batailles rangées avec la bande de *Sodome* sur le Pont-Neuf.

Je n'habitais plus la même ville. Peut-être pourrait-on dire que j'étais monté en grade : j'étais devenu une espèce d'écrivain, ayant, pour une raison confuse, pris goût à la lecture après l'évacuation et au cours des bombardements ultérieurs.

Revenu une fois au pays voir mes parents, alors que je rentrais à la maison un soir vers les six heures, j'entendis quelqu'un me héler dans la rue :

— Alan !

Je reconnus tout de suite la voix et, m'étant retourné, j'aperçus Frankie qui se tenait devant une affiche de cinéma, essayant de la déchiffrer. Il avait environ trente-cinq ans maintenant et n'était plus le colosse au javelot qu'il m'apparaissait autrefois, mais à peine plus grand que moi, amaigri et avec une expression manifestement assagie dans le visage, l'air presque convenable avec sa casquette, son pardessus noir et son cache-col blanc aux pans soigneusement rentrés sous ses revers. Je remarquai le ruban vert à sa boutonnière qui me confirma ce qu'on m'avait dit de lui de temps à autre au cours des dix dernières années : de sergent-major de notre troupe, il était devenu simple soldat dans la Garde Territoriale, planton dans la même compagnie que son père. Le chef au front bas coiffé d'un casque, et ruisselant de sueur, il avait, porteur de messages, passé son temps à sillonner la région dont il connaissait le moindre brin d'herbe.

Il n'était plus mon chef désormais et nous nous en rendîmes compte l'un et l'autre dès notre poignée de main. L'affaire de bois d'allumage dont il était à lui seul le directeur et tout le personnel avait prospéré, et c'est maintenant avec une voiture à poney qu'il faisait ses tournées. Il n'était pas bien riche, mais il était son maître. L'ambition avouée des gens de notre classe est de devenir un beau. jour son propre patron. Mais il savait qu'il n'était plus maintenant un directeur de conscience, et il devait se demander, tandis que nous parlions, si je n'en étais pas devenu un moi-même, ce qui expliquait peut-être son embarras.

Non seulement nous avions l'un et l'autre grandi chacun à sa façon depuis les jours où, avec son couvercle de poubelle-bouclier et sa pique de fer de grille, il menait notre bataillon à d'impitoyables combats à coups de pierres, mais il lui était arrivé quelque chose dont je n'avais pas eu connaissance. Issus de la même classe sociale, et, ayant eu, on pouvait le dire, la même enfance, nous aurions trouvé en nous de quoi nous comprendre, encore que nous nous distinguions aujourd'hui quelque peu par notre comportement extérieur. Non! il n'existait plus aucun contact entre nous. Ce que le monde, où je m'étais introduit, appelle une « conscience affinée », me faisait sentir que nous en étions responsables l'un et l'autre, Frankie et moi.

— Comment qu' ça va maint'nant, Frankie? lui demandai-je en reprenant notre parler d'autrefois, tout en sachant que je n'avais plus le droit d'en user.

Sa réponse hachée était bien proche de ce que nous eussions jadis qualifié sans pitié de bégaiement.

— Ça-ça va maint'nant. Je... m' sens bien mieux après toutes ces années qu' j'ai passées à l'hôpital.

Je l'examinai de haut en bas rapidement et sans trop qu'il y paraisse pour voir s'il était estropié d'un pied ou montrait les vestiges d'une fracture, ou une cicatrice, car pour quelle autre raison peut-on aller à l'hôpital?

— Pourquoi qu'on t'y avait envoyé? lui demandai-je.

Son bégaiement s'intensifia avec sa réponse. Je me rendis compte qu'il hésitait parce que, l'espace d'un instant, il ne sut pas quel ton prendre, bien qu'il finît tout de même par déclarer presque avec fierté, et en tout cas, sincèrement :

— Pour des électrochocs. C'est pour ça qu' j'y étais.

— Pourquoi donc t'a-t-on fait subir des électrochocs, Frankie ?

J'avais posé cette question candidement, ne voyant sincèrement pas ce qu'il voulait dire, quand enfin les horribles détails de ce que Frankie avait dû subir me vinrent en éclair à l'esprit. J'aurais voulu alors pouvoir écharper ces odieux hommes en blouses blanches qui étaient venus s'introduire dans la brousse ténébreuse du monde de Frankie, j'aurais voulu pouvoir leur faire ravaler leur hargne et leur présomption.

Il remonta le col de son pardessus parce que avec le crépuscule la pluie s'était mise à tomber.

— Vois-tu, Alan, commença-t-il, son visage me paraissant maintenant plus raisonnable et normal, je m' suis battu avec mon vieux, et après ça, j' suis tombé dans les pommes. Mais comme j'avais amoché mon père, il a appelé la police. Ils ont fait venir un médecin, et celui-ci a dit qu'il fallait m' mettre à l'hôpital.

On lui avait appris à dire « l'hôpital » ! Autrefois, il aurait dit « l'asile », en s'esclaffant.

— Je suis heureux de voir que ça va mieux maintenant, lui dis-je et, pendant le long silence qui s'ensuivit, je me rendis compte que le monde de Frankie était en réalité impénétrable, que de savants inquisiteurs scientifico-moralistes pouvaient sans doute l'atteindre, l'obliger à se dissimuler, tuer le corps physique qui lui donnait refuge, mais qu'au bout du compte, ils étaient impuissants à faire grand mal à de telles mentalités. Il existe des coins de jungle que le scalpel ne saurait atteindre...

Il se préparait à me quitter : la pluie le dérangeait. Puis, se rappelant pourquoi il m'avait interpellé, il se retourna vers l'affiche aux énormes lettres noires sur un fond jaune.

— Est-ce que c'est au Savoy ? me demanda-t-il en désignant l'affiche de la tête.

Il expliqua en manière d'excuse :

— J'ai oublié mes lunettes, Alan. Peux-tu lire le titre pour moi et me dire si ça se donne ce soir ?

— Bien sûr, Frankie. Et je lui lus tout haut : « Gary Cooper, dans *La Malle de Saratoga.* »

— Je me demande si c'est un bon film, me dit-il. Crois-tu que ce soit un western, ou bien est-ce une histoire d'amour ?

Je lui expliquai de mon mieux ce que j'en savais. Je me demandais quel genre de sujet, après ses électrochocs, il pouvait préférer. Dans quels replis de son monde obscur, tout peuplé de démons, les secousses électriques avaient-elles pénétré ?

— J'ai vu ce film, lui expliquai-je. C'est une sorte d'histoire de cow-boys. Il y a une terrible catastrophe de chemin de fer à la fin.

Alors, je compris. Je crois qu'il s'étonna de me voir lui serrer la main si chaleureusement lorsque nous nous quittâmes. Mon exposé des principaux épisodes du film avait agi sur lui comme philtre. Dans ses yeux avait réapparu la même lueur que je voyais des années auparavant quand il se dressait avec son épieu et son bouclier et hurlait : « En avant ! » et se lançait au milieu d'une grêle de pierres et de coups de bâtons.

— Ça me dit, décida-t-il. C'est l' genre de film qui m' plaît. J' vais aller voir ça.

Il renfonça davantage sa casquette, s'assura que le col de son pardessus lui couvrait bien la gorge et le cou, et partit sous la pluie battante, l'imagination toute stimulée.

— Bonsoir, Frank, lui criai-je comme il tournait le coin de la rue. Je me demandais ce qui resterait de lui quand on aurait fini de le traiter. Parviendrait-on à atteindre et à assécher l'immense réservoir souterrain de son esprit ténébreux et inspiré ?

Je le regardai s'en aller. Faisant fi des feux de signalisation, il traversa en biais le large boulevard ruisselant d'eau, courut après un autobus et sauta sans encombre sur la plate-forme vide.

Et moi, avec tous mes livres, je ne l'ai plus jamais revu. C'était comme si j'avais dit adieu, à tout'jamais, à une bonne partie de moi-même.

LE DÉSHONNEUR DE JIM SCARFEDALE

Je suis facilement influençable : j'ai la tête qui tourne comme une girouette quand on veut me faire changer d'avis. Mais j'ai certaines idées qu'on ne m'enlèvera pas de l'esprit, et je n'hésiterai pas à m'embarquer, même si ça m'est aussi difficile que d'enfoncer un clou la tête la première, dans une longue histoire compliquée, pour vous expliquer ce que je veux dire.

Celle de Jim Scarfedale.

Je ne permettrai à personne d'essayer de me soutenir qu'on n'est pas capable de se débrouiller tout seul quand on arrive à l'âge de quinze ans. On devrait même être en mesure de le faire plus tôt, mais c'est contraire à la loi, comme tout le reste, dans ce foutu pays de l'espérance et de la gloire.

Voyez-vous, on ne peut pas rester à perpète accroché au tablier de sa mère, bien que ça ne fasse pas de doute qu'il y ait pas mal de gars qui aiment ça. Jim Scarfedale était de ceux-là. Il s'y était accroché si longtemps qu'à la fin il ne pouvait plus s'en déshabituer et que, quand il a voulu faire autrement, je donnerais ma parole qu'il n'était pas capable de faire la différence entre un cordon de tablier et une paire de jarretières, quoique je sois convaincu que sa femme toute neuve et presque jolie ait essayé de la lui faire entrer dans le crâne avant de le renvoyer en chialant chez sa mère.

En tout cas, moi, je ne serai pas de ce genre. Dès que je verrai un moyen de mettre les voiles, même s'il me faut voler des sous dans les compteurs à gaz pour arriver à becqueter, je l'emploierai. A l'école, au lieu de suivre la leçon d'arithmétique, je ne décolle pas les yeux de sur mon atlas planqué sous mon pupitre, et je cherche de quelle façon m'y prendre quand le moment sera venu (avec la page déchirée de l'atlas pliée dans ma poche revolver) : vélo jusqu'à Derby, autobus pour gagner Manchester, train pour Glasgow, voiture « empruntée » pour me rendre à Edimbourg, et auto-stop pour descendre à Londres. Je n'en ai jamais fini de regarder ces cartes avec leurs routes en rouge, leurs collines en brun et un tas de mirobolantes villes inconnues. Aussi ne s'étonnera-t-on pas que je sois au-dessous de tout en calcul. (Oui, je sais, toutes les villes sont pareilles quand on les examine bien : mêmes foyers pleins de voleurs tout prêts à vous refaire jusqu'à votre dernier shilling si vous leur en donnez la moindre possibilité, mêmes usines, pleines d'embauche si la chance vous sourit, mêmes arrière-cours pourries et maisons pleines de vermine et de cafards quand la nuit vous tournez soudain le bouton de l'électricité; mais malgré tout, même si elles sont toutes pareilles, elles diffèrent aussi d'une multitude de façons, personne ne pourra dire le contraire.)

Jim Scarfedale habitait avec sa mère dans notre cité ouvrière, une maison semblable à la nôtre, sauf qu'elle était bien plus près de la manufacture de vélos, qu'elle y était presque collée, pour ainsi dire, au point que je me demandais comment ils pouvaient y tenir avec le bruit qu'on entendait. Ce n'aurait pas été pire s'ils avaient été dans l'usine même, tant le boucan que ça faisait chez eux était assourdissant. J'y étais allé une fois pour dire à Mrs. Scarfedale que Mr. Taylor, qui tenait le comptoir d'alimentation, voulait la voir au sujet de la commande de boustifaille pour la semaine, et pendant que je lui débitais mon boniment, je pouvais entendre le vacarme des machines et des transmissions dans l'usine, de l'autre côté du mur, et les marteaux-pilons qui cognaient comme s'ils avaient voulu défoncer la cloison pour installer une annexe chez les Scarfedale ! Je ne serais pas tellement surpris si ce n'était pas ce chahut-là, tout autant que sa maternelle, qui ait amené Jim à se conduire comme il l'a fait.

La mère de Jim était une grande bonne femme, une vraie jument mesurant bien six pieds, dont la maison était aussi bien fourbie qu'une aiguille neuve, et qui bourrait Jim de pudding à l'étuvée et de ragoût à l'irlandaise. Elle était de cette sorte de femmes qui « savent se débrouiller », ce qui voulait dire qu'elle réussissait presque toujours à obtenir ce qu'elle voulait, et qui était persuadée d'avoir toujours raison. Son mari était mort tuberculeux, après avoir craché ses poumons, peu de temps après la naissance de Jim, et Mrs. Scaferdale était allée travailler à la manufacture de tabacs pour gagner sa vie et celle de son fils. Elle y avait trimé comme une brute pendant des années, et elle avait lutté d'arrache-pied pour arriver à joindre les deux bouts à l'époque du chômage. Je dirai à son actif que, les dimanches matin, Jim avait toujours un costume à se mettre sur le dos, ce qui était certainement plus qu'on aurait pu en dire des autres gosses de la cité. Mais bien qu'il fût mieux alimenté que la plupart d'entre nous, il était resté malingre et, à treize ans, quoique ayant souvent crevé de faim, j'étais aussi grand qu'il l'était à vingt-sept (c'est à ce moment-là qu'il me vint soudain à l'esprit qu'il ne grandirait plus désormais). Puis ce fut la guerre, et chez nous on s'imagina vivre une vie de grand luxe parce que nous arrivions maintenant à nous gaver de confitures de dattes et de bouillon Oxo. Jim ne fut pas appelé parce qu'il avait de mauvais yeux, ce qui fit grand plaisir à sa mère attendu que son mari avait récolté une bonne dose de gaz au cours de la première guerre. Jim resta donc auprès de sa mère et, au bout du compte, ce fut pis à mon avis que s'il avait été soldat et s'était fait descendre par les Boches.

Ce n'est pas si longtemps après le début de la guerre que Jim nous surprit tous en se mariant.

Quand il fit part à sa mère de son intention, elle réagit si violemment qu'on pouvait entendre ses éclats dans tout le passage. C'était tout de même un peu fort, vociférait-elle : elle n'avait même pas vu la jeune fille ! Faire la cour à une fille en douce comme cela et soudain se décider et déclarer qu'il allait se marier, sans en avoir soufflé mot jusqu'alors, quelle ingratitude, après tout ce qu'elle avait fait pour lui et l'avoir si bien élevé quoiqu'il n'eût plus de père ! Il ne se rappelait donc pas toutes les années d'esclavage qu'elle s'était imposées pour lui ? Qu'il se rappelle. Mais qu'il se les rappelle donc ! (Vingt dieux, il vous aurait fallu l'entendre !) Jour après jour, elle s'était usé les doigts jusqu'à l'os sur sa machine à empaqueter les cigarettes, rentrant à la nuit plus qu'à demi crevée, et pourtant lui préparant ses repas, raccommodant sa culotte et mettant de l'ordre dans sa chambre : elle en était malade d'y penser. Et qu'est-ce qu'il venait de lui faire en guise de remerciement ? (Lui avait-il fauché son porte-monnaie ? me demandai-je vivement au cours d'une pause qu'elle fit pour reprendre haleine, mis ses draps en gage et pris une cuite avec l'argent qu'il en avait touché ? avait-il noyé le chat ou tailladé à coups de ciseaux les plantes de sa fenêtre ?) Non : il venait tout crûment lui dire qu'il allait se marier ! Ce n'était pas tant le fait qu'il se marie qui l'offusquait, — oh ! non, pas cela du tout, bien sûr, il faut bien que les jeunes gens se marient un jour ou l'autre — que celui qu'il n'eût pas auparavant amené la jeune fille pour la lui présenter et lui permettre de lui parler. Et pourquoi donc ne l'avait-il pas fait ? Est-ce qu'il avait honte de sa mère ? Ne la croyait-il pas assez convenable pour la faire connaître à sa belle ? Est-ce qu'il répugnait à l'amener chez eux ? Il vous aurait fallu entendre le ton dont elle disait « chez nous » — j'en avais le sang figé ! — bien que le ménage y fût fait tous les jours de fond en comble ? N'était-ce pas des fois qu'il avait honte de leur maison ? Ou encore de la jeune femme qu'il avait honte ? Etait-elle donc si peu présentable ? Oui, tout ça, c'était louche, assurément. Et qui plus est, ce n'était pas loyal, pour ça, non ! Est-ce que tu trouves que c'est loyal, Jim ? Dis voir ? Bon, tu le trouves peut-être, mais moi pas, et je ne crois pas qu'il y en ait qui penseraient autrement que moi.

Elle s'arrêta une minute de crier et de taper sur la table, puis les grandes eaux reprirent de plus belle. Tu dis que tu as loyalement agi — et elle sanglotait à en emplir ses pantoufles — envers moi, moi qui me suis tant débattue, qui ai tant trimé pour toi, qui t'habillais pour aller le matin à l'école quand tu étais petit, t'installais pour manger ton porridge et ton bacon avant de partir dans la neige, bien emmitouflé dans ton pardessus, un pardessus comme n'en avaient aucun des autres petits va-nu-pieds de la cour dont les père et mère dépensaient tout leur argent du chômage à boire (elle avait dit cela, je peux le certifier, parce que j'écoutais d'un endroit où je ne pouvais m'empêcher d'entendre, mais je jurerais sur le bon Dieu que jamais notre père n'a dépensé un seul penny de son secours de chômage à la boisson, sans que cela nous ait empêché de presque crever de faim...). Et je me rappelle toutes les fois que tu ne te sentais pas bien et que j'allais chercher le docteur, se remettait-elle à hurler. Est-ce que tu te les rappelles ? Mais sans doute es-tu trop buté pour y penser : voilà ma récompense de t'avoir tant gâté, je le vois ! C'est pas vrai ?

Les sanglots s'étaient arrêtés. Je crois que tu aurais pu avoir la correction la plus élémentaire de me dire que tu voulais te marier et avais commencé de fréquenter une jeune fille. Elle n'arrivait pas à comprendre comment il avait pu faire cela, non, elle n'y arrivait pas, surtout après l'avoir si bien surveillé! Je n'aurais pas dû te laisser aller deux fois par semaine à ton club des jeunes de la Coopé, hurla-t-elle, se rendant soudain compte où il avait trouvé sa belle. C'était cela. Mon Dieu oui, c'était certainement cela. Et toi qui me racontais que tu y jouais aux dames et écoutais des camarades parler de politique. De la politique! C'était comme cela qu'ils appelaient ça, n'est-ce pas? Voilà une nouveauté pour moi. On appelait ça autrement de mon temps, d'un nom moins ronflant. Ah! bon Dieu! Et maintenant tu as le culot de demeurer planté là, sans même enlever ton pardessus, et sans même oser me parler d'autre chose que ça! (Elle ne lui avait guère donné l'occasion de le faire!) Voyons, Jim, comment peux-tu songer à te marier (grandes eaux de nouveau) alors que je me suis tant sacrifiée pour toi? Mon pauvre enfant, n'as-tu pas songé à tout ce que tu m'as coûté et combien j'ai travaillé pour nous permettre de vivre tous les deux depuis la mort de ton pauvre père? Mais je te déclare une chose, mon garçon, (grandes eaux coupées brusquement et un grand doigt qui menace), tu ferais mieux de l'amener et de me la faire connaître, et si elle ne me semble pas convenable, tu n'auras qu'à la laisser filer pour aller en chercher une autre, si elle en a encore envie.

Grand Dieu, je tremblais tout entier moi-même en descendant de mon perchoir bien qu'en ce qui me concerne, je n'eusse pas accepté l'abattage comme le faisait Jim : je lui aurais envoyé une torgniole entre les deux yeux et aurais mis les voiles illico. Il gagnait bien sa vie, Jim, et aurait pu s'installer n'importe où, l'imbécile!

Sans doute vous demandez-vous comment il se faisait que tous les gens de la cour fussent si bien informés de tout ce qui s'était passé chez Jim ce soir-là, et comment j'avais pu rapporter mot pour mot ce que sa mère lui avait dit? Eh bien, en voici la raison : du fait que la maison des Scarfedale se trouvait si près de l'usine, il existait une corniche entre le toit de celle-ci et la porte donnant sur leur arrière-cuisine, d'une largeur double de l'épaisseur d'un mur de brique. J'étais assez étique pour pouvoir me faufiler sur celle-ci et écouter au-dedans, où j'entendais tout ce qui se disait, la fenêtre de l'arrière-cuisine étant ouverte ainsi que la porte de celle-ci communiquant avec la cuisine. Personne dans la maison ne s'en rendait compte. J'avais découvert cet emplacement quand j'avais huit ans et que j'avais la rage d'aller escalader tous les bâtiments de notre cour. Rien ne m'aurait été plus facile que d'aller cambrioler la maison des Scarfedale, sauf qu'il n'y avait pas grand-chose d'intéressant à y faucher, et que les flics me seraient tout de suite tombés sur le poil pour ça.

Ainsi donc, nous étions tous assez bien renseignés sur ce qui s'était passé, mais ce qui épatait tout le monde, c'est que Jim eût parlé sérieusement et n'eût pas laissé sa mère l'esbroufer et l'empêcher de se marier. J'étais encore sur mon perchoir le soir suivant quand ce cornichon de Jim arriva avec sa belle pour lui faire affronter sa maritorne de mère. Celle-ci avait au moins pu obtenir cela de lui.

Je ne sais pourquoi, mais tout le monde dans la cour s'attendait à voir une pauvre cocotte de Basford au visage minable et aux yeux en boules de loto, une fille pelliculeuse, godiche et un peu idiote, qui n'aurait même pas su faire marcher une oie. Mais ils furent épatés, et je ne le fus pas moins quand je l'eus aperçue par la fenêtre de l'arrière-cuisine (Mrs. Scarfedale n'aimait pas à se calfeutrer, il faut lui reconnaître cela). Jamais je n'avais entendu quelqu'un s'exprimer de façon si distinguée : on aurait dit qu'elle sortait tout droit d'un bureau, et j'en arrivais à croire que Jim n'avait pas menti, après tout, quand il disait qu'ils parlaient de politique au club.

— Bonsoir, madame Scarfedale, dit-elle en entrant.

Il y avait dans son regard un éclat et elle avait des manières qui me faisaient penser qu'elle devait s'exprimer comme cela depuis sa naissance. Je me demande bien ce qu'elle trouvait en Jim, à moins qu'elle n'eût découvert, ce que nous ignorions tous, qu'il avait fait un petit héritage ou allait gagner le sweepstake irlandais. Mais non, Jim n'avait pas assez de veine ni pour l'un ni pour l'autre, et je crois bien que c'est aussi ce que se disait sa mère. Il n'y eut pas de poignées de mains échangées.

— Asseyez-vous, fit la mère de Jim.

Elle se tourna vers la jeune fille et commença par la dévisager sans ménagement.

— Il paraît que vous allez épouser mon gars?

— C'est exact, madame Scarfedale, répondit l'autre en acceptant la chaise la meilleure, bien qu'elle s'y tînt toute droite et mal à l'aise. Nous avons l'intention de nous marier bientôt.

Puis, parce que Jim lui avait lancé un petit clin d'œil, comme fait un petit chien, elle essaya de se faire plus aimable.

— Je m'appelle Phyllis Blunt. Appelez-moi Phyllis.

Elle regarda Jim qui lui sourit pour s'être montrée si gentille, malgré tout, avec sa mère. Il garda son sourire comme s'il s'y était entraîné tout l'après-midi dans les lavabos de la boîte où il travaillait. Phyllis lui rendit son sourire comme si elle avait toute sa vie été accoutumée à sourire ainsi. La maison était toute pleine de sourires, mais ça ne voulait rien dire.

— Ce qu'il nous faut commencer par faire, déclara Jim, qui se décida à intervenir, mais d'une façon aimable et mondaine, c'est d'acheter une bague.

Je me doutais un peu de la façon dont l'affaire allait tourner. La mère de Jim devint soudain écarlate.

— Ah! c'en est à ce point-là? finit-elle par dire. Vraiment?

Elle n'aurait pas touché Phyllis, même du bout d'une perche.

— Non, je ne suis pas enceinte, si c'est cela que vous voulez dire.

Mrs. Scarfedale ne se rendait pas compte que je les observais, mais je parierais bien que nous avons pensé tous les deux : « Qu'est-ce qu'il y a donc alors sous roche ? » Bien que je n'aie pas tardé à me rendre compte qu'il n'y avait rien sous roche, tout au moins de ces choses auxquelles on pensait. Et si Mrs. Scarfedale s'en était rendu compte aussi vite que moi, la scène qui se déroula ensuite n'aurait pas eu lieu : tous les trois plus acharnés que des tigres, et le pauvre Jim ne se serait pas marié aussi vite que ce fut le cas...

— Bon, déclara un jour sa mère à la nôtre au bout de la cour, un mois après qu'ils se furent mis en ménage, puisqu'il a fait son lit, qu'il y couche, même si ça se trouve que c'est un lit d'orties, ce que pour ma part je lui ai déclaré que ça ne pouvait pas manquer d'être.

Pourtant, tout le monde souhaitait que Jim pût continuer d'y coucher parce qu'on prend toujours en grippe des autocrates batailleurs du genre de Mrs. Scarfedale. Non que chacun, dans notre passage, n'ait été batailleur — et ne le soit toujours — d'une façon ou d'une autre. Il faut bien l'être, ou alors, se coucher pour mourir. Mais on aurait dit que la mère de Jim exhibait une pancarte proclamant : Je suis une batailleuse, mais d'une classe au-dessus de tout le monde, parce que je suis si intelligente ! Vous vous en rendiez compte à un mille de distance, qu'elle était une bagarreuse, et c'est ce qui ne plaisait pas aux gens.

Mais elle ne se trompait pas au sujet de son fils. C'était couru, merde alors, disaient certains. Jim ne coucha pas dans son lit bien longtemps, bien que sa femme fût loin d'être moche, et je me rends compte maintenant qu'il aurait dû essayer de tenir le coup dans les draps plus longtemps qu'il ne l'a fait. Mais avant six mois il rappliquait. Nous nous demandions tous ce qui avait bien pu se passer quand nous l'avons vu remonter le passage, portant sa valise et deux paquets enveloppés de papier, l'air d'un chien battu, vêtu du complet neuf qu'il avait lors de son mariage pour qu'il n'attrape pas de faux plis dans la valise. Bon, me suis-je dit. Je n'ai plus qu'à regrimper sur mon perchoir pour essayer de savoir ce qui s'est passé entre Jim et sa poule de luxe. Bien sûr, si vous tenez à savoir toute la vérité, nous nous étions tous attendus à ce qu'il revienne un jour chez sa mère, bien que nous fissions des vœux pour que ça n'arrive pas au pauvre gars. Parce que, au cours des trois premiers mois de son mariage, c'est à peine s'il était jamais revenu la voir et les gens avaient presque tous décidé d'après ça qu'il avait dû faire un vrai chopin et que la vie conjugale lui convenait. Mais je savais bien, moi, que ce n'était pas le cas, parce que lorsqu'un gars est nouveau marié, s'il est heureux, il revient plus souvent voir ses père et mère. C'est tout naturel. Alors que Jim restait invisible, ou s'y efforçait, et ça me démontrait que sa femme faisait tout ce qu'elle pouvait pour l'empêcher d'aller voir sa mère. Après ces trois mois du début, toutefois, il se mit à revenir chez lui de plus en plus fréquemment — au lieu que ce soit le contraire —, y restant des fois coucher la nuit, ce qui signifiait que ça gazait de moins en moins avec son épouse. La dernière fois que je l'avais vu, il portait un bandeau autour du crâne, son chapeau mou perché au-dessus, de guingois comme une couronne.

Je gagnai mon perchoir avant que Jim n'eût franchi la porte de derrière de chez eux, ce qui me permit de le voir entrer et de me rendre compte du genre d'accueil que sa mère allait lui faire. Oh ! elle était maligne, je dois lui rendre cette justice. Je suis convaincu que si elle avait eu vent plus tôt de son projet, avec un peu d'astuce, elle serait arrivée de trente-six façons à l'empêcher de se marier. Elle ne lui servit pas de : « Je te l'avais bien dit. Si tu m'avais écoutée, tout cela ne serait pas arrivé. » Non. Elle l'embrassa et lui prépara une tasse de thé, parce qu'elle sentait bien que si elle savait jouer son jeu, elle arriverait à le garder à la maison une bonne fois pour toutes. Sa jubilation était visible — c'est à grand-peine qu'elle arrivait à ne pas sourire — quand elle s'empara de sa valise et de ses paquets pour les monter dans sa chambre dans l'intention de lui faire son lit le temps que son eau se mette à bouillir, le laissant dix minutes à mijoter tout seul en paix. Elle savait bien que c'était surtout cela qu'il désirait.

Il aurait fallu que vous puissiez voir le pauvre Jim avec son visage décomposé, l'air d'avoir quarante-cinq ans au moins, comme s'il venait juste d'avoir été libéré d'un camp japonais de prisonniers de guerre, les yeux fixés, comme s'il avait perdu la raison, sur le même bout de tapis qu'il contemplait quand il était tout môme, installé sur son pot. Il avait toujours eu une bouille un peu douloureuse — il était né avec cette expression, sans doute — mais on aurait dit maintenant qu'il y avait une invisible massue suspendue au-dessus de son lamentable visage, toute prête à lui retomber sur la gueule. Il m'en aurait fendu le cœur si je ne m'étais dit qu'il n'avait été qu'un foutu imbécile de tout bousiller après s'être marié avec une aussi jolie poule.

Il demeura assis là pendant un quart d'heure, et je donnerais ma tête à couper qu'il ne perçut pas, comme je le faisais, un seul des bruits qui parvenaient du premier étage : sa mère qui faisait son lit et arrangeait sa chambre. Je ne cessais de faire des vœux pour qu'elle se grouille et en finisse, mais elle savait bien ce qu'elle faisait en époussetant la glace et en essuyant les gravures pour son cornichon de fils.

Enfin elle redescendit, avec un large sourire (mais essayant de le cacher de son mieux) et disposa pour lui du pain et du fromage sur la table, mais il n'y toucha pas, se contentant d'avaler à grandes lampées trois tasses de thé coup sur coup pendant qu'elle, assise sur sa chaise, le regardait comme si, d'une certaine façon, elle pouvait lui servir de dîner.

— Faut que je te le dise, m'man, commença-t-il dès qu'elle se fut installée à le regarder, à l'autre bout de la table, pour l'inciter à vider son sac. Je viens de passer six mois en enfer. Jamais je ne voudrais revivre ce temps-là.

On eût dit une digue qui venait de se rompre. En fait, c'était exactement comme si une brèche, telle qu'on en voit au cinéma dans des barrages, s'était produite dans son cerveau. Et, une fois démarré, plus moyen de le retenir.

— Allons, raconte-moi ça, mon gars.

Elle n'avait pas besoin de lui dire cela : il tremblait comme une feuille au point que j'arrivais parfois difficilement à comprendre ce qui s'était passé. En vérité, je serais incapable de répéter les propres paroles de Jim parce que j'en aurais le cœur fendu. Plus ça allait, plus je le prenais en pitié.

— M'man, dit-il avec des sanglots tout en trempant des tartines de pain beurré dans son thé, quelque chose que, j'en suis sûr, il n'avait jamais eu le droit de faire à table avec son élégante épouse, elle m'a fait mener une vie de chien. En fait, un chien eût été mieux dans sa niche avec un os à ronger de temps en temps que je ne l'ai été avec elle. Ça avait très bien marché au début parce que, vois-tu, m'man, elle s'était mis en tête qu'un ouvrier comme moi, c'est bon et honnête et tout le tremblement. Je n'ai jamais su si elle avait lu ça dans un livre ou si elle avait jamais connu auparavant des ouvriers qui étaient différents de moi, mais ça doit être qu'elle l'avait lu parce qu'elle avait des livres à la maison, que je n'ai jamais regardés, et elle ne m'a jamais parlé d'autres gars qu'elle aurait connus avant moi. Elle ne cessait de répéter combien elle était heureuse d'avoir pu épouser et d'avoir comme compagnon un gars comme moi qui gagnait sa vie avec ses mains, parce qu'il y avait bien peu de gens dans la vie, quand vous y réfléchissiez bien, qui se livraient à un vrai travail dur et honnête. Elle disait qu'elle serait morte plutôt que de vivre avec un type travaillant dans un bureau rôdaillant autour du patron pour avoir de l'avancement. Aussi, je trouvais que ça s'annonçait bien, c'est vrai, m'man, je te le jure, quand elle me disait des choses gentilles comme ça. J'en arrivais à trouver plus d'agrément à la fabrique de filets et à moins me dégoûter d'avoir à transporter des bobines d'une machine à une autre. J'étais heureux avec elle et je me figurais qu'elle était heureuse avec moi. Au début, elle prenait encore plus de soin de moi qu'avant qu'on ne soit mariés et, quand je rentrais à la maison le soir, elle me parlait de politique, de livres et d'un tas de machins; elle disait que le monde appartenait à des gars comme moi et que c'est nous qui devrions le gouverner au lieu de laisser ça à une bande de salauds de capitalistes rapaces qui n'étaient capables que de bavasser comme des gosses semaine après semaine au lieu de faire quoi que ce soit d'utile pour les autres.

» Mais, pour te dire la vérité, m'man, après avoir gratté dur toute la journée, j'étais trop esquinté pour parler politique, et alors, elle se mettait à me poser un tas de questions et se fichait en rogne au bout d'un moment quand elle s'apercevait que je n'arrivais pas à lui dire ce qu'elle voulait savoir. Elle me demandait toutes sortes de trucs, comment j'avais été élevé, comment était mon père, comment étaient les voisins du passage, mais je n'arrivais pas, en vérité, à lui dire grand-chose de ce qu'elle désirait obtenir, et c'est là que ça a commencé à mal marcher. Au début, elle me préparait mon déjeuner et un casse-croûte à emporter, et quand je rentrais à la maison, il y avait toujours un bon thé bien chaud et des vêtements de rechange qui m'attendaient. Mais quelque temps après, elle a prétendu que je prenne un bain tous les soirs, et ça n'a pas marché tout seul parce que j'étais trop éreinté pour ça, et même, bien souvent, rien que pour changer de vêtements. Je n'avais envie que de rester assis en bleus à écouter la radio et à lire le journal en paix. Une fois que j'étais en train de le lire, et qu'elle s'était mise en rogne parce que je n'arrivais pas à m'arracher aux résultats du football, elle a porté une allumette au bas de mon journal et je ne m'en suis aperçu que lorsque les flammes me sont venues dans la figure. J'ai eu une belle trouille, je puis te l'assurer ! Elle a bien ri et est même sortie m'acheter un autre journal ; aussi, j'ai pas pris l'affaire au tragique : c'était seulement une blague un peu salée qu'elle avait voulu me faire. Mais peu de temps après, comme j'étais en train d'écouter à la radio le résultat des courses, elle a déclaré que le bruit l'agaçait, que je ferais mieux d'écouter quelque chose de plus de valeur, et elle a arraché la prise de courant et m'a empêché de la remettre.

» Bien sûr, elle avait été aux petits soins pour moi au début, ça, je dois le reconnaître, tout autant que toi, m'man. Mais alors elle a commencé à s'en fatiguer, elle s'est mise à lire des livres à longueur de journées, et il n'y avait rien de prêt sur la table à l'heure du thé quand je rentrais crevé du travail, à part un paquet de cigarettes et un sac de caramels mous. Après avoir été très amoureuse au début, elle était devenue sarcastique et disait qu'elle ne pouvait plus me voir. « Voici le noble sauvage ! » qu'elle déclarait quand je rentrais à la maison, et elle m'envoyait des mots savants dont je n'arrivais pas à piger le sens quand je lui demandais où était mon thé. « Fais-le toi-même », me répondait-elle, et un jour que j'avais pris un de ses caramels sur la table, elle me menaça du tisonnier. Comme je lui disais que j'avais faim, elle se contenta de me répondre : « Eh bien, t'as qu'à ramper jusqu'à moi sous la table, et je te donnerai quelque chose. » En vérité, m'man, je ne peux pas te raconter la moitié de ce qui s'est passé, parce que tu te refuserais à l'entendre.

(Tu parles, me disais-je. Je me la représentais, grandeur nature, se pourléchant les babines.)

— Raconte-moi tout, mon gars, fit-elle. Vide-moi ton cœur. Je vois que tu as eu bien des misères.

— Elle m'en a fait voir de toutes sortes, poursuivit-il. De quels noms ne m'a-t-elle pas traité ! J'en ai les cheveux qui se dressent sur la tête. J'aurais jamais cru qu'elle était comme ça, mais j'ai pas tardé à m'en apercevoir. Elle avait pris l'habitude de s'asseoir devant le feu sans rien sur elle, et comme je lui disais qu'elle aurait dû se vêtir au cas où un voisin frapperait à la porte, elle m'avait répondu qu'elle ne faisait que chauffer le ticket de repas que le noble sauvage lui avait donné, et elle a éclaté d'un de ces rires, m'man, qui m'a coupé bras et jambes. Je n'avais qu'à me sauver quand elle se comportait comme cela parce que je savais que si je restais à la maison, elle me jetterait des objets à la tête et que ça ferait du vilain.

» J'ignore où elle est maintenant. Elle est partie en emportant ses affaires et en me disant qu'elle espérait bien ne jamais me revoir, que je pouvais bien aller me jeter dans le canal, qu'elle s'en moquait éperdument. Elle parlait toujours de s'en aller à Londres vivre la vraie vie, aussi, je suppose que c'est là qu'elle est maintenant. Il y avait quatre livres, dix shillings et trois pence dans un pot à confitures sur l'étagère de la cuisine, mais quand elle est partie, cet argent a également disparu.

» Aussi, m'man, je ne sais rien, ni ce que je vais devenir. Je voudrais bien revenir habiter ici si tu veux encore de moi. Je te verserais régulièrement deux *quids*[1] par semaine pour ma pension et je veillerais à ce que tu ne manques de rien. Je n'ai pas envie de recommencer : je ne pourrais pas l'endurer : je ne crois pas que je partirai encore de la maison après cette mésaventure. Aussi, si tu voulais me reprendre, m'man, ça me ferait bien plaisir. Je travaillerais fort pour toi et tu n'auras plus jamais à te faire de bile. Je

1. *Quid* : livre sterling, en argot (N.d.T.).

me conduirai bien et je te dédommagerai un peu de tout le mal que tu t'es donné pour m'élever. J'ai entendu dire l'autre jour à l'usine que j'allais avoir une augmentation de dix shillings la semaine prochaine, aussi, si tu veux me reprendre ici, j'achèterai un nouveau poste de radio et je paierai le premier versement dessus. Accepte-moi, m'man, parce que, vois-tu, j'ai trop souffert.

De la façon dont elle l'a embrassé, cela m'a rendu malade, aussi, je suis descendu de mon perchoir.

Jim Scarfedale resta effectivement, comme un grand môme. Quand sa vieille lui eut donné son accord pour le reprendre, jamais il ne fut aussi heureux de sa vie. Tous ses malheurs étaient terminés maintenant, tout au moins, il le croyait fermement, même si vous essayiez de lui faire voir quel grand ballot il était de ne pas empaqueter ses objets de toilette et de mettre les voiles, ce que j'aurais voulu qu'il décide. Sans doute, pensait-il que j'étais plus cinglé que lui encore. Sa mère, en tout cas, était convaincue de l'avoir récupéré pour de bon, et c'est bien ce que nous croyions tous, mais nous étions fort loin de compte. A moins d'être aveugle, vous ne pouviez pas ne pas voir que depuis son mariage, ce n'était plus le même Jim qu'autrefois : il avait des périodes de dépression pendant lesquelles il ne parlait à personne, et nul, même sa mère, n'arrivait à lui faire dire où il s'en allait tous les soirs. Son visage était devenu bouffi et blafard, et le duvet queue de vache de ses cheveux se mit à tomber à un tel point qu'il devint presque chauve en six mois. Jusqu'à ses quelques taches de rousseur qui se mirent à pâlir! Il avait pris l'habitude de rentrer chez lui en douce vers les minuit, de quelque endroit qu'il arrivât, hiver comme été, et personne n'avait la moindre idée de ce qu'il avait bien pu faire. Si vous lui demandiez carrément, en affectant de plaisanter : « Où donc que tu étais, Jim ? » il faisait semblant de ne pas vous avoir entendu.

Ce n'est que quelque deux ans plus tard qu'un flic vint dans notre cité, par une nuit de clair de lune. De la fenêtre de ma chambre je l'avais vu arriver. Quand il avait tourné au coin du passage, je m'étais effacé avant qu'il n'ait pu m'apercevoir. Te voilà fait, me dis-je, pour le plomb que tu es allé faucher dans cette maison vide de Buckingham Street. C'est malin d'avoir fait ça, espèce de ballot (je n'en menais pas large, bien que je ne sache pas pourquoi maintenant), surtout pour les trois shillings et un *tanner*[1] que Cooky t'en a donnés ! Je t'avais toujours dit que tu finirais au Borstal. Voilà le flic qui vient te chercher.

Même lorsqu'il eut dépassé notre maison je m'imaginais que ce n'était que parce qu'il s'était trompé de numéro et que d'un instant à l'autre il allait faire demi-tour. Mais non, c'était la porte des Scarfedale qu'il cherchait, et je n'ai jamais éprouvé de plus exquise impression de soulagement que lorsque je l'entendis y frapper et eus la certitude que ce n'était pas à moi qu'il en avait. Jamais plus, chantai-je en moi-même, jamais plus, — et j'étais si heureux que j'en attrapai un point de côté ! — ils n'auront qu'à garder leur sale plomb désormais.

La mère de Jim se mit à pousser des cris affolés dès que le flic lui eut demandé si elle était bien Mrs. Scarfedale. Même où j'étais, je l'entendais dire : « Il ne vient pas de se faire écraser, dites ? »

Puis je ne parvins plus à rien saisir, mais une minute après, elle descendait en la compagnie du policeman. J'arrivai à lui apercevoir la figure quand elle passa sous le lampadaire : son visage avait pris une dureté de granit, comme si elle allait s'effondrer et clamser illico, si tant est que vous

1. *Tanner* : pièce de six pence en argot (N.d.T.).

lui eussiez adressé la parole. Le flic était obligé de la soutenir par le bras.

Le lendemain matin on apprit ce qui s'était passé : c'était le cas le plus extraordinaire dont on eut jamais connaissance dans la cour. On avait arrêté des individus pour vols avec effraction, désertion, pyromanie, insultes, ivresse manifeste, agression de femmes adultes et tentative de viol sans vouloir passer à la caisse, escroquerie aux postes de radio et machines à laver avec carambouillage, braconnage, violation de domicile, emploi non autorisé de voitures appartenant à des tiers, tentatives de suicide, tentatives d'assassinat, voies de fait et coups et blessures, vol à la tire, vol à l'étalage, tromperie sur la marchandise, faux monnayage, chapardage de matériel, coups et blessures et un tas d'autres blagues qui ne tirent pas à conséquence. Mais Jim avait fait quelque chose dont je n'avais jamais encore entendu parler, tout au moins dans notre passage.

Cela faisait d'ailleurs des mois qu'il s'y livrait. Il faisait quatre milles de trajet en bus pour gagner des quartiers de la ville où il n'était pas connu, et il s'embusquait dans de vieilles rues sombres à proximité d'un marchand de spiritueux, par où passaient de petites filles de dix et onze ans avec des cruchons dans lesquels elles allaient chercher de la bière pour leurs papas. Et cet imbécile de Jim bondissait de sa cachette, choisie près d'un terrain vague, et se livrait à des manifestations obscènes devant les fillettes terrorisées. Je n'arrive pas à comprendre pourquoi il faisait cela, non, je n'y arrive pas, mais ce n'était que trop vrai, et cela lui a valu de se faire coffrer. Il l'avait fait à tant de reprises que quelqu'un avait dû lui tendre un piège, parce qu'un beau soir on le pinça en flagrant délit, et il récolta dix-huit mois de tôle. Il aurait fallu que vous entendiez cet abattage que lui passa le juge! Je suis bien certain que le pauvre imbécile ne savait plus où se cacher, bien que je ne doute pas que plus d'un magistrat en ait fait autant, sinon pis, que Jim. « Nous devons vous incarcérer, lui dit le juge, non seulement pour la sauvegarde des petites filles, mais pour votre propre bien. La société doit prendre ses précautions contre de sinistres individus de votre espèce. »

Après cela, nous ne l'avons plus jamais revu dans notre passage parce qu'avant son élargissement sa mère était allée s'installer à Derby où elle avait trouvé du travail, sans doute pour pouvoir se refaire une nouvelle vie en un lieu où personne ne les connaissait. Jim fut le seul habitant de notre cour dont *tous* les journaux aient jamais, pour autant que je sache, fait tant de cas. Personne n'aurait pu se douter qu'il en serait capable, bien que je trouve que ce ne soit pas *fair play* que de faire parler de soi dans la presse avec une histoire comme cela !

Et c'est bien pourquoi je suis d'avis que personne ne devrait trop longtemps s'accrocher aux tabliers de sa mère comme l'a fait Jim, au risque de tourner de la même façon. Et pourquoi je regarde cet atlas sous mon pupitre à l'école au lieu de faire des additions (gagner Manchester en remontant par le Derbyshire, puis Glasgow, couper vers Edimbourg, puis redescendre sur Londres en disant salut à papamaman en cours de route), parce que les additions, j'ai horreur d'en faire, surtout quand je me dis que j'en sais bien assez déjà pour compter tout l'argent que j'arriverai jamais à ratiboiser dans les compteurs à gaz des particuliers.

UN SAMEDI APRÈS-MIDI

J'ai vu une fois un type essayer de se suicider. Je n'oublierai jamais ce jour-là, un samedi que j'étais resté assis à la maison tout l'après-midi, en rogne et avec le cafard parce que toute la famille était partie au cinéma sans m'emmener, pour je ne sais plus quelle raison. Naturellement je ne savais pas encore que j'allais bientôt assister à quelque chose que vous n'arrivez jamais à voir aussi bien au cinéma : un type qui se pend pour de bon !

J'étais qu'un môme en ce temps-là, aussi vous pouvez vous imaginer si c'était une affaire !

Je ne connais personne qui fasse la gueule comme mes parents quand ils ont le cafard. J'ai vu le vieux faire la gueule comme s'il allait vous assassiner parce qu'il manquait de cigarettes ou était obligé de sucrer son thé à la saccharine, ou même pour rien du tout, au point que je me débinais de la maison de crainte qu'il ne se lève de son fauteuil pour me flanquer une tournée. Il se tient alors assis presque dans le feu, ses mains imprégnées de graisse, ouvertes devant lui dans leur oisiveté dominicale, les paumes se faisant face, ses lourdes épaules penchées en avant et ses yeux marron foncé rivés sur les flammes. De temps à autre, il crache un juron, comme ça, sans raison, le mot le plus grossier que vous puissiez imaginer, et quand il en arrive là, vous savez qu'il est temps de calter. Si maman est présente, ça se gâte encore plus parce qu'elle dit d'un ton pointu : « Pourquoi que tu fais cette tête-là ? » comme si ça pouvait être à cause d'elle et, avant que vous ayez le temps de dire ouf, il aura basculé la table couverte de vaisselle et maman sera partie en pleurant. Papa, lui se recroqueville devant le feu et continue de jurer. Tout ça à propos d'un paquet de sèches.

Une fois que je l'avais vu plus renfrogné que d'habitude, je me demandais s'il n'était pas en douce en train de devenir dingo quand une mouche est passée à sa portée. Sa main a jailli, a attrapé la mouche et après l'avoir écrabouillée l'a jetée dans le feu. Après ça, il est redevenu de meilleure humeur et s'est mis à faire du thé.

Peut-être est-ce pour ça que nous avons tous l'air si mauvais. Vous comprendrez qu'on puisse l'avoir avec un père comme ça, hein ? L'air mauvais, c'est un trait de la famille. Il y a des familles qui l'ont, et d'autres qui ne l'ont pas, mais chez nous ça ne fait pas un pli : quand on en a marre, on en a marre pour de bon. Personne ne sait pourquoi on se met à en avoir marre comme cela, ni pourquoi cela nous donne l'air si mauvais quand ça nous prend. Il y a des gens qui en ont marre et qui n'ont pas l'air mauvais pour ça : ils vous ont l'air contents d'une drôle de façon, comme s'ils venaient de sortir de tôle où on les aurait flanqués pour quelque chose qu'ils n'auraient pas fait, ou du cinéma après s'être barbés pendant huit heures sur un film moche, ou de rater un autobus après lequel ils avaient couru un kilomètre, et de s'apercevoir quand ils se sont arrêtés de courir que ce n'était pas celui qu'ils croyaient. Mais chez nous ça barde pour les autres quand un de nous en a marre. Je me suis demandé pourquoi des quantités de fois, mais je n'arrive pas à trouver de réponse, même si je ne fais qu'y réfléchir pendant des heures, ce que je dois avouer que je ne fais jamais, quoique ça fasse bien quand je le dis. Mais il m'arrive tout de même d'y penser jusqu'à ce que la mère me dise à force de me voir recroquevillé auprès du feu comme papa : « Pourquoi donc que tu fais cet air-là ? » Alors il ne me reste plus qu'à m'arrêter d'y penser sous peine de faire du vilain et d'en avoir marre pour de bon et de tourner comme papa, de renverser la vaisselle et tout le tremblement.

La plupart du temps on n'a pas de raison de faire si vilain, mais c'est sans doute pas notre faute et on ne peut pas nous en vouloir parce qu'il est probable que c'est quelque chose qu'on a dans le sang. Mais ce samedi après-midi, j'avais l'air si mauvais que lorsque le paternel est rentré de chez le book, il m'a dit :

— Qu'est-ce que t'as donc?

— J' suis mal foutu.

C'était pas vrai, mais il aurait piqué une crise si je lui avais dit que c'était seulement parce que j'étais pas allé au cinéma.

— Ben, va donc un peu te débarbouiller.

— J' veux pas me laver, que je lui réponds, et c'était bien la vérité.

— Alors, fous-moi le camp et va prendre le frais, qu'il m'envoie en gueulant.

Je ne me le fis pas dire deux fois, parce que quand le paternel en arrive à me dire d'aller prendre le frais, je sais que c'est le moment de disparaître. Mais l'air au-dehors n'était guère frais avec tout le boucan de cette sacrée manufacture de vélos au bout de notre cité. Je n'avais aucune idée où aller, aussi je remontai un peu dans le passage et m'assis près de la porte de derrière d'une maison un peu plus loin.

C'est alors que j'aperçus le type qui n'habitait pas depuis longtemps dans notre cour. Il était grand et maigre et avait une tête comme celle d'un curé sauf qu'il portait une casquette plate et avait des moustaches tombantes et qu'on aurait cru que ça faisait une année qu'il n'avait pas mangé à sa faim. Je ne pensais guère à tout ça sur le moment, mais je me rappelle que, comme il tournait au bout du passage, l'une de ces pipelettes qui y sont toujours plantées sauf quand elles s'en vont en douce porter chez ma tante le vélo de leur homme ou son complet le meilleur, lui a crié :

— Eh, mon gars, qu'est-ce que tu vas faire avec cette corde ?

— C'est pour aller m' pendre, madame, avait-il répondu, et elle avait rigolé si longtemps et si fort de cette sacrée bonne blague que vous auriez cru qu'elle n'en avait jamais entendu de meilleure, bien que le lendemain, c'est une autre sorte de ricanement qu'elle faisait, sa grosse bouillotte !

Il passa près de moi en tirant sur une cigarette et en portant son rouleau de corde toute neuve, et il a fallu qu'il m'enjambe pour passer, au point de presque m'arracher l'épaule et quand je lui ai dit de faire un peu attention à ce qu'il faisait, je ne crois pas qu'il m'ait entendu, car il ne s'est même pas retourné ! Il n'y avait pour ainsi dire personne aux alentours. Tous les mômes étaient encore au cinéma et la plupart des pères et mères étaient en ville à faire des courses.

L'homme longea le passage jusqu'à sa porte de derrière et comme je n'avais rien de mieux à faire puisque je n'étais pas allé au cinéma, je le suivis. Voyez-vous, il l'avait laissée entrebâillée, aussi je n'ai eu qu'à la pousser pour entrer et je suis resté là à le regarder, suçant mon pouce et l'autre main dans ma poche. Je me figure qu'il savait que j'étais là parce qu'il avait les yeux plus naturels maintenant, mais ça n'avait pas l'air de le déranger.

— Qu'est-ce que vous allez faire avec cette corde, m'sieu ? lui demandai-je.

— J' m'en vas m' pendre, mon gars, me répondit-il comme si ça lui était déjà arrivé à plusieurs reprises et qu'on lui avait déjà posé la même question auparavant.

— Pourquoi donc, m'sieu ?

Il devait trouver que j'étais un sale môme bien curieux.

— Parce que je l'ai décidé, si tu veux l' savoir, me répondit-il en ôtant toute la vaisselle qui se trouvait sur la table et en poussant celle-ci au milieu de la pièce. Alors il monta dessus pour attacher sa corde au piton de la suspension. La table craquait et n'avait pas l'air trop solide, mais elle l'était assez pour ce qu'il voulait faire.

— Ça n' va pas tenir, m'sieu, lui dis-je, en pensant que c'était bien plus marrant que d'être au cinéma à voir l'un des épisodes de *Jungle Jim*.

Mais il se fâcha ce coup-là et se tourna vers moi :

— Toi, mêle-toi de ce qui te regarde.

Je croyais qu'il allait m'ordonner de filer, mais il n'en fit rien. Il entreprit de faire un nœud compliqué avec sa corde, comme s'il avait été marin ou un truc comme cela, et pendant ce temps, il sifflotait un petit air pour lui-même. Puis il descendit de sur la table qu'il repoussa contre le mur et attira une chaise à sa place. Il n'avait pas du tout l'air en rogne, bien moins que n'importe qui chez nous quand c'est qu'on en a marre. Je ne pouvais m'empêcher de penser que si jamais il avait eu l'air seulement à moitié aussi en rogne que notre paternel l'avait deux fois par semaine, ça fait des années qu'il aurait déjà dû se pendre! C'était du beau travail qu'il faisait avec sa corde, comme s'il y avait déjà réfléchi longuement et comme si c'était le dernier ouvrage qu'il ferait jamais. Mais je voyais bien une chose dont il ne se rendait pas compte parce qu'il n'était pas placé où j'étais : c'est que, comme elle était mise, sa corde ne tiendrait pas, et je le lui dis encore une fois.

— Ferme-la, ta gueule, qu'il me dit, mais sans colère, ou j' vas t' foutre dehors.

Je ne tenais pas à manquer cela, aussi je la bouclai. Il retira sa casquette qu'il posa sur le buffet, puis son veston et son foulard qu'il étendit sur le divan. Je n'avais pas du tout peur comme je l'aurais maintenant à seize ans, parce que ça m'intéressait. A dix ans je n'avais jamais encore eu l'occasion de voir un bonhomme se pendre. Nous étions devenus copains avant qu'il ne se passe la corde au cou.

— Ferme donc la porte, me dit-il, et je fis comme il me le demandait. T'es un gars pas bête pour ton âge, reprit-il, moi, suçant toujours mon pouce, et il plongea la main dans ses poches et en sortit tout ce qu'elles contenaient, jetant sur la table une poignée de bricoles, un paquet de cigarettes, des bonbons à la menthe, un reçu de mont-de-piété, un vieux peigne et quelque menue monnaie. Il prit un penny qu'il me donna en me disant :

» Maintenant, écoute-moi bien, mon p'tit gars. J' m'en vas m' pendre et quand je s'rai accroché, je te demande de donner un grand coup de pied dans la chaise pour la faire sauter. T' as compris?

Je fis un signe affirmatif.

Il se passa la corde autour du cou, puis la retira comme s'il s'agissait d'une cravate mal mise.

— Pourquoi que vous voulez faire ça, m'sieu? lui demandai-je encore.

— Parce que j'en ai marre, me répondit-il, l'air très malheureux. Et parce que j'en ai envie. La bourgeoise m'a plaqué et je suis sans travail.

Je ne voulais pas discuter parce que, de la façon dont il avait dit ça, je savais qu'il ne lui restait rien d'autre à faire que de se pendre. Et puis aussi, il avait une drôle d'expression dans le visage : quand il me parlait, on aurait dit, ma parole, qu'il n'arrivait pas à me voir. Ça n'avait rien de commun avec l'air mauvais que prenait mon paternel et c'est bien pour ça que je crois que mon vieux, lui, il ne se pendra jamais, en mettant les choses au pis, parce qu'il n'arrive jamais à faire la tête qu'avait ce type-là. Mon vieux, quand il vous regarde, c'est vous qu'il regarde, de sorte qu'il ne vous reste qu'à faire demi-tour et mettre les voiles le plus vite possible : l'homme en vous regardant regardait au travers de vous, de sorte que vous n'aviez pas peur, sachant bien qu'il ne vous ferait pas de mal. Je voyais bien maintenant que jamais il ne se pendrait, mon père, parce qu'il n'arriverait jamais à avoir l'expression qu'il faut, même quand il aurait été au chômage on ne sait combien de fois.

Peut-être qu'il faudrait d'abord que maman le plaque : ça l'aiderait peut-être, mais non — et je secouai la tête — il n'y avait pas grande chance que ça arrive même s'il lui faisait une vie de chien.

— Tu vas pas oublier d'envoyer promener la chaise, hein ? me rappela-t-il et je lui fis signe de la tête que c'était bien entendu.

Alors, les yeux ronds, j'observai bien tous ses gestes. Dressé sur sa chaise, il se passa la corde autour du cou de façon qu'elle tienne bien maintenant, tout en continuant à siffloter son petit air à lui. Je tenais à bien voir comment il avait fait son nœud, parce que j'avais un copain qui était dans les boys-scouts et qui me demanderait quelle sorte de nœud c'était et si je le lui expliquais quand je le reverrais, il me raconterait, lui, ce qui arrivait dans l'épisode de *Jungle Jim*, de sorte que j'aurais fait d'une pierre deux coups, comme disait maman : donnant donnant. Et comme je pensais qu'il valait mieux que je ne le demande pas au type, je suis resté dans mon coin. La dernière chose qu'il fit, ce fut de retirer de ses lèvres son bout de mégot tout mouillé et sale et de le jeter dans la cheminée vide en le suivant des yeux jusqu'à la grille noire dans laquelle il atterrit, tout comme s'il allait ensuite s'attaquer à réparer la lumière, comme fait un électricien.

Soudain il se mit à gigoter de ses longues jambes et à essayer du pied de faire tomber sa chaise, aussi je l'y aidai ainsi que je l'avais promis et flanquai un grand coup dans la chaise comme si je jouais avant-centre dans l'équipe de *Notts Forest*, et la chaise se renversa et alla dinguer contre le divan en en faisant tomber le foulard. L'homme se balança un peu en agitant les bras comme un épouvantail qui veut faire peur aux oiseaux et en faisant un bruit dans sa gorge comme s'il venait d'avaler une dose de sels purgatifs et faisait des efforts pour ne pas dégobiller.

Puis j'entendis un autre bruit et ayant levé les yeux,

j'aperçus une grande crevasse qui s'ouvrait au plafond comme vous en voyez au cinéma dans les films de tremblements de terre, et l'ampoule électrique s'est mise à tourner en rond de plus en plus vite comme si c'était une soucoupe volante. Je commençais à en avoir le vertige quand patatras, le voilà qui s'effondre par terre avec un bruit épouvantable au point que j'ai cru qu'il s'était rompu tous les os. Il a lancé des coups de pieds pendant un moment comme un klebs qu'est pris de coliques, puis il n'a plus bougé.

Je ne suis pas resté à le regarder. « Je lui avais bien dit que sa corde ne tiendrait pas », ne cessais-je de me répéter tout en me défilant de la maison en grognant parce qu'il avait raté son coup, les mains bien enfoncées dans mes poches et pleurant presque de l'avoir vu louper l'affaire. De dépit je claquai la grille derrière moi si fort qu'elle en sauta presque de ses gonds.

Comme je remontais le passage pour aller prendre le thé du soir chez nous en espérant que tout le monde y serait rentré du cinéma de façon que ça ne paraîtrait drôle à personne si je faisais la gueule, je croisai un flic qui se dirigeait vers la porte du type. Il marchait vite, à grandes enjambées, la tête penchée en avant et je me suis rendu compte que quelqu'un avait cafardé. On avait dû le voir acheter sa corde et on était allé prévenir la police. Ou les boniments de la vieille bique du bout de la coulée avaient fini par se répandre. A moins encore que ce ne soit lui qui en ait parlé à quelqu'un parce que je me figure qu'un type qui veut se pendre ne doit pas trop bien savoir ce qu'il fait, surtout quand on a vu le regard qu'il vous avait. Mais enfin il n'y a pas à dire, me disais-je en suivant le flic jusqu'à la maison du bonhomme, un pauvre type n'a même plus le droit de se pendre maintenant !

Quand j'y arrivai le flic était en train de couper le nœud coulant avec un canif, puis il lui a fait boire une gorgée d'eau et le type a ouvert ses châsses. Le flic en question ne me revenait pas parce qu'il avait expédié des copains à moi en maison surveillée pour les avoir piqués en train de faucher du tuyau de plomb dans des waters.

— Et pourquoi que t'as voulu te pendre? demandait-il au gars en essayant de le faire asseoir droit.

L'autre n'arrivait pas à parler, et il avait une coupure qui saignait à l'une de ses mains tombée sur les morceaux de l'ampoule électrique. Je savais bien, moi, que la corde ne tiendrait pas, mais il n'avait pas voulu m'écouter. C'est pas moi qui me pendrai, mais si j'en avais l'idée, je m'arrangerais pour le faire à un arbre ou à quelque chose du même genre, pas à une suspension.

— Alors, pourquoi que t' as fait ça?

— Parce que j'en avais envie, répondait le type d'un ton maussade.

— Ça va te valoir cinq ans, lui dit le flic.

Moi, j'étais rentré en douce dans la maison et j'étais allé me blottir dans le même coin, en suçant mon pouce.

— Vous me dites ça, reprenait le type, une expression de frayeur bien compréhensible maintenant dans ses yeux. Mais puisque je vous dis, moi, que je voulais seulement me pendre.

— Eh bien, dit le flic en sortant son calepin, c'est défendu par la loi, précisément.

— Mais non, fit l'homme. C'est pas possible. C'est de ma vie qu'il s'agit, voyons.

— Tu te figures cela, dit le flic, mais tu te trompes.

L'homme se mit à sucer le sang qui lui coulait sur la main. La coupure était si insignifiante qu'on l'apercevait à peine.

— C'est la première fois que j'entends dire cela, fit-il.

— Eh bien, je te l'apprends, lui assura le flic.

Nature que j'allais pas dire à celui-ci que j'avais aidé le gars à se pendre. J'étais pas né d'hier, ni même d'avant-hier.

— C'est du joli, ça, si un type n'a pas le droit de se donner la mort, fit l'homme qui voyait que son cas s'aggravait.

— Eh non, il n'en a pas le droit, déclara le flic comme s'il avait lu avec volupté dans un manuel. Votre vie ne vous appartient pas. C'est un crime que de prétendre y attenter. Un suicide, c'est un assassinat de soi-même.

Le bonhomme faisait une drôle de trombine, comme si chacune des paroles du flic avait signifié six mois de tôle pour lui. J'en avais pitié pour lui, ça, je peux le dire, mais si seulement il m'avait écouté et ne s'était pas fié à ce piton ! Pourquoi n'était-il donc pas allé se pendre à un arbre ou à un truc comme cela ?

Il partit par le passage avec le flic, doux comme un agneau, et nous avons tous pensé qu'on n'en entendrait plus parler.

Mais quelques jours plus tard, la nouvelle se répandit comme l'éclair, avant même de parvenir au *Post*, parce qu'une femme de notre cité était employée le soir à l'hôpital à laver la vaisselle et à faire du ménage. Je l'ai entendue qui la racontait à quelqu'un au bout du passage.

— J'aurais jamais cru ça. Je pensais qu'après qu'ils l'avaient emmené ça lui aurait enlevé cette idée-là de la tête. Mais non. On n'en a jamais fini d'être étonné. Il s'est jeté par la fenêtre de sa salle pendant que le flic qui le gardait était allé pisser. Vous vous rendez compte ! S'il était mort ? Pas qu'un peu, vous pouvez m'en croire...

Il s'était rué contre la fenêtre et était tombé dans la rue en dessous comme une pierre. En un certain sens, ça m'a fait de la peine d'apprendre qu'il avait fait cela, mais, tout de même, j'en étais content, parce qu'il avait fait voir aux flics, et à tout le monde, si oui ou non il avait le droit de disposer de sa vie. Ça s'était tout de même bien trouvé que ces imbéciles-là l'aient collé dans une salle du sixième étage, ce qui lui avait permis de se liquider proprement, bien mieux même qu'il ne l'aurait fait à un arbre.

Tout ça m'amène à réfléchir sur cette façon que j'ai souvent d'avoir le cafard. Le sac à charbon que l'on a au-dedans de soi et le noir qu'il vous met sur la bouillotte, ça ne veut pas forcément dire qu'on va se pendre, ou se flanquer sous un autobus, ou se jeter par la fenêtre, ou se couper la gorge avec une boîte à sardines, ou se mettre la tête dans le fourneau à gaz, ou aller fourrer la fichue défroque de sa carcasse sur une voie de chemin de fer. Parce que, quand on a vraiment le noir, on n'arrive même pas à se décoller de sa chaise. En tout cas, pour ma part, j'aurai jamais le noir au point d'aller me pendre, parce que je trouve que, de se pendre, ça la fout mal, et plus je repense au vieux je-ne-sais-qui se balançant au bout de son piton, moins j'en ai envie.

En tout cas, je suis bougrement content maintenant de ne pas être allé au cinéma ce samedi après-midi-là, quand j'étais tellement en rogne et tout prêt à aller faire un malheur. Parce que, voyez-vous, pour ce qui est de me tuer, jamais je ne le ferai. Vous pouvez me croire. Je tiens à vivre, même si je suis à moitié gâteux, jusqu'à l'âge de cent cinq ans. Et alors, quand le moment sera venu de déballer, je ferai un foin de tous les diables.

LA SOLITUDE DU COUREUR DE FOND

I

Dès mon arrivée au Borstal, ils ont fait de moi un coureur de fond en cross. Ça doit être parce qu'ils trouvaient que j'avais la découpure qu'il faut, parce que j'étais grand et musclé pour mon âge (et je le suis toujours). Au fond, pour vous dire le vrai, je ne m'en faisais guère pour ça, parce que, de courir, ç'a tout le temps été le fort dans notre famille, surtout quand il s'agit de se défiler de la police. Moi, j'ai toujours été bon à la course, avec, à la fois du sprint et de la foulée, mais le seul ennui, c'est que malgré toute ma vitesse, et pour savoir jouer des flûtes, vous pouvez être sûr que je m'y connais, même si c'est moi qui vous le dis, c'est pas ça qui m'a empêché de me faire piger par les cognes le jour que j'ai fait la boulangerie.

Vous trouverez peut-être que c'est pas banal de trouver des coureurs de fond dans un Borstal, et vous vous dites que la première chose que fera un type comme cela quand on le lâchera à travers champs et fourrés, ce sera de mettre les bouts de bois pour se débiner le plus loin possible, pour autant qu'il le pourra avec la becquetance qu'ils donnent au Borstal. Mais vous vous trompez, et je vais vous expliquer pourquoi. Pour commencer, les salauds qui nous possèdent sont pas si gourdes qu'ils en ont l'air en général, et, secundo, je ne suis pas si ballot, moi, que j'en aurais l'air si j'essayais de mettre les voiles pendant l'entraînement, parce que, de se débiner pour ensuite se faire repiquer, ça, c'est du boulot de conscrit, et je ne tombe pas dans le panneau. Dans la vie, c'est d'être malin qui compte, et même qu'il faut l'être de façon aussi astucieuse que possible. Je vous le dis tout franc : ils sont malins, et moi aussi. Si seulement « eux » et « nous » on avait les mêmes idées, on s'entendrait de façon épatante, mais ils ne voient pas comme nous, et nous, on ne voit pas comme eux, alors, voilà pourquoi les choses sont comme elles sont et le seront toujours. Le fait est qu'on est tous des malins, et c'est bien pour ça qu'on ne peut pas se blairer. Donc, ils savent que j'essaierai pas de me trisser : ils sont là, recroquevillés comme des araignées dans leur vieille bâtisse toute croulante, perchés comme des corbeaux sur le toit, à surveiller les chemins et les champs comme des généraux boches de la coupole de blindés. Et même quand je disparais au petit trot derrière un bois et qu'ils n'arrivent plus à me suivre, ils savent bien qu'ils la reverront, ma tignasse, danser au-dessus de la haie d'ici une heure, et que je reviendrai me présenter au gars de l'entrée. Parce que, quand je suis levé à cinq heures du matin, par un temps gris et glacé, le ventre creux et frissonnant sur les dalles de pierre à en attraper la crève, tandis que tous les copains en ont encore pour une heure à pioncer avant qu'on sonne la cloche, et que moi, je me défile en douce par les corridors pour gagner la grande porte avec ma perm spéciale de coureur à la main, je me sens à la fois comme le premier et le dernier des hommes sur terre, si vous voyez ce que j'essaie de vous faire comprendre. Comme le premier, parce que je n'ai, autant dire, rien sur le râble quand on m'envoie comme ça par les champs gelés rien qu'avec un maillot de corps et un short, et que même le premier des pauvres couillons qu'on a lâchés sur la terre en plein hiver avait le moyen de se confectionner un complet en feuilles, ou de plumer un ptérodactyle pour s'en faire un pardessus. Tandis que moi je suis là à crever de froid, avec rien d'autre pour me tenir chaud qu'une heure ou deux d'entraînement de course à pied jusqu'au petit déjeuner, pas même un bout de pain trempé dans du désinfectant. C'est ça, qu'ils disent, l'entraînement idéal pour la grande journée des championnats, quand tous les messieurs-dames à groin de cochon — qui ne savent même pas que deux et deux font quatre et qui seraient empotés comme des manches s'ils n'avaient pas leurs esclaves pour les servir au doigt et à l'œil — viendront nous faire de beaux discours pour nous démontrer qu'il n'y a rien comme le sport pour vous ramener dans le droit chemin et vous empêcher d'avoir les doigts qui vous démangent de taquiner les serrures de leurs boutiques et de leurs coffres-forts, ou de vider les pennies de leurs compteurs à gaz avec des épingles à cheveux. Et comme récompense, on vous donnera un bout de ruban bleu et une coupe, après que vous vous serez bien esquintés à courir ou à sauter, tout comme des canassons, avec cette différence que les canassons, eux, on les traite mieux que nous ensuite.

Bon. Me voilà donc rendu à l'entrée, en maillot et en short, sans même un vieux bout de croûte dans la panse, qui reluque les fleurs de givre par terre, au-dehors. Sans doute allez-vous croire que ça devrait en faire assez pour me faire chialer ? Eh bien, vous vous trompez. C'est pas parce que je suis là comme qui dirait le premier homme arrivé sur terre que je vais me mettre à gueuler : au contraire, je biche cent fois plus que quand je suis encagé dans le dortoir avec les trois cents autres. Non, c'est des fois quand, piqué là dans l'entrée, je me figure que je suis le dernier resté des hommes, que je me sens le plus dégonflé. Je me figure comme ça parce qu'il me semble que les trois cents roupilleurs que j'ai laissés derrière moi sont tous clamsés. Ils dorment à un tel point que je me demande si chacune de ces têtes aux cheveux emmêlés n'a pas cassé sa pipe dans le courant de la nuit, et si je ne suis pas le seul qui reste et, quand je regarde au-dehors les buissons et les mares gelées, je me représente qu'il va faire de plus en plus froid jusqu'à ce que tout ce que j'arrive à voir, je veux dire, même mes bras tout rougis, soit bientôt recouvert de kilomètres d'épaisseur de glace, toute la terre jusqu'au ciel, et le plus petit bout de champ, ou de coin de mer. Alors, j'essaie de chasser cette idée et de faire comme si j'étais le premier homme au monde. Ça me ravigote ; aussi, dès que je suis assez échauffé pour me coller ça dans la tête, je franchis d'un bond l'entrée et démarre au grand trot.

Je suis à l'Essex. Il paraît que c'est un bon Borstal, ou tout au moins, c'est ce que le directeur m'a déclaré quand j'y suis arrivé en venant de Nottingham. « Nous voulons vous faire confiance tant que vous serez dans cet établissement, qu'il m'a dit en déplissant son journal de ses mains de fainéant, blanches comme lis, tandis que je lisais à l'envers les grandes lettres du titre : *Daily Telegraph*. Si vous jouez franc jeu avec nous, nous en ferons de même avec vous. — Ma parole, on aurait dit qu'il s'agissait d'un match de tennis à perpète ! — Nous voulons que vous travailliez fort et bien et réalisiez de bonnes performances athlétiques, a-t-il dit encore, et si vous nous faites l'un et l'autre, vous pouvez être assuré que nous serons réguliers avec vous et vous renverrons dans le monde en honnête homme. » Non, j'en aurais crevé de rire, surtout quand tout de suite après j'ai entendu la voix de juteux qui m'appelait, moi et deux copains, en gueulant pour nous faire mettre au garde-à-vous et partir au pas comme si on avait été des grenadiers de la Garde ! Et quand le directeur n'en finissait pas de déclarer que « nous » voulons que vous fassiez ceci, et que « nous » voulons que vous fassiez cela, je regardais autour de moi pour essayer de voir où ils étaient, les autres, et combien ils étaient. Naturellement, je savais bien qu'ils étaient des milliers, bien qu'à ma connaissance il n'y en eût qu'un seul dans la pièce. Mais ils sont tout de même des milliers dans tout le foutu pays, dans les boutiques, dans les bureaux, dans les gares, les voitures, les maisons, les *pubs*, de ces mecs de bien-pensants, comme toi et eux, toujours à l'affût d'irréguliers comme moi et nous autres, tout prêts à décrocher le téléphone pour appeler les flics dès qu'on a fait un faux pas. Et ce sera toujours comme ça, je vous le dis tout de suite, parce que j'ai pas fini d'en faire, des faux pas, et je peux dire que je n'ai pas l'intention de m'arrêter tant que j'aurai pas passé l'arme à gauche. Si les bien-pensants se figurent qu'ils m'empêcheront de faire des faux pas, ils perdent bien leur temps. Ils feraient mieux de me coller contre un mur et de me flanquer douze balles dans la peau : ce serait la meilleure façon pour eux de me retenir, moi et quelques millions d'autres. Parce que j'ai pas mal réfléchi depuis que je suis ici. Ils peuvent toujours nous guetter à longueur de journée pour voir si on fait notre boulot ou si on s'entraîne comme il faut, mais ils n'arriveront pas à nous passer les tripes aux rayons X pour savoir ce qu'on pense en nous-même. Je me suis posé un tas de questions et j'ai réfléchi à la vie que j'ai menée jusqu'à présent. Ça me plaît, de faire ça : c'est pour moi un régal. Ça me fait passer le temps et trouver le Borstal bien moins moche que les gars de notre rue prétendaient que c'était. Et cette blague de courses de fond, c'est ce qu'il y a de plus marrant, parce que ça me fait venir tant d'idées en tête que je comprends les choses bien mieux que lorsque je suis la nuit dans mon pageot. Et, cela mis à part — de penser à tant de choses pendant que je cours —, je suis en train de devenir l'un des meilleurs coureurs du Borstal. J'arrive à faire mes cinq milles en un meilleur temps que n'importe qui que je connaisse.

Ainsi donc, dès que je me suis dit que je suis le premier homme qu'on ait parachuté sur la terre, et dès que j'ai commencé de foncer à travers l'herbe gelée du petit matin, quand les oiseaux eux-mêmes n'ont pas le cœur à chanter, je me mets à penser et c'est ça que j'aime. Je boucle mes circuits comme en rêve, prenant le tournant d'un sentier ou d'une allée sans même m'en apercevoir, sautant des ruisseaux sans même savoir qu'ils existent, et lançant un bonjour au paysan matineux qui trait sa vache, sans même le voir. C'est épatant, que d'être coureur de cross, tout seul dans la nature, sans personne qui vienne vous chercher des rognes ou vous dire ce qu'il faut faire, ou qu'il y a une porte à crocheter pour aller faire une petite visite dans une boutique en passant par la rue de derrière. Des fois, je me dis que je ne me suis jamais senti aussi libre que pendant cette couple d'heures que je m'en vais trottant par la piste d'en face la grille, et que je prends le tournant près du gros chêne pelé au bout de l'allée. Tout est mort, mais ça biche, parce que c'est la mort d'avant naître, et pas celle d'après la vie. C'est comme cela que je le vois. Attention : c'est pas que je me sente pas souvent raide frigo pour commencer. J'arrive plus à me sentir les mains, ni les pieds, ni la viande, comme si j'étais un revenant qui ne saurait pas qu'il est sur terre s'il ne l'apercevait pas de temps à autre au travers du brouillard. Mais même s'il y en avait qui appelleraient ça des douleurs de gelure, s'ils en parlaient dans une bafouille à leur vieille, moi, je ne le fais pas, parce que je sais bien que dans une demi-heure, j'aurai chassé ça et qu'au moment où je déboucherai sur la grand-route ou enfilerai le sentier qui traverse le champ de blé, au coin de l'arrêt du car, j'aurai aussi chaud que si j'étais près d'un poêle pansu et me sentirai aussi bien qu'un chien qui frétille de la queue.

C'est la bonne vie, que je me dis en moi-même, si tu ne te dégonfles pas devant la flicaille et les directeurs de Borstals et toute la bande de ces salauds de bien-pensants. Trotte, mon vieux, souffle fort. Tap, tap, qu'ils font, mes panards sur la terre dure, chui-chui, mes bras et mes hanches en frottant contre les branches nues d'un buisson. Parce que j'ai dix-sept ans maintenant et que, quand ils vont me relâcher — si je ne mets pas les bouts avant et si je me débrouille pour que les choses se passent autrement — ils vont essayer de m'envoyer à l'armée, et quelle différence ça ferait-il, l'armée, avec où je suis en ce moment? Ils n'arriveront pas à me bourrer la caisse, les salauds. J'ai vu les casernes près d'où on habite et, à part les troufions qui montent la garde avec un flingue à la porte, vous n'arriveriez pas à trouver quelle différence il y a entre leurs murs maous et l'endroit où je me trouve. Même si les troufions sortent de temps en temps dans le courant de la semaine pour aller boire une chope, la belle jambe que ça leur fait! Est-ce que je ne sors pas, moi, trois matins par semaine pour mon entraînement de cross? Ce qui vaut cinquante fois mieux que d'aller se saouler la gueule. Quand ils m'ont dit pour la première fois que je le ferais, mon entraînement, sans avoir un gardien à me pédaler à côté sur son vélo, je ne pouvais pas en croire mes oreilles! Mais il paraît que l'on était dans un établissement moderne et évolué, bien que ça ne prenne pas avec moi, parce que je sais bien qu'il est comme tous les autres Borstals, d'après ce que j'ai entendu dire, sauf qu'ils me laissent aller comme ça. Un Borstal, c'est toujours un Borstal, quoi qu'ils fassent, et j'ai commencé par râler quand ils m'ont envoyé faire mes cinq milles à une heure pareille avec rien dans le bide, jusqu'à ce qu'ils aient fini par me convaincre que c'était pas si moche que ça — ce que j'avais bien pigé tout de suite! — et qu'ils m'aient déclaré, en me passant la main dans le dos, que j'étais un bon garçon, quand je leur ai dit que je marchais et que j'essaierais de la leur gagner, la Coupe nationale du Ruban bleu de cross-country! Et maintenant, le directeur m'adresse la parole quand il fait ses tournées, presque comme si c'était à son canasson de course qu'il parlait, s'il en avait un.

— Ça va, Smith? qu'il me demande.

— Oui, monsieur, que je lui réponds.

Il frise sa moustache grise.

— Comment ça marche, votre entraînement?

— J'ai décidé de refaire un galop autour du terrain après déjeuner, pour entretenir ma forme, monsieur, lui dis-je.

Ça l'enchante, ce gros pansu de salaud avec ses yeux de veau.

— Bonne idée, cela. Je suis sûr que vous la gagnerez, cette coupe, déclare-t-il.

Compte toujours là-dessus, mon vieux, que je réponds en moi-même. Non, je ne la leur gagnerai pas, leur coupe, même si ce vieux couillon de tiqueur compte sur moi. Parce que, pourquoi est-ce qu'il compte sur moi comme ça ? je me le demande. Trotte, trotte, trotte, tap, tap, tap, saute le ruisseau et enfonce-toi dans le bois presque obscur où les branches chargées de givre me fouaillent les guiboles. Pour ce qu'elle m'intéresse, leur course ! C'est pas comme lui. Il s'y intéresse autant que ce serait le cas pour moi si je misais sur un bourrin pris au petit bonheur dans les journaux du turf, un bourrin que j'aurais jamais vu et dont je me foutrais éperdument si j'arrivais jamais à le voir. Voilà ce qu'elle signifie pour lui, la course. Mais je la perdrai parce que moi, je ne suis pas un canasson, et je le lui apprendrai quand je serai sur le point de m'en aller, si je ne me suis pas déjà débiné auparavant. Pour sûr, que je le ferai. Je suis un être humain, et j'ai en moi des pensées, des secrets et une vie toute chaude dont il ne se doute pas, et dont il n'aura jamais l'idée, parce qu'il est bien trop crétin. Je me doute bien que ça doit vous faire rigoler, de m'entendre dire ça, que le directeur est un crétin, quand moi, c'est à peine si je sais écrire, alors que lui, il lit, écrit et compte comme un instituteur. Mais il n'empêche que c'est la vérité, ce que je dis là. Il est idiot, et moi, je ne le suis pas, parce que je vois plus loin dans les zèbres de son espèce qu'il n'est capable de le faire avec des gars comme moi. C'est entendu : on est des malins tous les deux, mais moi, je le suis davantage, et c'est moi qui aurai le dernier mot, même si je crève en tôle à quatre-vingt-deux ans, parce que j'aurai plus rigolé et fait plus d'étincelles dans ma vie que ça n'aura jamais été le cas pour lui. Il possède peut-être des milliers de livres, et il est même bien possible qu'il en ait écrit lui-même, mais je suis bien tranquille, aussi sûr que je suis ici, que ce que je gribouille, ça vaut un million de fois ce qu'il pourrait jamais écrire. Je me fous de ce qu'on pourra dire, mais c'est bien la vérité : qu'on me prouve le contraire. Rien que quand il me parle et que je regarde sa gueule de rengagé, je sais que je suis vivant, moi, et que lui, il est clamsé. Tel quel, il est déjà aussi mort qu'une momie : il n'aurait qu'à courir dix mètres pour être rectifié. Et s'il faisait dix mètres dans ce qui se passe dans mes tripes, il en tomberait raide itou de surprise. Pour le moment, c'est des macchabs de son genre qui font pivoter des gars comme moi, et je me doute bien que ce sera toujours comme ça. Mais, même si c'est le cas, bon Dieu, j'aime encore mieux être comme je suis, toujours obligé de me défiler et de piquer dans des boutiques un paquet de sèches ou un pot de confitures, que de faire pivoter les autres en étant mort des pieds à la tête. Peut-être que c'est justement d'avoir à faire pivoter les autres qui vous fait clamser? Merde alors! c'est comme si j'avais couru un cross sur des centaines de milles que d'avoir écrit cette dernière phrase! J'aurais jamais pu dire ça tout de suite pas plus que de sortir un billet d'un million de livres de ma poche-revolver. Mais c'est la vérité, voyez-vous, maintenant que j'y repense : ça a toujours été vrai et le sera toujours, et j'en suis encore plus sûr chaque fois que je vois le directeur ouvrir la porte et dire : « Bonjour, les gars! »

Pendant que je cours et que je vois mon souffle partir en fumée dans l'air comme si j'avais une dizaine de cigares piqués en divers endroits du corps, je repense au petit discours que le directeur m'a tenu quand je suis arrivé au Borstal. Sur l'honnêteté! Faut être honnête. Ça m'a tant fait marrer qu'un matin j'ai fait dix minutes de plus dans mon temps parce qu'il m'avait fallu m'arrêter tant j'avais attrapé un violent point de côté! Le directeur était si ennuyé quand il m'a vu revenir en retard qu'il m'a envoyé au toubib pour me faire passer à la radio et m'examiner le cœur. Faut être honnête! Autant dire : faut être un macchab, comme moi, et alors vous n'aurez plus l'ennui de changer votre gentille petite turne miteuse pour un Borstal ou la tôle. Soyez honnête et arrangez-vous d'un petit boulot pépère à six livres par semaine. Oui, eh bien, même avec toutes mes courses à pied, j'en suis pas encore arrivé à voir où il voulait en venir en me disant ça, bien que je commence à l'entrevoir et que je ne sois pas d'accord. Car après y avoir bien réfléchi, j'ai découvert que, tout compte fait, ça ne peut pas s'appliquer à moi, avec mes parents et élevé comme je l'ai été. Parce qu'une autre chose que les gens comme le directeur n'arriveront jamais à comprendre, c'est que je suis honnête, moi, et que je n'ai jamais été autrement qu'honnête, et qu'honnête, je le serai toujours. Ça vous paraît drôle? Mais c'est pourtant vrai, seulement, j'ai ma façon à moi d'entendre ce que c'est que d'être honnête, et lui ne le comprend qu'à la sienne. Je suis convaincu que mon honnêteté est de la seule espèce qui existe au monde, et lui croit également que la sienne est la seule. Voilà pourquoi on se sert de cette saloperie de château fort ceinturé de murs et de grillage, perdu dans la nature, pour encager des gars comme moi. Mais si c'était moi qui maniais la schlague, j'irais pas me casser la nénette à installer un truc comme ça pour y enfermer tous les flics, tous les directeurs, toutes les poules de luxe, tous les scribouillards, tous les galonnés et tous les parlementaires. Non, je vous les collerais au long d'un mur et je leur ferais leur affaire, comme ils auraient fait autrefois avec des gars comme nous. C'est-à-dire, s'ils s'étaient jamais doutés de ce que c'est que d'être honnête, ce qui n'est pas le cas et ne le sera jamais dans ce sapré bon Dieu de monde.

J'ai tiré dix-huit mois de Borstal avant d'avoir l'idée de m'en esbigner. J'arriverai pas à vous en dire long sur la vie qu'on y mène, parce que, pour ce qui est de décrire des bâtisses ou de vous dire combien de chaises boiteuses et de lames de persiennes on y trouve par pièce, c'est pas mon fort. C'est pas moi non plus qui irai chialer sur notre sort parce que, pour dire la vérité, j'ai pas eu du tout à me plaindre du Borstal. J'en dirai la même chose qu'un de mes copains à qui quelqu'un avait demandé s'il n'avait pas été dégoûté du service militaire. « J'ai rien à dire contre lui, qu'il avait répondu. Ils m'ont donné à becqueter, ils m'ont fringué et fourni de l'argent de poche, ce qui est foutrement plus que j'avais jamais eu jusqu'alors, sauf que je me crevais pour ça et que la plupart du temps on m'empêchait de boulonner et qu'on m'obligeait à passer au bureau de chômage deux fois par semaine. » Eh bien, c'est à quelque chose près ce que je répondrai. Pour ce qui est de ces trucs-là, j'ai pas eu à me plaindre du Borstal, et par conséquent je ne vais pas vous décrire ce qu'on nous donnait à bouffer, ou comment étaient les dortoirs, ou comment on nous traitait. C'est d'une autre façon que le Borstal m'a fait de l'effet. Non, il ne m'a pas redressé l'échine parce que depuis ma naissance j'ai jamais courbé celle-ci. Ce qu'il a réussi, ç'a été de me faire voir avec quoi on voulait essayer de me flanquer la trouille. Ils ont encore d'autres moyens : la tôle, par exemple, et en fin de compte, la corde. C'est comme si j'avais entrepris de descendre un bonhomme pour lui faucher son veston et que, tout d'un coup, je serre les freins parce qu'il a sorti un couteau et menace de m'en foutre un grand coup, comme à un cochon, si j'approche de trop. Le couteau, c'est le Borstal, la tôle, la corde. Mais du moment que vous avez aperçu le couteau, vous apprenez à vous défendre sans armes. Faut bien, parce que ce genre de couteau, c'est jamais vous qui le manierez, et que vous n'arrivez pas à grand-chose en ripostant à mains blanches. Pourtant, c'est comme ça et ça ne vous empêche pas de vous jeter sur l'homme, qu'il ait un couteau ou pas, dans l'espoir de lui attraper le poignet d'une main et de l'autre le coude, tous les deux en même temps, et de lui retourner le bras jusqu'à ce qu'il ait lâché le couteau.

Voyez-vous, en m'envoyant au Borstal, ils m'ont fait voir le couteau et depuis ce temps-là, je sais quelque chose que je n'avais pas su jusqu'alors : qu'entre eux et moi, c'est la guerre. Je l'avais toujours su, bien sûr, parce que j'ai aussi été dans des maisons de surveillance et que les gars m'y ont raconté un tas de choses sur la vie que menaient leurs frangins dans les Borstals, mais vu de là-bas, c'étaient encore que des batailles pour la frime, comme font les petits chats, comme un match de boxe avec des gants, comme des jeux de mômes. Mais maintenant qu'ils m'ont fait voir le couteau, que je repique jamais quelque chose ou pas, je sais qui sont mes ennemis et ce qu'est la guerre. Ils peuvent bien lancer toutes les bombes atomiques qu'il leur plaît : ça, je m'en balance. C'est pas ça que j'appellerai jamais la guerre et j'irai jamais me faire fringuer en soldat, parce que ma guerre à moi, elle est d'un autre genre qu'ils prennent pour du chiqué. La guerre qu'ils croient la guerre, c'est du suicide, et ceux qui y vont se faie tuer devraient être foutus en tôle pour tentative de suicide, parce que c'est ce qu'ils ont en tête, les gars qui se précipitent pour aller s'engager ou qui se laissent mobiliser. Je le sais, parce que j'ai des fois pensé que ça vaudrait bien mieux de me détruire, et je me suis demandé si la façon la plus simple d'y arriver, ce ne serait pas d'espérer qu'éclate une grande guerre dans laquelle j'aurais qu'à m'engager pour aller me faire descendre. Mais j'ai pas insisté quand je me suis rendu compte que je faisais déjà une guerre à ma façon, que j'y étais né, que j'ai grandi en écoutant les histoires des « anciens » qui étaient allés au front à Dartmoor, s'étaient à moitié fait bousiller à Lincoln, qui s'étaient fait coincer entre les lignes au Borstal, et que cette guerre-là faisait plus de pétard que n'importe quelle bombe boche. Les guerres du gouvernement, c'est pas les miennes, j'ai pas à m'en mêler et j'ai qu'à m'occuper de celles qui me concernent. Je me rappelle quand j'avais quatorze ans et que j'étais allé à la campagne avec trois de mes cousins, peu près du même âge que moi, qui devaient plus tard être envoyés dans divers Borstals, puis dans divers régiments d'où ils n'ont pas tardé à se débiner, puis dans diverses tôles où ils sont toujours, pour autant que je sache. En tout cas, on était tous des mômes alors et, un été, on avait décidé d'aller dans les bois pour changer de décor et ne plus sentir la puanteur du goudron brûlant des routes. On avait escaladé des clôtures et on était partis à travers champs, fauchant quelques pommes vertes en chemin, en direction du bois à environ un mille de là. En haut du sentier des Mineurs, on a entendu de l'autre côté d'une haie une autre bande de jeunes qui parlaient en anglais de collège. On a rampé jusqu'à eux et on les a observés à travers les broussailles : on a vu qu'ils étaient en train de s'offrir un pique-nique, un chouette, qu'ils sortaient de paniers avec des thermos et des serviettes. Ils étaient peut-être bien sept au total, garçons et filles, que leurs paternels et maternelles avaient envoyés prendre l'air pour l'après-midi. Alors, on a rampé sur le ventre comme des crocodiles jusqu'à la haie et on les a cernés, puis on s'est jeté sur eux, dispersant leur feu de camp, leur flanquant une tripotée et leur fauchant tout ce qu'ils avaient à bouffer, après quoi, on s'est sauvé dans le bois qu'est de l'autre côté du verger des Cerisiers avec, à nos trousses, un type qui s'était amené pendant qu'on faisait main basse sur leur boustifaille. Il n'a pas pu nous rattraper et on s'en est mis plein la lampe parce qu'on était pas mal flappis d'avoir couru et qu'on ne pouvait pas attendre plus longtemps pour se pourlécher les babines avec leurs sandwiches au jambon, au cœur de laitue et leurs gâteaux à la crèmé.

Eh bien, je me sens toujours à tout moment comme ces petits crétins devaient se sentir avant qu'on ne leur tombe sur le poil. Mais ils n'avaient aucune idée que ce qui leur est arrivé devait leur arriver, tout comme le directeur de ce Borstal avec ses boniments sur l'honnêteté et toutes ses conneries ne sait rien de rien, alors que je n'oublie jamais, moi, qu'une grosse godasse est toujours susceptible d'écrabouiller le joli petit pique-nique que j'aurai été assez couillon et assez salaud pour me préparer. Je reconnais qu'il y a des fois que j'ai eu envie de raconter tout ça au directeur pour le mettre sur ses gardes, mais dès que j'arrive à le voir, je change d'idée et me dis qu'il n'a qu'à trouver ça tout seul ou passer par le même moulin par où je suis passé. C'est pas que j'aie le cœur dur (en fait, ça m'est arrivé plus d'une fois de refiler à des gars qui se débinaient un *quid*, un tuyau, une sèche ou une idée sur un endroit où crécher), mais que je sois foutu si je vais risquer de me faire coller en cellule pour avoir voulu donner au directeur un petit conseil qu'il ne mérite pas. Et d'ailleurs, tout ce que je pourrais lui dire, au directeur, ne lui servirait à rien : ça ne servirait qu'à lui faire se foutre la gueule par terre un peu plus tôt que si je ne lui avais rien dit, ce qui est pourtant ce que je voudrais bien qui lui arrive. Mais jusqu'à nouvel ordre, je vais laisser aller les choses comme cela, ce qui est encore un truc que j'ai appris au cours de ces quelques dernières années. (C'est une affaire que je sois seulement capable de penser tout ça aussi vite que j'arrive à l'écrire avec ce bout de crayon sur lequel je m'escrime, sans quoi, ça fait des semaines que j'aurais laissé tomber tout le biseness.)

Alors que je suis arrivé à la moitié de mon entraînement du matin, quand après une aube frisquette je commence à apercevoir un peu de soleil tout baveux accroché aux rameaux dénudés des hêtres et des sycomores, et que je suis passé devant mon repère de mi-parcours en dégringolant, pour couper au plus court, la tranchée à pic couverte de broussailles qui donne sur le chemin creux, quand il n'y a encore personne en vue et qu'on n'entend rien que le hennissement d'un poulain pie dans l'écurie d'une ferme que je ne peux pas voir, c'est à ce moment-là que me viennent les idées, les plus sérieuses comme les plus loufs. Le directeur en piquerait une crise s'il me voyait me laisser glisser le long de la tranchée, de crainte que je ne m'y casse la gueule ou une guibole, mais je ne peux pas ne pas le faire, parce que c'est le seul risque que je prends et la seule rigolade que j'arrive à me payer, de me laisser choir à toute pompe comme un de ces ptérodactyles du *Monde perdu* que j'ai entendu une fois passer à la radio, tout fou comme un jeune coq qu'on vient de châtrer et tout couvert d'écorchures, de presque me laisser tomber comme cela dans le vide, mais pas tout à fait. C'est une minute absolument épatante parce que, pendant que je dégringole, je n'ai plus une idée en tête, ni un seul mot, ni une seule image. Je suis vide, aussi vide que je l'étais avant de naître, et si je ne me laisse pas aller pour de bon, c'est sans doute parce que ce je-ne-sais-quoi qu'il y a au plus profond de moi ne veut pas que je clamse ou que je m'esquinte par trop. Car c'est ballot de trop penser, voyez-vous, parce que ça ne vous mène à rien, mais je pense tout de même quand j'ai dépassé le repère de mi-parcours, parce que cette randonnée au petit jour me fait trouver que chaque course comme ça est une tranche de vie — une petite tranche de vie, je sais bien — mais d'une vie aussi pleine de misère et de bonheur et de choses qui se passent qu'il vous est possible d'en trouver en vérité autour de vous, et je me rappelle qu'après toute une série de courses comme cela je me suis rendu compte que je n'avais pas besoin d'être bien plus savant pour pouvoir dire comment finirait une vie une fois qu'elle était bien démarrée. Mais comme toujours, je m'étais gouré. C'est d'abord les flics qui m'ont eu, puis ma sale caboche. Je ne me suis jamais senti le cran de jouer la fille de l'air par-dessus tous les pièges, et un jour ou l'autre, j'étais toujours refait quelque près du but que j'aie pu me trouver sans le savoir. Quand j'y repense, je me demande si c'étaient pas ces gros arbres qui portaient leurs branches à leurs gueules et se passaient le mot de l'un à l'autre, tandis que moi je me laissais choir à toute pompe le long de la banquette sans jamais rien voir.

II

Je ne me dis pas : « T'aurais pas abouti au Borstal si tu t'étais abstenu de faire ce boulot-là. » Non, ce que je ne cesse de me répéter dans ma cervelle de coureur, c'est que ce n'est pas juste que la chance m'ait plaqué quand j'étais presque arrivé à faire croire aux flics que je n'étais pour rien dans l'affaire ! Ça s'était passé en automne, quand il y avait assez de brume la nuit pour que ça nous donne envie, à mon copain Mike et à moi, de traînasser un peu par les rues, alors qu'on aurait pu aussi bien rester plantés devant la télé, ou vautrés dans un bath fauteuil rembourré, au ciné. Mais après six semaines sans avoir rien eu à foutre, je me sentais la bougeotte. Vous allez sans doute vous demander pourquoi j'avais pendant si longtemps tiré ma flemme alors que d'ordinaire je me crevais mes pauvres tripes sur une fraiseuse comme tout un chacun. C'est qu'il faut que je vous explique que mon paternel était mort d'un cancer de la gorge et que la mère avait touché un petit magot de cinq cents livres de l'assurance et comme primes de l'usine où il travaillait, « pour adoucir votre chagrin », qu'ils avaient dit, ou quelque chose du même genre.

Voyez-vous — et ma mère devait penser la même chose — je suis d'avis qu'une liasse de gros billets ça ne fait de bien à personne tant qu'on ne les a pas fait filer dans la caisse d'un commerçant et que celui-ci ne vous a pas cédé en échange ce qu'il a de mieux comme produits. Aussi, dès que la maternelle a eu le pèze, elle nous a emmenés en ville, moi et mes cinq frères et sœurs, et nous a renippés à neuf. Et puis elle a commandé une télé grand écran et un tapis neuf parce que l'ancien était tout bousillé du sang qu'avait vomi mon père en clamsant et qu'on n'était pas arrivés à faire partir, et on était rentrés à la maison en taxi avec des filets pleins de mangeaille et un manteau de fourrure pour elle. Et vous ne savez pas — vous ne me croirez pas quand je vous le dirai ! — il lui restait encore le lendemain trois cents gros billets qui gonflaient son sac à main ! Alors, comment auriez-vous voulu qu'on aille bosser après ça ? Pauvre vieux papa, il n'en profiterait pas, alors que c'était lui qui s'était esquinté et avait fini par en crever, pour qu'on ait tout ce pognon !

Tous les soirs on restait assis devant la télé, un sandwich au jambon d'une main, une tablette de chocolat de l'autre et une bouteille de limonade entre les grolles, pendant que maman était pagnotée au premier avec son gigolo dans le lit tout neuf qu'elle s'était acheté. J'ai jamais vu une famille plus heureuse que la nôtre pendant ces deux mois qu'on a eu tout l'argent qu'il nous fallait. Et quand le fric s'est mis à manquer, j'ai guère pensé à autre chose qu'à traîner dans les rues — à chercher du travail, que je racontais à la mère — espérant peut-être trouver un autre paquet de cinq cents billets qui nous permettrait de continuer à perpète la jolie petite vie qu'on avait menée. Parce que c'est étonnant comme on s'habitue vite à un nouveau genre de vie. Pour commencer, la publicité de la télé nous avait fait voir combien il y a plus de choses qu'on peut acheter qu'on ne se l'était imaginé en regardant les vitrines où nous n'avions pas remarqué tout ce qui était à vendre parce que, de toute façon, on n'aurait pas eu l'argent pour en acheter. Et la télé faisait paraître toutes ces choses vingt fois meilleures qu'on ne l'aurait cru. Même les réclames du cinéma nous semblaient glacées et banales, parce que, maintenant, on les voyait chez nous en privé. On s'était jusqu'alors écrasé le blair contre des vitrines pour reluquer des choses immobiles, mais soudain leur valeur véritable nous apparaissait parce qu'elles sautaient et étincelaient sur l'écran et qu'on voyait une poule au portrait enfariné qu'aurait fait des bassesses pour s'en emparer de ses pattes accapareuses aux ongles vernis, ou pour les porter à ses lèvres, rougies avec soin. C'était pas comme les minables réclames qu'on voyait sur les murs ou dans les journaux, qui n'avaient pas de vie. Celles de la télé faisaient danser devant vous des boîtes et des paquets défaits, à moitié ouverts, qui vous donnaient l'impression que vous n'aviez plus qu'à finir de les ouvrir pour qu'ils soient à vous, comme lorsqu'on voit dans une vitrine un coffre-fort béant, avec le propriétaire qui est parti boire une tasse de thé en oubliant de cacher son pèze. Les films que passait la télé présentaient de l'intérêt à cet égard, eux aussi, parce qu'on n'arrivait pas à se décoller les mirettes des flics en train de poursuivre des voleurs avec des sacoches pleines de pépettes qu'on aurait bien cru, jusqu'à la fin, qu'ils allaient arriver à garder pour eux. J'espérais toujours qu'ils finiraient par semer les autres et qu'ils en jouiraient, de leur galette, et je ne pouvais pas m'empêcher de tendre la main, comme si j'avais pu passer au travers de l'écran — qui n'avait l'air que d'un écran de toile comme au cinéma — et de faire un croche-pied au flic pour l'empêcher de suivre le gars aux sacs à pépettes. Même s'il avait descendu un ou deux employés de banque, j'espérais bien qu'on n'arriverait pas à le cueillir. Et je le désirais par-dessus tout parce que alors, ça voulait dire pour lui la grilloire — la chaise électrique —, et ça, c'est quelque chose que je ne voudrais souhaiter à personne malgré ce que vous aurez pu faire, parce que j'ai lu dans un bouquin que la chaise électrique ne vous faisait pas du tout clamser illico, mais que vous n'en finissiez pas de griller d'une façon affreuse avant d'être mort. C'est quand les flics couraient après les gangsters qu'on s'amusait à faire des fantaisies avec la télé : quand un d'eux ouvrait sa grande gueule pour déclarer qu'ils allaient bientôt avoir leur homme, alors je coupais le son et on voyait l'autre qui remuait les mandibules comme un poisson rouge, un maquereau ou un goujon, et qui faisait des gestes qui ne voulaient plus rien dire : c'était si marrant que toute la famille se tirebouchonnait sur le tapis tout neuf qu'on avait pas encore trouvé le moyen de poser dans la chambre à coucher. Mais où c'était mieux, c'était quand on faisait le coup à un politicien tory en train de nous raconter combien son gouvernement serait gentil pour nous si on continuait de voter pour lui. Fallait voir ses bajoues qui roulaient, qui s'ouvraient et se gonflaient, ses mains qui se levaient pour friser sa moustache et toucher son revers de veston pour sentir si la fleur de sa boutonnière n'était pas fanée, ce qui nous faisait bien voir qu'il ne pensait pas un mot de ce qu'il disait, surtout quand il n'en sortait plus un murmure, puisqu'on avait coupé le son. La première fois que le directeur du Borstal m'a parlé, j'ai tellement repensé à ces moments-là que j'ai failli claboter à force de me retenir de rire. Oui, ce qu'on a pu rigoler en manipulant les boutons du poste, au point que maman avait fini par nous appeler les télé-boys, tellement on était devenus habiles à s'en servir.

Mon copain Mike a été remis en liberté surveillée parce que c'était son premier coup — tout au moins le premier dont ils aient eu connaissance — et parce qu'ils ont dit qu'il ne l'aurait jamais entrepris si c'était pas moi qui l'y avais poussé à force de lui parler de ça. Ils ont déclaré que j'étais dangereux pour des petits gars honnêtes comme Mike — les mains dans les poches, le Mike, pour qu'on ne voie pas qu'elles étaient pleines de pierres, la tête penchée en avant comme s'il avait cherché des demi-couronnes pour les en emplir, porteur d'un chandail tout déchiré et les cheveux lui tombant dans les yeux pour pouvoir aborder les madames et leur demander un shilling parce qu'il mourait de faim — que, quand il s'agissait de convaincre les copains, c'était moi qui étais leur cerveau directeur, la lumière qui les guidait! Mais pourtant, je jure par le bon Dieu que j'étais guère tout ça, parce que que je n'ai, à vrai dire, pas plus de cervelle qu'un lapin, sauf pour ce qui est d'avoir su cacher le pognon où je l'avais mis. Et, cabochard comme je le suis, ils m'ont envoyé au Borstal parce que pour vous dire toute la vérité, j'avais déjà fait un stage en maison préventive, mais ça, c'est une autre histoire qui vous barberait, je crois bien, autant que celle-ci si je vous la contais. En tout cas, j'ai été bien content que Mike y coupe, et j'espère seulement que, moins couillon que moi, il y coupera toujours.

Ainsi donc, nous nous étions, ce soir-là qu'il y avait du brouillard, arrachés à la télé et, la porte claquée derrière nous, avions pris par la grande rue au bout de notre cité, allant au ralenti comme dans une rivière deux remorqueurs qui ont déglingué leurs sirènes, parce qu'on n'arrivait pas à voir où commençaient les façades des maisons, avec ce brouillard qui nous entourait, à en attraper la crève. Je claquais de froid parce que je n'avais pas de pardessus : maman avait oublié de m'en acheter un lors de sa crise d'achats et, quand j'avais pensé à le lui rappeler, toute la galette avait filé. Aussi, nous sifflions le *Teddy Boys Picnic* pour nous tenir chaud, et je me disais que je ne tarderais pas à m'acheter un pardessus, même si c'était la dernière chose que je ferais. Mike disait qu'il avait la même intention et, ajoutait-il, qu'il se paierait aussi une autre paire de lunettes, à monture d'or, pour remplacer celles en fil de fer qu'on lui avait données au dispensaire scolaire il y avait des années. En partant, il n'avait pas pigé qu'il y avait du brouillard et il essuyait ses verres à toutes les fois que je l'empêchais d'aller donner dans un réverbère ou une voiture, mais quand il avait aperçu les lumières d'Alfreton Road, qui avaient l'air d'yeux de poulpe, il les avait fourrées dans sa poche et ne les avait plus remises jusqu'à ce qu'on ait fait le coup. A nous deux on n'avait pas deux demi-pennies et bien que nous n'eussions pas faim, nous aurions bien voulu disposer d'un *bob* ou deux quand nous passions devant les friteries de poisson aux pommes de terre, dont les relents délectables de vinaigrette et de friture nous faisaient venir l'eau à la bouche. Je ne vous cacherai pas que nous avons parcouru la ville d'un bout à l'autre, et quand nos yeux n'étaient pas rivés à terre, à la recherche de portefeuilles ou de montres perdus, ils scrutaient les fenêtres des maisons et les portes des boutiques au cas où on y aurait vu quelque chose de facile et d'intéressant à y faucher.

On ne s'était pas tout dit, l'un et l'autre, mais je puis vous garantir que c'était là ce qu'on pensait tous les deux. Ce que je ne sais pas — et aussi vrai que je suis assis là, je sais bien que je ne le saurai jamais —, c'est lequel de nous deux qui a été jeter les mirettes le premier sur l'arrière-cour du boulanger. Oh! oui, ça me va bien de me dire que ç'a été moi, mais la vérité, c'est que je n'ai jamais su si ç'avait été Mike ou non, parce que je suis bien sûr que je n'avais pas remarqué la fenêtre ouverte jusqu'à ce qu'il m'ait donné un coup dans les côtes en me la montrant.

— T' as vu ? m'a-t-il dit.

— Oui, je lui réponds. Alors, on y va?

— Mais comment qu'on va passer le mur? qu'il me demande tout bas après avoir regardé d'un peu plus près.

— Sur tes épaules! que je suggère.

Lui avait déjà inspecté les lieux.

— Est-ce que tu arriveras à atteindre le haut?

C'est la seule fois que je l'aie jamais vu un peu excité.

— Laisse-moi faire, dis-je, toujours prêt à agir. Du haut de tes épaules et de tes abattis, je suis capable d'atteindre n'importe quoi.

Mike n'était qu'un gringalet comparé à moi, mais sous le maillot à carreaux tout déformé qu'il portait, il y avait des muscles durs comme du fer. En le voyant passer dans la rue avec ses lunettes et les mains dans ses poches, vous ne l'auriez pas cru capable de faire du mal à une mouche. Mais dans une bagarre, je n'aurais pas eu envie d'être contre lui, parce qu'il est du genre qui ne dit pas un mot pendant des semaines, qui se contente d'être collé devant la télé, ou de lire une histoire de cow-boys, ou même tout simplement de roupiller, quand tout d'un coup, bing! il vous assomme un gars pour presque rien, par exemple pour l'avoir devancé en allant chercher la dernière édition du *Football Post* un samedi soir, pour s'être faufilé devant lui à un arrêt du bus, ou pour être allé se cogner dans lui quand il rêvassait à la môme de la maison d'à côté qu'il avait vue dans son bain. Je l'ai vu une fois buter un type pour pas plus grave que de l'avoir regardé d'une drôle de façon, et il s'est trouvé que le gars était bigle, mais que personne n'en savait rien parce que c'était le premier jour qu'il habitait notre rue. D'autres fois, rien de tout cela n'aurait eu la moindre importance. Je me demande si la seule raison pour laquelle on était copains ne vient pas de ce que je ne disais pas grand-chose d'un bout du mois à l'autre.

Il leva les mains en l'air comme s'il était menacé d'un coup de mitraillette et s'accroupit contre le mur comme s'il craignait de se faire faucher, et je grimpai sur lui comme sur un escalier ou une échelle, puis il se redressa et étendit les bras, la paume à plat en dehors, à la façon de ces crics ajustables qu'on met sous les voitures, pour que je puisse monter dessus, tout ça, sans même qu'on entende le bruit de sa respiration ou qu'il fasse l'ombre d'une grimace. Je ne perdis d'ailleurs pas de temps et étendis mon veston, que j'avais pris entre mes dents, sur les tessons de bouteille de la crête du mur — dont le verre n'était pas trop coupant depuis le temps que les angles en avaient été adoucis à coups de pierres — et je me trouvai assis à cheval sur le mur avant de me rendre compte où j'étais. Puis, ce fut la descente de l'autre côté où, quand j'arrivai par terre, mes guiboles me rentrèrent presque dans la gorge, le choc étant aussi brutal que lorsque vous atterrissiez après une descente en parachute, dont un de mes copains m'a dit que ça faisait l'effet d'avoir sauté d'un mur de quatre mètres de haut, ce qui était bien ce que celui-là devait avoir. Je ramassai alors mes morceaux et allai ouvrir la porte à Mike, qui avait gardé le sourire et était plein d'optimisme parce que le plus dur était fait. « Je suis venu, j'ai poussé, je suis entré », comme dit la chanson des affranchis du Borstal.

Comme toujours, je ne pensais à rien, parce que je ne le fais jamais quand je suis au boulot, quand je décortique une tuyauterie, fais des poches, force des serrures ou fais sauter des cadenas. Je ne m'occupe que de faire marcher mes mains maigres et mes longues guiboles sans presque m'apercevoir si je respire, sans savoir si je serre les dents ou ai la bouche ouverte, si j'ai la fringale, si ma gale me démange et si je lance des merde et un tas de mots de ce genre dans le brouillard épais de la nuit qui s'avance. Et si je ne me rends pas compte de tout ça alors, comment est-ce que je pourrais vous dire ce que je pense à des moments pareils? Quand je réfléchis à la meilleure façon d'ouvrir une fenêtre ou de forcer une porte, est-ce que j'ai le temps de penser ou d'avoir des trucs dans l'esprit? C'est ce que le zèbre à quat'z-yeux et à blouse blanche, avec son calepin, n'arrivait pas à piger quand il m'a questionné pendant des jours et des jours après qu'on m'a envoyé au Borstal. Et je ne pouvais pas lui expliquer à ce moment-là comme je le fais maintenant par écrit, et même si j'en avais été capable, peut-être n'aurait-il pas été en mesure de piger, parce que je ne sais pas trop si j'arrive moi-même à comprendre, même en ce moment, bien que je fasse tout mon possible, vous pouvez me croire.

Ainsi donc, avant de savoir où j'en étais, je me suis trouvé dans la boutique du boulanger en train de reluquer Mike piquer le coffret de la caisse après avoir craqué une allumette pour savoir où il se trouvait, et qui exhibe un sourire grand style, à cinquante shillings, sur sa binette aux tifs coupés à la Marlon Brando, en prenant le coffret dans ses pattes comme s'il voulait l'écrabouiller.

— Allez, fit-il soudain en secouant la caissette qui fit entendre un bruit métallique. Caltons.

— Peut-être qu'il y a encore autre chose?, dis-je en tirant une demi-douzaine de tiroirs d'un bureau à fermeture à rideau.

— Non, fit-il, comme s'il avait déjà vingt ans de métier. Tout le magot est là — et il caressa la caissette — : c'est là que ça se tient.

Je tirai encore quelques tiroirs, emplis de notes, de registres et de lettres.

— Qu'est-ce que t' en sais, espèce de ballot?

Il m'écarta brutalement, comme un taureau près d'une barrière.

— Parce que je le sais.

Qu'il ait eu tort ou raison, on était bien forcé de ne pas se lâcher et d'agir de la même façon. Je jetai un coup d'œil à un amour de machine à écrire portative toute neuve, mais je savais que c'était trop facile à repérer, aussi, j'en fis mon deuil et suivis mon camarade.

— Te presse pas tant, lui dis-je en refermant la porte. On a tout le temps.

— C'est toi qui dis ça, me renvoya-t-il par-dessus son épaule.

— On a des mois pour écouler la galette, lui chuchotai-je en traversant la cour. Seulement, ne fais pas trop grincer la porte, ou les flics vont savoir.

— Non mais, tu me prends pour un ballot? fit-il tout en faisant grincer la porte au point qu'on a dû l'entendre de toute la rue.

Je ne sais pas ce que pensait Mike, mais pour ma part je commençais à me demander comment on allait pouvoir rentrer sans anicroche avec cette caissette sous mon blouson. Parce qu'il me l'avait collée en mains dès qu'on était arrivé sur l'avenue, ce qui veut peut-être dire qu'il commençait à réfléchir, lui aussi, ce qui vous fait voir comme quoi vous ne savez guère ce que les autres ont dans la tête tant que vous n'avez pas commencé vous-même à penser à des choses. Mais pour ce qui est de ce que je pensais à ce moment-là, ça n'était pas grand-chose, seulement la pétasse, qui ne m'aurait pas quittée, même en s'aidant d'une lampe à souder, de savoir ce qu'on aurait répondu à un flic qui nous aurait demandé où nous allions avec cette bosse sur mon estomac.

— Qu'est-ce que vous avez là ? qu'il demanderait.

— Une grosseur, que je lui répondrais.

— Qu'est-ce que vous entendez, mon garçon, par une grosseur ? qu'il me renverrait avec sa discrétion de cogne. Je me mettrais à tousser et à me tortiller comme si j'avais les tripes en marmelade et à faire des petits yeux comme si j'étais en route pour l'hôpital, et Mike me prendrait par le bras comme s'il était le meilleur copain que j'aie.

— Un cancer, que je parviendrais à dire au poulet, pour lui faire un peu travailler sa caboche d'abruti.

— Un gars de votre âge ?

Alors, je me remettrais à gémir dans l'espoir de le faire se sentir une espèce de brute ou de saligaud, ce qu'est naturellement pas possible, mais sait-on jamais ?

— C'est dans la famille. Mon paternel en est mort le mois dernier, et d'après ce que je ressens, ce sera mon tour le mois prochain.

— Ah ! vraiment, il avait un cancer dans le ventre ?

— Non, dans la gorge, mais moi, c'est dans l'estomac que ça me tient.

Et je me remets à geindre et à tousser.

— Eh bien, vous ne devriez pas circuler comme ça si vous avez un cancer. Vous devriez être à l'hôpital.

C'est alors à mon tour de me mettre en rogne.

— C'est précisément là que je comptais aller si vous m'aviez seulement fichu la paix et cessiez de m'abrutir avec vos questions. C'est pas vrai, Mike ?

Grognement de Mike venant à la rescousse.

Alors, et il commençait à être temps, le flic nous dirait, plein de gentillesse et d'attention tout d'un coup, de continuer notre route, et comme les consultations se terminent à minuit à l'hôpital, ne ferait-il pas mieux de nous appeler un taxi ? Il ne demanderait pas mieux si ça nous arrangeait, qu'il déclare, et il paierait même la course. Mais nous, on lui dirait de ne pas se déranger, qu'il est bien aimable, tout flic qu'il est, et qu'on va d'ailleurs s'y rendre par un raccourci. Et alors, comme on serait sur le point de tourner au coin de la rue, voilà qu'il découvrirait dans sa grosse caboche qu'on aurait pris la direction opposée et qu'il nous rappellerait. Alors, on se mettrait à détaler... vous voyez le genre de pensées.

Une fois remontés dans ma piaule, Mike éventre la caissette avec un marteau et un burin et, avant de savoir où nous en sommes, voilà soixante-dix-huit livres sterling, quinze shillings et quatre pence et demi alignés pour chacun de nous sur mon pageot comme sur la table du dîner le jour de Noël : gâteaux et pâtisserie, salades et sandwiches, tartes à la confiture et plaquettes de chocolat, le tout partagé en deux entre Mike et moi, parce qu'on est d'avis qu'à travail égal, salaire égal, tout comme chez les copains que mon père avait jusqu'à ce qu'il ne soit plus capable d'en foutre une rame et n'ait plus eu même la force de discuter le coup. Je pensais que c'était une riche affaire que des gars comme ce pauvre boulanger n'aillent pas fourrer leur flouss dans une de ces grandes banques à façade de marbre qui se dressent à tous les coins de la ville, combien on était vernis qu'il ne leur fasse pas confiance malgré tous leurs millions de tonnes de béton ou tous les coffres et barreaux de fer qu'elles comportent, et tous les flics qui ont leurs mirettes rivées dessus, comme c'était bath qu'il ait été partisan du coffret-caisse, quand il y a tant de boutiquiers qui trouvent que c'est démodé et veulent faire moderne en allant à la banque, ce qui ne rapporte rien à deux braves et honnêtes gars, consciencieux et boulonneurs, comme on est, Mike et moi.

En somme, vous devez trouver, et c'est ce que je trouvais, et ce que n'importe qui avec un peu d'imagination aurait trouvé, qu'on n'aurait pas pu faire un plus joli boulot, et qu'avec la boulangerie à un mille au moins d'où on habitait et n'ayant été vus par personne, et qu'avec le brouillard et le fait qu'on n'y soit pas restés plus de cinq minutes, les flics n'auraient pas dû être capables de nous dépister. Eh bien, c'est en quoi vous vous tromperiez, et en quoi je me suis trompé et en quoi tout le monde se serait trompé, malgré toutes les précautions qu'on avait prises tous les deux.

Et pourtant, Mike et moi n'étions pas allés faire des dépenses folles, parce que ç'aurait tout de suite donné à penser aux gens qu'on avait mis le grappin sur quelque chose qu'était pas à nous. Ça n'aurait pas manqué, parce que même dans une rue comme la nôtre, il y a toujours des personnes qui ne demandent qu'à coopérer avec les flics, je me demande bien un peu pourquoi. Il y a des gens qui sont si radins que même s'ils n'ont que deux pence de plus que vous, ils se figurent que vous êtes du genre de ceux qui voudraient les leur faire si vous en aviez la moindre occasion et qui vous feraient mettre en tôle s'ils vous découvraient en train de faucher du plomb dans les chiottes, même si c'étaient pas leurs chiottes à eux, rien que pour mettre leurs deux pence hors de votre portée. Aussi, on s'était bien gardés de rien faire qui puisse indiquer combien on était riches, des trucs comme d'aller dans le centre et d'en revenir fringués avec des costumes de teddy-boys tout neufs et une batterie de jazz portative, comme ç'avait été le cas d'un de nos copains qu'avait fait la caisse d'une usine six mois plus tôt. Non : on a séparé les quelques pièces de monnaie et avec les fafiots on a fait des liasses qu'on a coulées dans la descente d'eau de la gouttière qu'est au-dehors de la porte, dans notre cour. « Personne ne pensera jamais à aller les chercher là, ai-je dit à Mike. On va les laisser peinards une semaine ou deux, et alors, on en prendra par quelques *quids* à la fois jusqu'à ce qu'il n'y en ait plus. On est peut-être des crapules, mais on n'est pas des conscrits. »

Mais voilà que quelques jours plus tard un flic en civil vient frapper à la porte et me demande. A onze heures du matin, j'étais encore au pageot et il a fallu que je me dégage de mes chers draps noirs quand j'ai entendu la mère qui appelait : « Il y a un homme qui veut te voir, qu'elle disait. Dépêche-toi ou y va s'en aller. »

Je l'entendais qui lui tenait le crachoir à la porte de derrière, en lui disant qu'il avait fait beau, mais que, depuis ce matin de bonne heure, le temps avait l'air de se mettre à la pluie. Lui ne répondait pas, sauf par un oui ou un non. Je me dépêchai d'enfiler mon grimpant en me demandant ce qui pouvait bien l'amener. Je savais que c'était un flic, parce que chez nous, « un homme qui veut vous voir », c'est toujours ça, et si j'avais seulement pensé que celui-ci était aussi allé chez Mike, j'aurais pigé que c'était à cause de ces cent cinquante livres de fafiots glissés dans le tuyau au-dehors de notre porte de derrière, pas à trente centimètres de la godasse du flic à qui maman n'en finissait pas de raconter des histoires en s'imaginant qu'elle me rendait service, et moi qui priais le bon Dieu qu'elle lui dise d'entrer, quoique à bien y réfléchir, je me sois rendu compte que ç'aurait paru plus suspect que de le laisser poireauter dehors, parce qu'ils savent bien qu'on n'aime pas leurs bouilles et qu'ils se doutent qu'il y a anguille sous roche quand on a l'air d'être polis avec eux. Elle n'était pas née d'hier, la maternelle, que je me disais en descendant à grand fracas l'escalier aux marches grinçantes.

Je l'avais déjà vu. C'était bien un Bernard de Borstal avec son chapeau à la relève, un Ronald de centres d'observation avec ses godasses fantaisie, un Peter de la surveillance avec son imper tout raide, avec son col et sa cravate qui sentaient les trois mois de tôle — tout ça, c'est des figures empruntées à une chanson de Borstal que mon nouveau copain a composée et dont je voudrais vous raconter l'histoire en long et en large, mais ça n'a rien à faire ici —, un gars qui n'en avait jamais eu autant dans ses poches que la descente de gouttière en avait dans le cul. Il vous avait une trombine à la Hitler, jusqu'à la moustache en brosse à dents, sauf qu'avec ses six pieds de taille, il faisait bien plus moche encore. Mais je redressai les épaules pour le reluquer en plein dans ses yeux bleus de salaud : c'est toujours comme ça que je fais avec les flics.

Alors il s'est mis à me poser des questions, et ma mère par-derrière qui lui envoyait :

— Ça fait trois mois qu'il ne décolle pas de sa télévision, que je vous dis, alors, qu'est-ce que vous avez à lui reprocher, voyons? Vous feriez mieux d'aller chercher ailleurs, parce qu'à rester planté là, vous gaspillez l'argent que je vous paie en impôts sur mon loyer et celui qu'on me retient sur ma paie...

Elle disait cela comme ça parce qu'à ma connaissance, elle n'en avait jamais payé, d'impôts, et jamais n'en paierait, je l'espérais bien.

— Dites-moi, vous savez où se trouve Popplewick Street, hein? me demanda le flic sans s'occuper de ma vieille.

— Est-ce que ça ne donne pas dans Alfreton Road? lui répondis-je avec un sourire, comme pour l'aider.

— Vous connaissez la boulangerie qui se trouve à mi-rue, du côté gauche, n'est-ce pas?

— Celle qui touche à un *pub*? interrogeai-je.

La réponse se fit cinglante.

— Non, il n'y en a pas à côté d'un *pub*.

Les flics se mettent facilement en rogne comme cela, et la plupart du temps ils n'y gagnent rien.

— Alors, je ne vois pas ce que vous voulez dire, répondis-je, sauvé par le coup de gong.

Il glissa en douce sa grosse godasse vers le seuil de la porte.

— Où étiez-vous dans la soirée de vendredi dernier?

En ring pour un nouveau round, mais ici c'était plus sérieux que dans un match de boxe.

Ça m'agaçait de le voir m'accuser de quelque chose qu'il n'était pas certain que j'aie fait.

— Vous voulez dire : est-ce que j'étais dans la boulangerie dont vous avez parlé? Ou bien au *pub* d'à côté?

— Ça vous vaudra cinq ans de Borstal si vous ne me dites pas la vérité, fit-il en déboutonnant son imper bien qu'il ne fit pas chaud là où il se trouvait.

— J'étais devant la télé, comme ma mère vient de vous le dire. Je vous le jure.

Mais lui poursuivit avec ses questions idiotes.

— Vous avez une télévision?

Des questions comme ça n'auraient pas pris auprès d'un môme de deux ans, et qu'est-ce que je pouvais répondre à la dernière autrement que par un : « Est-ce que l'antenne est tombée? Ou bien est-ce que vous voudriez entrer voir par vous-même? »

C'est pas pour ça qu'il me blaira mieux.

— Nous savons que vous n'avez pas écouté la télévision vendredi dernier, et vous le savez aussi, allons!

— Peut-être bien que non, mais en tout cas, je la regardais, parce qu'il arrive des fois qu'on coupe le son pour se marrer un peu.

J'entendais la mère qui se tirebouchonnait dans la cuisine et j'espérais que celle de Mike en avait fait autant si les flics étaient allés chez lui.

— Nous savons que vous n'étiez pas chez vous, fit-il en remettant cela, se remontant d'un tour de manivelle. Ils disent toujours « nous », « nous », jamais « je », « je », comme s'ils se sentaient plus braves et plus sûrs en sachant qu'ils sont des tas contre un seul.

— J'ai des témoins, lui répondis-je. Maman, pour commencer, son copain, ensuite. Ça ne fait pas assez ? Je peux vous en trouver une douzaine d'autres, ou même treize à la douzaine, puisqu'il paraît que c'est une boulangerie qu'on a cambriolée.

— Assez de mensonges, fit-il sans avoir mordu pour la douzaine à propos de la boulangerie (où est-ce donc qu'ils vont les chercher, leurs flics ?) Tout ce que je veux savoir, c'est où vous avez mis cet argent ?

Te dégonfle pas, essayais-je de me répéter en moi-même en entendant la mère qui disposait les tasses et les soucoupes et mettait la poêle sur le feu pour faire frire le bacon. Je me reculai et lui fis signe d'entrer ; comme si j'avais été un valet de chambre.

— Entrez donc perquisitionner. Si vous avez un mandat.

— Ecoute, mon garçon, fit-il comme un salaud d'esbroufeur qu'il était. Tu ferais bien de crâner un peu moins, parce que si je t'emmène au poste de la mairie, tu y prendras quelques gnons et quelques bleus pour ta peine.

Pour ça, je savais qu'il ne bluffait pas parce que j'étais au courant de leurs façons de faire. Et j'espérais bien qu'un jour ce serait lui et ses copains qui encaisseraient les gnons et les bleus ! Sait-on jamais ? Ça pourrait bien venir plus vite qu'on ne pense, comme en Hongrie.

— Dis-moi où est l'argent et je m'arrangerai pour que tu t'en tires avec une liberté surveillée.

— Quel argent ? lui demandai-je, parce que j'avais déjà entendu ce boniment-là.

— Tu sais bien de quel argent il s'agit.

— Est-ce que j'ai l'air d'en savoir tant que ça en matière d'argent ? dis-je en passant mon poing par un trou de ma chemise.

— L'argent volé, que tu connais bien, fit-il. N'essaie pas de m'esbroufer, tu perds ton temps.

— Est-ce qu'il s'agirait de trois shillings et huit pence et demi[1] ? demandai-je.

— Petite canaille ! nous t'apprendrons à dérober l'argent d'autrui.

Je me retournai.

— M'man, criai-je, appelle mon avocat au bigophone, s'il te plaît.

— Tu es très fort, vraiment ! fit-il d'une manière qui n'avait rien d'amical. Mais nous ne te lâcherons pas que nous n'ayons tiré cette affaire-là au clair.

— Voyons, implorai-je comme si j'allais me mettre à chialer parce qu'il se trompait sur mon compte. C'est bien joli de me dire tout cela, qu'on croirait presque que c'est un jeu. Mais je voudrais que vous m'expliquiez au juste de quoi il s'agit, parce que, je le jure devant le bon Dieu, je sors tout juste du lit et vous me tenez là à la porte à me raconter que j'ai barboté un magot, de l'argent dont j'ai jamais entendu parler.

Il fit alors volte-face comme s'il venait de me coincer, bien que je ne voie pas ce qui lui ait donné à penser cela.

— Qui est-ce qui a parlé d'argent ? Pas moi. Qu'est-ce cet argent vient faire dans notre petit entretien ?

— Mais c'est vous qui en avez parlé, répondis-je en me demandant s'il ne devenait pas louf et s'il n'allait pas tout d'un coup se mettre à baver. Vous avez la tête farcie d'argent qui a été volé, comme tous les flics. Et de boulangerie.

Il fit la grimace.

— Je veux que vous me répondiez : où est cet argent ?

Mais je commençais à en avoir marre de tout ça.

— Je vais vous proposer un marché.

A en juger d'après sa bouillotte, il avait dû penser que j'allais cracher.

— Voilà, lui expliquai-je. Je vais vous donner tout ce que

1. Environ 2,50 F, au cours de 1963 (N.d.T.).

j'ai d'argent : un shilling et quatre pence et demi, si vous en finissez avec votre interrogatoire et me laissez rentrer déjeuner. En vérité, je crève de faim. J'ai rien becqueté depuis hier. Vous n'entendez pas mes boyaux qui se tortillent?

Son visage s'allongea, mais il poursuivit son interrogatoire, m'accablant de questions une demi-heure encore. Une vérification de renseignements, comme on dit dans les films. Mais je sentais bien que j'étais en train de gagner aux points.

Il finit par s'en aller, mais il revint l'après-midi perquisitionner dans la maison. Il n'y trouva rien, pas un rotin. Il me questionna de nouveau et je ne lui dis rien que craque sur craque, parce que, quand il s'agit d'en conter, je suis capable de le faire pendant des heures sans sourciller. Il n'arrivait à trouver aucune preuve contre moi, et nous le savions bien tous les deux, sans quoi, il y avait beau temps qu'il m'aurait embarqué au commissariat de la mairie. Mais il continuait de s'accrocher parce que j'avais déjà été dans un centre d'observation pour une histoire de vol avec effraction, et Mike était soumis au même traitement parce que la police locale savait qu'il était mon meilleur copain.

Dans la soirée, Mike et moi on s'est installés dans notre pièce de réserve, avec une demi-lumière et sans faire marcher la télé, Mike vautré dans le rocking-chair et moi allongé sur le divan, tous les deux fumant un paquet de Woodbines. Le verrou mis et les rideaux tirés, nous avons parlé du flouss qu'on avait fourré dans le tuyau de la gouttière. Mike était d'avis qu'on aurait dû l'en sortir et aller faire tous les deux une virée à Skegness ou à Cleethorpes[1] et s'en payer une bosse sous les arcades, après être descendus comme des lords dans un hôtel-pension près de la jetée-promenade. Alors, on en aurait au moins eu pour notre argent avant qu'on ne nous mette à l'ombre.

1. Skegness, Cleethorpes. Stations balnéaires populaires du Lincolnshire, sur la côte de la mer du Nord (N.d.T.).

— Eh, dis, espèce de ballot, lui dis-je, pourquoi qu'on se ferait jamais piper? On a tout le temps pour se la couler douce.

On était si prudents qu'on n'était même pas allés au cinéma, quelque envie qu'on en ait eu!

Le lendemain matin, cette vieille gueule d'Hitler revient me questionner, cette fois, avec un de ses confrères, et puis encore le jour suivant, essayant tant qu'il pouvait de me faire sortir quelque chose, mais moi, je ne bougeai pas d'un pouce. Je sais bien que j'ai l'air de l'étaler quand je dis ça, mais c'est qu'en moi il avait trouvé aussi fort que lui : je ne flanchai devant aucune de ses questions, malgré toute l'insistance qu'il y mettait. A deux reprises ils fouillèrent également la maison, ce qui me donnait à penser qu'ils avaient vraiment des indices précis, mais je sais maintenant que ce n'était pas le cas, et qu'ils faisaient tout cela à l'aveuglette. Ils retournèrent la maison de haut en bas et du dedans au dehors comme une vieille chaussette, ils la visitèrent de fond en comble et devant-derrière, sans naturellement rien trouver. Le flic alla jusqu'à fourrer son nez dans la cheminée de la pièce de devant — dont on ne s'était pas servi et qui n'avait pas été ramonée depuis des années — et il en ressortit avec la tête d'Al Johnson et il lui fallut aller se laver au robinet de la cuisine! Ils n'en finirent pas de sonder les murs et de tourner autour du grand aspidistra que grand-mère avait laissé à maman, le soulevant de la table pour regarder sous le tapis, le mettant de côté pour pouvoir déplacer la table et examiner les lattes du plancher sous la carpette, mais il ne vint pas un seul instant à l'idée de ces gros ballots d'imbéciles de vider la terre du pot de la plante, où ils auraient pourtant trouvé le coffret-caisse qu'on y avait enterré après l'avoir aplati le soir où on avait fait le coup! Maintenant que j'y pense, je crois bien qu'il y est encore, et je me figure que maman se demande de temps à autre pourquoi sa plante n'est plus aussi vigoureuse qu'autrefois, comme si ça lui était possible avec ses tripes plongeant dans une poignée d'épaisse ferraille rouillée !

La dernière fois qu'il est venu frapper à notre porte, c'était un matin qu'il pleuvait, à neuf heures moins cinq, et j'étais comme d'habitude en train de pioncer dans mon pucier. Maman travaillait ce jour-là et était partie, aussi, je criai au visiteur de patienter un peu, et je suis alors descendu pour voir qui c'était. C'était lui, avec ses six pieds de hauteur, et ruisselant d'eau. Pour la première fois de ma vie j'ai fait quelque chose de vache que je ne me pardonnerai jamais : je ne lui ai pas demandé d'entrer s'abriter de la pluie parce que j'aurais voulu qu'il attrape une bonne pneumonie double et en crève. Sans doute n'avait-il qu'à me repousser et entrer s'il l'avait bien voulu, mais peut-être s'était-il habitué à me poser des questions du seuil de la porte et avait-il peur, malgré la pluie, de perdre le fil s'il changeait de position. C'est pas pour des raisons loufs que j'ai des regrets de m'être montré vache, mais de l'avoir été, au bout du compte, ça ne m'a pas réussi. J'aurais mieux fait de le traiter comme un frangin que j'avais pas vu depuis vingt ans et d'insister pour le faire entrer et lui offrir une tasse de thé et une sèche, en lui parlant du film que j'avais pas vu le soir d'avant, en lui demandant comment allait sa femme après son opération et si on avait dû lui raser la barbichette pour la lui faire, et le réexpédier par la porte de devant, heureux et satisfait. Mais non, m'étais-je dit, voyons voir un peu ce qu'il a à me raconter cette fois-ci.

Il se tenait un peu en côté de la porte, soit parce qu'il y pleuvait moins, soit qu'il ait voulu me voir sous un autre angle parce qu'il se fatiguait de voir toujours du même côté la trombine d'un gars qui lui bourre le crâne.

— On vous a identifiés, qu'il m'a dit en faisant tomber les gouttes d'eau de ses bacchantes. Une femme vous a vus hier, toi et ton copain, et elle est certaine que c'est vous les deux types qu'elle a vus pénétrer dans la boulangerie.

J'étais bien tranquille que c'était encore du bluff parce qu'on ne s'était même pas rencontrés la veille, Mike et moi, mais j'ai pris un air vexé.

— N'importe qui qu'elle soit, celle-là, c'est un danger public pour des innocents, parce que la seule boulangerie dans laquelle je sois entré ces jours derniers, c'est celle du bout de notre rue où je suis allé chercher du pain de mie à crédit pour la maternelle.

Il ne mordit pas à l'appât.

— Aussi, maintenant, j'entends que tu me dises où est l'argent.

Tout comme si je ne lui avais pas répondu !

— Je crois que maman l'a emmené au boulot ce matin pour s'offrir un thé à la cantine.

La pluie tombait avec une telle violence que je me demandais si elle n'allait pas l'emporter s'il n'entrait pas se mettre à l'abri. Mais je ne m'en faisais guère pour ça et j'ai continué :

— Je me rappelle : hier au soir, je l'avais déposé dans le vase qui est sur la télé, mon dernier shilling et trois pence que j'avais mis de côté pour acheter un paquet de sèches ce matin, et j'ai failli piquer une crise tout à l'heure quand je me suis aperçu qu'il avait disparu. Je comptais dessus pour faire toute la journée, parce que je trouve que la vie ne vaut pas la peine d'être vécue quand on n'a rien à fumer. Qu'est-ce que vous en dites ?

Je retrouvais ma forme et je commençais à bicher en me disant que ça allait être là la dernière livraison de craques et que si je tenais le coup assez longtemps, cette fois-ci, j'allais avoir le dessus sur les salauds : d'ici quelques semaines, Mike et moi nous serions partis aux bains de mer à mener la grande vie, à jouer au football mécanique et à nous offrir une couple de poulettes qui nous donneraient tout ce qu'elles avaient à offrir.

— C'est pas d'un temps pareil qu'on peut aller ramasser des mégots dans la rue, fis-je, parce qu'ils sont tout mouillés.

Bien sûr qu'on peut les sécher auprès du feu, mais vous savez bien que ça n'a plus le même goût, malgré tout. La pluie les rend d'une façon à laquelle j'ose pas penser : ça les transforme en crottin de cheval, avec le goût en moins.

Je commençais à me demander au fond de ma petite jugeote pourquoi le flic ne me coupait pas la parole pour me dire qu'il avait autre chose à faire qu'à écouter mes boniments, mais c'est que ce n'était plus moi qu'il regardait, et tous mes projets pour Skegness se réduisirent à néant dans mon pauvre ciboulot. Je serais rentré sous terre si j'avais pu quand j'aperçus ce qu'il regardait !

Ce qu'il regardait, c'était un adorable billet de cinq livres ! J'arrivais à grand-peine à poursuivre :

— L'essentiel, c'est d'avoir de vraies cigarettes, parce que du tabac frais, ça vaut toujours mieux que du perlot qu'a été délavé et séché. Je me rends compte de l'effet que ça vous fait d'être pas arrivé à trouver l'argent, parce qu'un shilling trois, dans n'importe quelle poche que ça soit, c'est toujours un shilling trois. Naturellement que si j'en trouve qui ne demande rien à personne, je vous appellerai tout de suite demain par téléphone pour vous dire où vous pouvez les prendre...

J'ai cru que j'allais tomber en syncope : la gouttière venait de vomir trois autres beaux billets verts, et il y en avait d'autres qui suivaient, couchés à plat quand ils sortaient du tuyau, puis repliés par le vent et les gouttes d'eau comme s'ils étaient vivants et avaient voulu rentrer dans leur beau petit logement de la gouttière pour s'abriter de ce temps de chien, et moi qui aurais tant voulu qu'ils y parviennent ! La vieille gueule d'Hitler n'arrivait pas à comprendre ce qui se passait : il demeurait là, les yeux ronds, à regarder. J'avais décidé qu'il valait mieux ne pas m'arrêter de parler, bien que j'aie su que ça ne servait plus à grand-chose maintenant.

— C'est bien vrai, voyez-vous, que l'argent est dur à gagner et que les demi-couronnes, ça ne se trouve pas comme ça sur les banquettes des autobus ou dans les poubelles. Je n'en ai pas vu au plum' la nuit dernière parce que je m'en serais rendu compte, pas vrai ? Vous ne pouvez pas dormir avec des trucs comme ça dans votre pageot parce que c'est trop dur, et de toute façon que c'est dur à...

Il commençait à y en avoir un peu partout dans la cour, relevés par la couleur différente d'un billet de dix *bobs*. Il fallut un bon moment au gars à la Hitler pour qu'il arrive à se remettre et à m'agripper par l'épaule.

III

L'abruti d'enflé de directeur expliquait à un abruti d'enflé de membre du Parlement assis à côté de son abrutie d'enflée de putain de femme que c'était uniquement sur moi qu'il comptait pour gagner pour le Borstal la Coupe du Ruban bleu du Championnat d'Angleterre de cross en fond. Comment donc ! Ça me faisait bien marrer en dedans. Je me gardais soigneusement de dire une seule parole à l'un ou l'autre de ces abrutis d'enflés de salauds qui ait pu les confirmer dans leur espoir, bien que j'aie su, d'ailleurs, que le directeur prenait ma réserve pour une assurance qu'il tenait déjà sa coupe posée sur l'étagère de son bureau au milieu des quelques autres trophées moisis.

— Il lui sera loisible d'envisager de courir comme pro quand il sortira d'ici.

Ce ne fut que lorsqu'il eut déclaré cela, et que je l'eus entendu de mes propres oreilles que je me suis rendu compte que ce ne serait pas, après tout, chose impossible, de courir pour de l'argent, de le faire en étant payé aux pièces, à un *bob* la respiration pouvant aller jusqu'à une guinée, et de prendre ma retraite à trente-deux ans à cause de mes poumons en dentelle, de mon cœur claqué et de mes perches à haricots pleines de varices. Mais j'aurais une femme et une voiture, et les journaux auraient répandu mon sourire de coureur de fond, et j'aurais une pin-up de secrétaire pour répondre aux piles de lettres que m'enverraient des poules de luxe qui se battraient pour m'approcher quand elles me découvriraient en train de me frayer un chemin dans un Prisunic pour acheter un paquet de lames de rasoir et prendre une tasse de thé. C'était évidemment là quelque chose qui valait d'y penser, et le directeur savait bien qu'il avait fait son effet quand il m'a dit en se tournant vers moi comme s'il s'était imposé de me demander mon avis sur l'affaire :

— Qu'est-ce que vous en dites, Smith, mon garçon ?

Comme une rangée d'enflés me regardaient les yeux brillants et qu'une rangée de gueules de poisson me grimaçaient des sourires de leurs dents dorées, je lui fis la réponse qu'ils désiraient parce que j'entendais garder mes atouts pour plus tard.

— Cela me plairait beaucoup, monsieur.

— Brave garçon, une belle attitude, un bon esprit, magnifique.

— Bon, fit le directeur. Gagnez-nous cette coupe aujourd'hui et je ferai tout en mon pouvoir pour vous. Je vous ferai entraîner de façon à ce que vous soyez en mesure de battre tous les athlètes du monde libre.

Je voyais ça dans ma tête, moi en train de courir et de battre tous les champions mondiaux, les semant tous derrière moi jusqu'à ce que je reste seul à trottiner à travers une lande immense, atteignant une allure formidable en fonçant au milieu des cailloux et des touffes de roseaux quand soudain : « Clac, clac ! » Des balles qui vont plus vite que n'importe quel coureur, sorties du flingue d'un cogne embusqué dans un arbre, m'atteignaient et m'ouvraient la gorge malgré tout mon magnifique style de coureur et m'abattaient par terre.

Les empotés escomptaient bien que j'allais ajouter quelque chose :

— Merci, monsieur, dis-je.

Sur l'ordre qu'on m'en donna, je descendis allégrement les marches de la tribune et gagnai la prairie où devait se donner le départ du grand match de cross et où les deux compétiteurs engagés par Gunthorpe étaient déjà depuis un moment allés se placer sur la ligne et s'apprêtaient à démarrer comme des kangourous blancs. Le terrain de sport avait son aspect des grands jours, couvert tout autour qu'il était de vastes tentes pour prendre le thé avec des drapeaux battant au vent et des sièges prévus pour nos familles — mais qui restaient vides parce que nos vieilles et nos vieux n'avaient pas compris ce qu'on voulait dire par « jour des prix » —, avec des garçons encore en train de courir le cent yards, des lords et des ladies allant et venant de tribune en tribune, la fanfare du Borstal en uniforme bleu, et, sur les gradins, les blazers marron de Hucknall aussi bien que les nôtres, gris, et enfin les gars de Gunthorpe avec leurs manches de chemises retroussées. Le ciel bleu était plein de soleil, la journée n'aurait pu être plus belle et toute la manifestation vous rappelait le film d'*Ivanhoe* que nous avions vu à notre cinéma quelques jours auparavant.

— Avancez, Smith. (C'était Roach, le moniteur des sports qui m'appelait.) Vous n'allez tout de même pas être en retard pour la grande course, hein ? Bien que je puisse dire que même alors vous les rattraperiez tous !

Les concurrents se mirent à siffler ou à pousser des grognements en entendant cela, mais je n'y fis pas attention et allai me placer entre Gunthorpe et l'un des pupilles d'Aylesham, me mis à genoux et arrachai quelques brins d'herbe pour sucer au long du parcours. C'était donc la grande épreuve pour ceux qui y assistaient de la tribune d'honneur surmontée d'un Union Jack battant au vent, une course faite pour le directeur, qu'il avait attendue, et j'espérais bien que toute sa bande aux yeux en boules de loto et lui se dépêchaient de miser de grosses sommes sur moi, à cent contre un gagnant, tout l'argent qu'ils avaient en poche, tous les appointements qu'ils allaient toucher pendant les cinq années à venir, et plus ils en miseraient, plus ça me ferait plaisir. Parce que le tuyau increvable qu'on lui avait fabriqué sur ma réputation, il allait crever, il allait bientôt crever à ma grande rigolade, qu'il en étouffât ou non, le directeur. Je sentais mes genoux qui s'enfonçaient dans le sol frais tandis que, du coin de l'œil, je voyais Roach qui levait la main. Le garçon de Gunthorpe eut un soubresaut avant que le signal ne fût donné, quelqu'un se mit à acclamer trop tôt, l'engagé de Medway se pencha en avant. Alors le coup de pistolet partit et je m'élançai.

Nous fîmes une fois le tour du terrain puis prîmes par une allée d'ormes longue d'un demi-mille suivis d'applaudissements tout au long du chemin, et il me sembla, comme nous franchissions la barrière et prenions par l'allée, que j'étais en tête, mais je ne cherchai pas à le vérifier. Le parcours de cinq milles[1] était indiqué par des marques à la chaux qui brillaient sur des montants de barrières, des troncs d'arbres, des poteaux et des pierres, et un garçon avec une bouteille d'eau et une boîte de pansement se tenait tous les demi-milles au cas où quelqu'un aurait eu un accident ou un malaise. A la hauteur du premier poteau, sans avoir forcé, je me trouvais toujours en tête à un concurrent près et si quelqu'un parmi vous veut des tuyaux sur la course à pied, ne vous précipitez pas (que je lui dirai), ne faites pas voir aux autres ce dont vous êtes capable, même si vous êtes pressé. Sur un long parcours vous aurez toujours le temps de les dépasser sans laisser pressentir votre vitesse, et quand vous aurez utilisé vos moyens pour rattraper les deux ou trois qui vous précèdent, alors ce sera le moment de foncer

1. Huit kilomètres (N.d.T.).

en laissant les autres dans les choux parce que vous aurez ménagé vos forces jusqu'alors. Je courais à un petit trot régulier qui se fit bientôt si facile que j'en oubliais que je courais, que je me rendais à peine compte que je levais et abaissais mes jambes et balançais mes bras, que mes poumons n'avaient pas l'air de fonctionner, et que mon cœur finit de battre cette sale chamade qui lui prend régulièrement à toutes les fois que je commence un parcours. Parce que, voyez-vous, je ne fais jamais vraiment la course : je me contente de courir comme pour moi et, en un certain sens, je sais que si j'oublie délibérément que je fais une course et me contente d'avancer à mon petit trot régulier jusqu'à ce que je n'aie plus l'impression de courir, je gagne invariablement. Parce que lorsque mes yeux reconnaissent que j'approche du terme — en ayant repéré un poteau ou un coin de ferme — alors, je sprinte, et mon sprint est si rapide que j'ai l'impression de n'avoir pas encore entamé la course et d'avoir conservé toutes mes forces. Si j'en ai été capable, c'est parce que je pense, et je me demande si je suis le seul dans ce métier de coureur qui ait recours à cette méthode d'oublier qu'il court parce qu'il est trop occupé à penser, oui, je me demande si les collègues emploient le même truc, quoique je sache bien que ce n'est pas le cas. Parti comme le vent par le sentier pavé et l'allée à ornières, plus douce que la piste plate de la prairie et meilleure pour penser parce qu'elle n'est pas trop douce, je me sentais en pleine forme cet après-midi, sachant que personne ne pourrait me battre à la course, mais bien décidé à me battre moi-même avant que la journée ne fût terminée. Car lorsque le directeur lors de mon arrivée, m'a parlé d'être honnête, il ne savait pas ce que le mot voulait dire, ou il ne m'aurait pas lancé dans cette course à trotter en maillot et short sous le soleil. Il m'aurait mis où je le mettrais, lui, si j'étais à sa place : dans une carrière, à casser des cailloux jusqu'à ce que j'en aie les reins rompus. Le flic en civil à gueule d'Hitler était plus honnête que le directeur, parce que lui, au moins, ne prenait pas de gants avec moi et je n'en prenais pas avec lui, et lorsque je suis passé en jugement au tribunal, un flic est venu frapper à notre porte de devant à quatre heures du matin en arrachant du lit ma maternelle qui était crevée de fatigue, pour lui rappeler qu'il fallait qu'elle soit au tribunal à neuf heures et demie pile. C'était la plus belle vacherie que j'aie jamais vu faire, mais pour moi, c'était pas malhonnête, de même que les paroles qu'elle lui a adressées, au flic, ma mère, pour lui dire ce qu'elle pensait de lui, en le traitant de tous les noms qu'elle avait jamais entendus, que ça a bien duré une demi-heure en réveillant tout le passage.

Je trottais au long de la haie d'un champ bordé par le chemin creux en humant l'herbe verte et le chèvrefeuille, et j'avais l'impression de descendre d'une longue lignée de lévriers qu'on aurait dressés à courir sur deux pattes, seulement, je n'arrivais pas à voir le lapin artificiel devant moi, et il n'y avait pas par-derrière la schlague du mineur[1] pour me forcer à garder l'allure. Je dépassai le coureur de Gunthorpe dont le maillot était déjà noir de sueur et j'arrivais juste à voir en avant le coin de ce hallier entouré de grillage, où le seul concurrent qui me restât à dépasser pour gagner la course s'enfonçait à toute vitesse pour atteindre le repère de mi-parcours. Il disparut derrière une pointe d'arbres et de broussailles et je n'arrivai plus à le voir, ni personne, et j'éprouvai alors cet isolement du coureur de fond en cross, me rendant compte qu'en ce qui me concernait, cette impression était la seule honnêteté et la seule réalité qu'il y eût au monde, et que le sachant, il n'en serait plus jamais autrement quoi qu'il m'arrivât d'éprouver à d'autres moments et en dépit de tout ce qu'on pourrait essayer de me raconter.

1. Schlague de mineur. Dans les Midlands, les mineurs sont grands amateurs de courses de lévriers et élèvent parfois eux-mêmes des animaux qu'ils stimulent à coups de bâtons lors des courses (N.d.T.).

Le concurrent qui me suivait devait se trouver loin derrière, tellement tout était calme : il y avait encore moins de bruit et de mouvement qu'à cinq heures, par une glaciale matinée d'hiver. Ce n'était pas facile à comprendre : tout ce que je savais, c'est qu'il me fallait courir, courir, courir sans savoir pourquoi, foncer toujours à travers des champs incompréhensibles, vous enfoncer dans les bois qui vous flanquaient la trouille, avaler des collines sans vous apercevoir que vous les aviez escaladées et dévalées, et franchir d'un bond des ruisseaux qui vous auraient figé le cœur si vous étiez tombé dedans. Et ce n'était pas le poteau d'arrivée qui terminait l'affaire, malgré toute la foule qui pouvait vous y acclamer, parce qu'il vous fallait continuer jusqu'à ce que vous ayez repris votre souffle, et vous ne vous arrêtiez pour de bon qu'en allant trébucher sur un tronc d'arbre qui vous faisait vous casser la gueule, ou qu'en allant choir dans un puits abandonné où vous restiez dans le noir, mort à tout jamais. Aussi, voici ce que je pensais : il ne m'auront pas avec leur petite plaisanterie de compétition sportive, avec cette histoire de courir pour essayer de gagner, avec toute cette trotte pour un bout de ruban bleu, parce que ce n'est pas du tout ça qui compte, malgré qu'ils vous le soutiennent dur comme fer. Il ne faut t'occuper de personne, mais suivre ta voie, non sur un parcours jalonné pour toi par des gars avec des quarts d'eau et des flacons de teinture d'iode pour pouvoir, au cas où tu tomberais et t'amocherais, te ramasser, et même si tu n'avais plus envie de bouger, te remettre en course.

J'allais toujours. Je sortis du bois et dépassai l'homme de tête sans m'en être rendu compte. Flip-flap, trotte-trotte, broum-broum, de nouveau à travers une vaste prairie, courant rythmiquement à ma façon aisée de lévrier, sachant bien que la course était à moi bien qu'il n'y en eût pas encore la moitié de faite, que je la gagnerais si je le voulais, que j'aurais pu continuer comme ça pendant dix, quinze, vingt milles s'il l'avait fallu, pour tomber raide mort au poteau, ce qui serait kif-kif au bout du compte que de vivre la vie honnête que le directeur voulait que je mène. Ça voulait dire, en somme : gagne la course et sois honnête, et moi, je trottais toujours, heureux comme un bon Dieu, satisfait de ma performance parce que ça me faisait du bien et que ça me donnait la faculté de penser comme ça s'était mis à me plaire, mais m'en foutant éperdument quand je me rappelais qu'il ne fallait pas seulement que je participe à cette course, mais que je la gagne. De deux choses l'une : ou gagner la course, ou la courir. Je savais que j'étais capable de faire les deux parce que mes guiboles m'avaient permis de prendre largement la tête — j'arrivais maintenant au raccourci qui descend par le talus couvert de ronces et traverse le chemin creux — et continueraient de m'entraîner parce qu'elles semblaient faites de câble électrique facilement chargé de courant pour me permettre de marteler ces ornières et ces racines. Mais je ne m'en vais pas gagner parce que la seule façon que je voie d'être le premier serait si gagner voulait dire que j'échapperais aux flics après avoir réussi le plus beau coup de ma vie dans une banque, alors que ça signifie exactement le contraire, malgré tout ce qu'ils font pour essayer de me descendre ou de me bourrer la caisse, autrement dit, que j'irais me flanquer tout droit dans le barrage de leurs pattes en gants blancs et de leurs gueules pleines de sourires, et que j'y resterais pour le restant de ma longue vie naturelle de casseur de cailloux, d'une façon ou d'une autre. Mais la façon dont je l'entends, moi, ce n'est pas celle qu'ils voudraient m'imposer.

Une autre honnête pensée qui me vient, c'est que je pourrais bien tourner à gauche à la prochaine haie bordant la prairie et, sous sa couverture, m'esbigner en douce du poteau d'arrivée du terrain de sports. J'aurais qu'à faire trois, six, douze milles à travers champs de la façon dont je vais en ce moment, en coupant quelques grandes routes pour qu'ils n'arrivent pas à savoir laquelle j'ai prise, et peut-être que sur la dernière, à la tombée de la nuit, j'arriverais à faire signe à un camion avec quelqu'un qui m'emmènerait en auto-stop vers le nord sans me moucharder. Mais non ! je vous ai déjà dit que j'étais pas louf, hein ? Je ne vais tout de même pas mettre les voiles quand j'ai plus que six mois à tirer, et puis, au fond, je n'ai à me sauver ni à m'échapper de rien du tout. Tout ce que je veux, c'est jouer un petit tour de ma façon à ces enflés de bien-pensants en les laissant droguer un peu sur leurs beaux fauteuils pour me voir perdre la course, bien que, aussi sûr que Dieu m'a fait, je sais que quand je l'aurai perdue, on me réservera au cours des mois à venir les plus sales boulots et toutes les corvées de cuisine jusqu'à ce que j'aie fini mon temps. Je serai devenu le dernier des derniers pour tout le monde ici, ce qui sera toute la reconnaissance qu'on me témoignera pour avoir été honnête à ma façon. Parce que, lorsque le directeur m'a demandé d'être honnête, c'est à sa manière qu'il voulait le dire, pas à la mienne, et si je continuais d'être honnête comme il entend et lui gagnais sa course, il s'arrangerait pour que je passe peinardement les six mois qui me restent à tirer : mais à ma façon, c'est pas admis ! Si je trouve le moyen, comme je le pense en ce moment, d'être honnête à ma manière, qu'est-ce que j'encaisserai comme vacheries qu'il pourra imaginer ! Mais si vous considérez la chose comme moi, pouvez-vous le lui reprocher ? Car on est en guerre — je ne l'ai pas déjà dit ? — et si je le touche de la seule façon qui porte, il ne manquera pas de me revaloir ça, de ne pas lui avoir décroché cette coupe quand il s'était depuis toujours mis en tête de se voir à la fin de l'après-midi me taper dans le dos, tandis que lord Earwig[1] ou n'importe quelle autre mirobolante demi-portion avec un nom du même genre me la remettrait. Aussi, vais-je le toucher là où ça va lui faire le plus de mal, et il fera de son mieux pour me le rendre,

1. Earwig : nom burlesque imaginé par l'auteur. Le substantif veut dire « perce-oreille » et le verbe (*to earwig*), insinuer confidentiellement quelque chose à quelqu'un (N.d.T.).

œil pour œil, mais j'en jouirai davantage, moi, parce que c'est moi qui aurai touché le premier et parce que j'ai mijoté ça plus longtemps. Je ne sais pourquoi je suis plus content de cette idée que de tout ce qui m'est venu en tête jusqu'à présent, mais c'est comme ça, et je me fous du reste. Si ça m'a pris si longtemps pour mettre ça au point, c'est sans doute parce que je n'en avais pas encore trouvé le temps, ni le calme qu'il faut, dans ma vie de bandit, alors que maintenant, les idées me viennent pile, et que le seul ennui, c'est que je n'arrive pas des fois à les arrêter, même quand j'ai l'impression que j'ai dans le crâne des crampes, des engelures et un commencement de paralysie qui m'arrivent tout ensemble, et qu'il faut que je le laisse reposer en fonçant à travers les ronciers du chemin creux. Tout ça n'est qu'un autre uppercut que je commence par appliquer à des gens comme le directeur pour leur apprendre — si faire se peut — que leurs courses ne sont pas gagnées malgré qu'un gars arrive toujours le premier sans s'en rendre compte, et pourquoi ensuite le directeur sera toujours couillonné parce que des gars comme moi sauront tirer les marrons de son feu et danser une ronde effrénée autour des ruines de son Borstal. Ainsi donc, cette histoire est semblable à la course et, je le redis, j'irai pas la gagner pour faire plaisir au directeur. Non, je suis honnête comme il m'a dit de l'être sans qu'il se soit rendu compte de ce qu'il disait, bien que je ne croie pas qu'il expose jamais son point de vue, même s'il lit cet exposé du mien et se rende compte de qui je parle.

Je viens juste de ressortir du chemin creux en grimpant sur les genoux et les coudes, tout plein de gnons et d'écorchures de ronces. La course est aux deux tiers courue et une voix comme une radio dans ma tête me dit que quand on en a assez de se sentir bicher comme le premier homme sur terre par une matinée glaciale, et qu'on a su l'effet que ça faisait de se sentir aussi à plat que le dernier par un bel après-midi d'été, alors on commence enfin à être le seul, et on se fiche bien du tiers comme du quart, et on se contente de trotter avec ses grolles qui martèlent la bonne terre sèche, laquelle au moins ne vous jouera pas de tours de vache. Mais voilà-t-il pas que les paroles ont l'air de provenir d'un poste à galène qui s'est déréglé et il m'arrive quelque chose dans la douille de mes tripes qui m'inquiète et dont je ne sais à quoi ni à quelle raison attribuer la cause, une sorte de broutage aux alentours de mon cœur, comme si un sac d'écrous rouillés s'était vidé dans mon intérieur et que je les secouerais à tous les pas que je fais. De temps en temps, je ralentis mon allure pour tâter mon omoplate gauche en balançant ma main droite à travers ma poitrine et essayer de faire disparaître en la frictionnant le coup de couteau qu'on dirait qu'on m'y a donné. Mais je sais bien qu'il n'y a pas lieu de trop s'en faire pour cela, que ce que je prends pour une douleur, c'est probablement que je pense trop. Car il arrive des fois que je suis, je crois bien, le gars le plus bileux du monde (comme vous aurez pu en juger en me voyant raconter cette histoire), ce qui au fond est assez crevant parce que la mater ne sait même pas ce que le mot veut dire, et c'est donc pas d'elle que je le tiens, quoique le paternel ait eu, lui, pas mal d'occasions de se faire de la mousse dans la vie jusqu'au moment où il a empli sa chambre de sang tout chaud quand il est clamsé ce matin-là qu'il n'y avait personne à la maison. Je ne l'oublierai jamais, ça, je vous le jure, parce que c'est moi qui l'ai trouvé, et je me dis souvent qu'il aurait mieux valu que ce ne soit pas le cas. Je revenais d'une petite entreprise sur les distributeurs automatiques de la friterie de poisson. Je faisais danser les quatre sous de ma récolte en rentrant dans notre maison où l'on n'entendait rien. Dès que je suis rentré, je me suis douté qu'il s'était passé quelque chose de grave, et je me suis appuyé le front contre la glace froide au-dessus de la cheminée en essayant de ne pas ouvrir les yeux pour ne pas voir ma gueule frigide comme de la pierre, parce que je savais qu'en entrant j'étais devenu aussi blanc qu'un morceau de craie, comme si un vampire de Dracula m'avait sauté dessus, et même que je ne faisais plus de bruit avec mon bénef de quatre sous.

Gunthorpe m'a presque rattrapé. Dans la haie d'églantiers des oiseaux chantaient et un couple de grives s'est envolé précipitamment de quelques buissons épineux. Dans le champ qui faisait suite, le blé avait poussé très haut et n'allait pas tarder à être fauché à la faux ou à la moissonneuse, mais je ne tenais pas à observer ces détails quand j'étais en train de courir de crainte que ça ne ralentisse mon allure. Aussi, arrivé près de la meule de foin, j'ai décidé de tout semer et j'ai piqué un tel sprint, malgré les clous dans mes boyaux, qu'en un rien de temps j'avais laissé Gunthorpe et les oiseaux à bonne distance en arrière. Je n'allais pas tarder maintenant à entamer le dernier mille et demi comme un couteau entre dans de la margarine. Mais le silence dans lequel je pénétrai en passant entre les deux piquets me fit l'effet d'ouvrir les yeux sous l'eau pour regarder les petits cailloux qui tapissent le fond d'une rivière, et me rappela de nouveau ce matin où j'étais rentré à la maison dans laquelle mon vieux venait de clamser, ce qui est marrant parce que j'y avais jamais repensé depuis que ça s'était produit, et même qu'alors j'en avais pas fait une telle affaire. Je me demande pourquoi ça me revenait. Sans doute que depuis que, pendant ces courses de fond, je me suis mis à penser, je suis plus apte à ce qu'un tas de choses surgissent en moi et viennent me tortiller les tripes et les intérieurs, et maintenant que je revois mon paternel tout ensanglanté apparaître dans ma pauvre caboche de coureur derrière chaque brin d'herbe, je ne suis plus aussi sûr que ça me plaise, de penser, et que ce soit une si bonne chose que ça, après tout! Je ravale ma morve et continue tout de même de courir, mais je maudis les bâtisseurs de Borstals et leurs épreuves d'athlétisme, tap-tap, clop-clop, broum-broum, qui depuis la magnifique entrée en matière me jouent peut-être un sale tour en faisant défiler dans ma tête des images qui n'auraient jamais pu y venir auparavant. Mais c'est seulement si j'accepte tout ce qui me vient comme ça pendant mes courses que je puis continuer d'être mon vieux moi normal et leur rendre la monnaie de leur pièce, et maintenant que je me dis tout cela, je sais qu'au bout du compte, et de leur course, c'est moi qui finirai par gagner. Ainsi donc, un moment après j'avais monté l'escalier, une marche à la fois, sans plus me demander comment je trouverais mon paternel, et ce que je ferais quand je le saurais. Mais je rattrape cela maintenant en repensant à la vie de chien que ma mère lui avait fait mener depuis aussi longtemps que je me rappelle, couchant avec un tas de bonshommes même quand il vivait et était encore en bonne santé. La plupart du temps, il n'était pas si aveugle qu'elle le croyait, et il lui faisait des scènes terribles et menaçait de lui casser la gueule, et il fallait que je m'en mêle pour l'en empêcher tout en sachant qu'elle l'aurait bien mérité. Quelle vie pour nous tous! Allons, je ne vais pas me mettre à râler, parce que si je commence, je n'ai qu'à la gagner, leur sacrée course, ce que je ne ferai pas, bien que si je ne diminue pas mon allure, ça va m'arriver avant de savoir où j'en suis, et alors, je serai bien avancé!

J'entends maintenant la rumeur provenant du terrain de sports et la musique, comme je reviens vers les drapeaux et le couloir d'arrivée dont le gravier que foulent mes pieds fait une impression nouvelle sur les muscles de fer de mes jambes. Je suis fort loin d'être à bout de souffle malgré ce sac de clous qui ferraille plus que jamais au-dedans de moi, et je suis encore en mesure, si je le veux, de faire un grand bond final avec une force d'ouragan. Mais je suis le maître de la situation et je sais désormais qu'il n'existe pas en Angleterre d'autre coureur de cross qui approche de ma vitesse et de mon style. Notre gâteux de salaud de directeur, notre vérolé de patron à moitié crevé, aussi creux qu'un fût de pétrole vide, voudrait bien qu'avec mes facultés de coureur je le couvre de gloire, que je lui infuse du sang et une pulsation qu'il n'a jamais eus; il voudrait bien que ses enflés de copains en soient les témoins pendant que je passerais en titubant et hors d'haleine devant le poteau d'arrivée, pour qu'il puisse déclarer : « Mon Borstal a gagné la Coupe, vous voyez. J'ai gagné mon pari, parce que ça rapporte d'être honnête et d'essayer de faire gagner le prix à mes garçons, qui le savent et l'ont toujours su. Ils seront toujours honnêtes désormais, parce que je les ai amenés à cela. » Et ses copains penseront : « Il inculque la droiture à ses pupilles, après tout, et cela vaut bien une décoration. Nous allons le faire *Sir*. » Et à ce moment-là, comme les oiseaux se remettent à chanter, je suis en mesure de me dire que je me fous éperdument de tout ce que ces pauvres avortons de bien-pensants peuvent bien croire ou dire. Ils m'ont aperçu et les voilà maintenant qui se mettent à applaudir, et les haut-parleurs, disposés autour de la prairie comme des oreilles d'éléphants, répandent l'information sensass que j'ai une grosse avance qu'il ne sera plus possible de me faire perdre. Mais je pense toujours à la mort de paria qu'a eue mon père, qui a foutu à la porte les toubibs qui voulaient l'envoyer finir à l'hosto (comme un cochon d'Inde qu'on va saigner, qu'il leur disait dans son délire). Il s'est dressé dans son lit pour les foutre dehors et les a suivis jusqu'en bas de l'escalier en liquette de nuit, bien qu'il n'eût plus que la peau et les os. Ils ont essayé de le convaincre de prendre des remèdes, mais il ne s'est pas laissé faire et a tout juste pris le soporifique que maman et moi on était allés lui chercher chez l'herboriste de la rue d'à côté. Ce n'est que maintenant que je me rends compte de ce qu'il avait de cran. Quand je suis entré dans sa chambre ce matin-là, il était couché à plat ventre, ses draps rejetés en arrière, et avait l'air d'un lapin écorché. Sa tête aux cheveux gris reposait sur le bord du lit, et par terre, il devait y avoir tout le sang qu'il avait jamais eu dans le corps, de la pointe de ses pieds à sa tête. Presque tout le lino et le tapis en étaient couverts d'une épaisse couche rose.

Je pris par l'allée, le cœur étreint comme si j'avais le barrage de Boulder Dam en travers des artères, le sac de clous me serrant de plus en plus fort autant qu'un étau de menuisier, et pourtant mes pieds aussi légers que des ailes d'oiseau et mes bras comme des serres tout prêts à s'envoler à travers la prairie, avec cette différence que je n'entendais donner à personne un aussi beau spectacle, ou gagner la course par mégarde. Maintenant que j'approche du terme, je sens la chaleur sèche de la journée en passant devant un monticule d'herbe coupée provenant des godets accrochés au-devant des tondeuses à gazon qu'ont poussées mes camarades ; j'arrache avec mes doigts un morceau d'écorce que je me mets dans la bouche et mâchonne tout en courant, le bois, la poussière et des asticots peut-être, au point d'en être presque écœuré, et pourtant en en avalant tout de même tout ce que je peux parce qu'un petit oiseau me dit par son chant que bien que je doive vivre bougrement plus longtemps encore, pendant six mois je ne vais plus connaître l'odeur de cette herbe, ni le goût de cette écorce poussiéreuse, ni trotter sur cette jolie piste. J'en ai honte d'avoir à l'avouer, mais je me suis trouvé foutrement près de chialer, et j'avais pas chialé depuis le temps que j'étais un môme de deux ou trois ans. Parce que je ralentis maintenant pour que Gunthorpe me rattrape, et je le fais justement à un endroit où l'allée rejoint le terrain de sports, où ils pourront voir ce que je fais, surtout le directeur et sa bande de la tribune d'honneur, et je me mets à aller si doucement que je fais presque du sur-place. Ceux des chaises les plus proches n'ont pas encore pigé ce qui se passe et continuent d'acclamer à pleine gueule dans l'attente que j'arrive au poteau, et moi, je continue de me demander quand est-ce que ce foutu Gunthorpe qui me suit va me dépasser et atteindre le terrain, parce que je ne peux tout de même pas attendre comme ça toute la journée, et je me dis que, nom de Dieu, avec ma sacrée veine, Gunthorpe doit être tombé en carafe et que je vais rester piqué pendant une demi-heure avant que le suivant n'apparaisse! Mais même si c'est comme ça, que je me dis, je ne bougerai pas, je ne les franchirai pas, ces derniers cent mètres, même s'il me fallait rester assis en Arabe sur le gazon et que le directeur et ses précieux couillons viennent me ramasser et me portent, ce qui est contraire à leurs règles. Aussi, vous pouvez bien être sûrs qu'ils ne le feront jamais, car ils ne sont pas assez culottés pour les enfreindre, leurs règles — comme je le ferais, moi, si j'étais à leur place —, même si c'est eux qui les ont faites. Non, je m'en vais leur apprendre ce que c'est que l'honnêteté, même si c'est la dernière chose que je fais, bien que je sois certain qu'il ne pigera jamais, parce que si lui et ceux de son bord pigeaient, ils seraient de mon côté, ce qui n'est pas possible. Bon Dieu, il faut que je tienne le coup, tout comme mon père a tenu le coup malgré ses souffrances et a foutu les toubibs en bas de l'escalier : s'il a eu assez de cran pour faire cela, je peux bien en avoir aussi, moi, pour ce que je veux faire, et je vais attendre ici que Gunthorpe ou Aylesham vienne fouler ce gazon et aille se flanquer contre ce bout de corde à linge qui est en travers des poteaux du but. Quant à moi, la seule fois que je la toucherai, cette corde à linge, ce sera quand je serai claboté et qu'un cercueil pépère m'attendra de l'autre côté. Jusque-là, je demeurerai un coureur de fond, faisant à travers le pays un cross à ma façon, quelque mal que ça me donne.

Les gars de l'Essex s'égosillaient à en attraper une congestion pour me dire d'en mettre; ils agitaient les bras, s'étaient levés, et l'on aurait dit qu'ils allaient eux-mêmes se précipiter vers cette corde du finish dont ils n'étaient loin que de quelques mètres. Bande de ballots, me disais-je, qui ne voyez que votre poteau d'arrivée! Et pourtant, je savais bien que leurs encouragements, ça ne voulait rien dire, qu'ils étaient au fond de mon côté et le seraient toujours, même s'ils n'arrivaient pas à retenir leurs gueules, qu'ils soient sous la coupe des flics ou qu'ils n'y soient pas. Pour le moment, ils s'en payaient une bosse à m'acclamer et faisaient croire au directeur qu'ils étaient corps et âme pour lui, ce qu'il ne se serait tout de même pas dit s'il avait eu pour deux sous de jugeote. J'entendais maintenant les beaux messieurs-dames de la tribune d'honneur et je les voyais qui se mettaient debout pour me faire signe d'avancer : « Allez-y ! » qu'ils gueulaient de leurs voix mijaurées : « Allez-y ! » Mais moi, je demeurais sourd, aveugle et idiot, immobile sur place, mâchonnant toujours mon bout d'écorce et chialant comme un môme, mais chialant maintenant de rigolade d'avoir fini par les posséder.

J'entendis une clameur et je vis la bande de Gunthorpe qui lançait en l'air ses vêtements, et je perçus le tap-tap des pieds qui martelaient l'allée derrière moi se rapprocher de plus en plus, et soudain un relent de sueur et le bruit d'une paire de poumons râlant leurs dernières aspirations passèrent auprès de moi et Gunthorpe fonça en chaloupant vers la corde, le poil tout hérissé et se balançant de droite à gauche, soufflant comme un Zoulou qui a donné tout ce qu'il peut, comme le fantôme de ce que je serai à quatre-vingt-dix ans quand je me disposerai à aller prendre place dans un bon cercueil bien douillet. Je l'aurais presque acclamé moi-même : « Vas-y, vas-y ! fonce. Va donc t'enrouler dans ce bout de corde. » Mais il y était déjà rendu, et moi, je l'ai suivi au petit trot jusqu'à ce que je l'aie atteinte moi-même et m'effondrai, une clameur furieuse me parvenant aux oreilles avant que j'y arrive.

Il est grand temps que je m'arrête, bien qu'il ne faudrait pas vous figurer que je ne suis pas toujours dans la course, parce qu'en un certain sens, c'est toujours le cas. Le directeur du Borstal me démontra que je ne m'étais pas trompé : il ne m'a su aucun gré de mon honnêteté. Je n'y avais d'ailleurs pas compté, et n'ai pas essayé de lui expliquer, mais s'il avait été intelligent comme il était censé l'être, il aurait dû plus ou moins piger. Il n'a naturellement pas manqué de me le faire payer, ou il l'a cru, en me collant tous les matins de corvée de poubelles, de la grande cuisine marchant à pleins tubes, aux tranchées du jardin où il fallait que j'aille les vider, et l'après-midi, il fallait que j'aille étendre la gadoue sur les patates et les carottes qu'on faisait pousser dans les planches. Et le soir, que je fourbisse les parquets, des kilomètres de parquets. Mais ces six mois-là, ça n'a pas été une mauvaise vie, et ça, c'est encore quelque chose qu'il n'était pas capable de comprendre, et ça l'aurait rendu encore plus vache s'il l'avait pu. Ça n'a pas été non plus du temps perdu, quand j'y repense, à cause de toutes les idées qui me sont venues à la tête et du fait que tous les gars ont pigé pourquoi j'avais fait exprès de perdre la course : ils n'en avaient jamais fini de m'en féliciter et de dire — entre eux — toutes les vacheries qu'ils pensaient du directeur.

Ils ne m'ont pas eu avec leurs corvées. Au contraire, elles m'ont gonflé à plus d'un égard, et le directeur s'est rendu compte, quand je suis parti, que sa hargne ne lui avait rien rapporté. Parce que, depuis que j'ai quitté le Borstal, ils ont essayé de me faire entrer dans l'armée, mais j'ai été refusé à l'examen médical et je vais vous dire pourquoi. A peine en avais-je terminé avec cette fin de course et les six mois de travaux forcés que j'ai été terrassé par une pleurésie, ce qui veut dire pour moi que j'ai doublement gagné la partie, parce que je suis bien sûr que si je n'avais pas pris part à cette course, je ne l'aurais pas eue, cette pleurésie qui m'a fait couper à l'armée sans pour cela m'empêcher de faire le genre de boulot qui plaît à mes doigts crochus.

Pour le moment, je suis en liberté, et j'ai remis le contact, et les salauds ne m'ont pas eu pour le dernier beau coup que j'ai réussi. J'ai ramassé six cent vingt-huit gros billets sur lesquels je vis toujours parce que j'ai fait le travail en solo, à la suite de quoi, j'ai eu tout le temps d'écrire tout ça, et ça me fait assez de pèze pour me permettre de tenir jusqu'à ce que j'aie fini de mettre au point une affaire encore plus importante, quelque chose que je mijote sans vouloir rien en dire à personne. C'est en poussant les fauberts autour des parquets du Borstal que j'ai tiré mes plans de campagne et ai choisi mes cachettes tout en préparant une apparence de vie honnête et d'innocent travail, tandis que je perfectionnais les moindres astuces de ma technique pour ce que je savais que j'aurais à faire une fois libéré, et comment je me débrouillerais si la flicaille qui me guette arrivait à me cueillir.

Entre-temps (comme on dit dans un ou deux livres que j'ai lus ces mois derniers, bien inutilement d'ailleurs, parce qu'ils se terminent tous gagnants au poteau d'arrivée et ne m'ont rien appris), je m'en vais confier ce récit à un de mes copains en lui disant que si les flics me remettent le grappin dessus, il n'aura qu'à essayer de le faire paraître en livre ou de n'importe quelle autre manière, parce que j'aimerais voir quelle trombine fera le directeur quand il le lira, si jamais ça lui arrive, ce dont je doute fort, et même s'il le lisait, j'ai bien peur qu'il n'arrive pas à voir de quoi il s'agit. Et si on ne me remet pas la main dessus, le gars à qui je l'ai confié ne me donnera jamais : il a habité notre passage depuis aussi longtemps que je peux me rappeler, et il est mon copain. Ça, je le sais.

TABLE

IMPRIMERIE BRODARD ET TAUPIN À LA FLÈCHE
DÉPÔT LÉGAL MAI 1990. N° 12209 (6135C-5)

Collection Points

SÉRIE ROMAN

R1. Le Tambour, *par Günter Grass*
R2. Le Dernier des Justes, *par André Schwarz-Bart*
R3. Le Guépard, *par Giuseppe Tomasi di Lampedusa*
R4. La Côte sauvage, *par Jean-René Huguenin*
R5. Acid Test, *par Tom Wolfe*
R6. Je vivrai l'amour des autres, *par Jean Cayrol*
R7. Les Cahiers de Malte Laurids Brigge *par Rainer Maria Rilke*
R8. Moha le fou, Moha le sage, *par Tahar Ben Jelloun*
R9. L'Horloger du Cherche-Midi, *par Luc Estang*
R10. Le Baron perché, *par Italo Calvino*
R11. Les Bienheureux de La Désolation, *par Hervé Bazin*
R12. Salut Galarneau !, *par Jacques Godbout*
R13. Cela s'appelle l'aurore, *par Emmanuel Roblès*
R14. Les Désarrois de l'élève Törless, *par Robert Musil*
R15. Pluie et Vent sur Télumée Miracle *par Simone Schwarz-Bart*
R16. La Traque, *par Herbert Lieberman*
R17. L'Imprécateur, *par René-Victor Pilhes*
R18. Cent Ans de solitude, *par Gabriel Garcia Marquez*
R19. Moi d'abord, *par Katherine Pancol*
R20. Un jour, *par Maurice Genevoix*
R21. Un pas d'homme, *par Marie Susini*
R22. La Grimace, *par Heinrich Böll*
R23. L'Age du tendre, *par Marie Chaix*
R24. Une tempête, *par Aimé Césaire*
R25. Moustiques, *par William Faulkner*
R26. La Fantaisie du voyageur, *par François-Régis Bastide*
R27. Le Turbot, *par Günter Grass*
R28. Le Parc, *par Philippe Sollers*
R29. Ti Jean L'horizon, *par Simone Schwarz-Bart*
R30. Affaires étrangères, *par Jean-Marc Roberts*
R31. Nedjma, *par Kateb Yacine*
R32. Le Vertige, *par Evguénia Guinzbourg*
R33. La Motte rouge, *par Maurice Genevoix*
R34. Les Buddenbrook, *par Thomas Mann*
R35. Grand Reportage, *par Michèle Manceaux*
R36. Isaac le mystérieux (Le ver et le solitaire) *par Jerome Charyn*
R37. Le Passage, *par Jean Reverzy*

R38. Chesapeake, *par James A. Michener*
R39. Le Testament d'un poète juif assassiné
par Elie Wiesel
R40. Candido, *par Leonardo Sciascia*
R41. Le Voyage à Paimpol, *par Dorothée Letessier*
R42. L'Honneur perdu de Katharina Blum
par Heinrich Böll
R43. Le Pays sous l'écorce, *par Jacques Lacarrière*
R44. Le Monde selon Garp, *par John Irving*
R45. Les Trois Jours du cavalier, *par Nicole Ciravégna*
R46. Nécropolis, *par Herbert Lieberman*
R47. Fort Saganne, *par Louis Gardel*
R48. La Ligne 12, *par Raymond Jean*
R49. Les Années de chien, *par Günter Grass*
R50. La Réclusion solitaire, *par Tahar Ben Jelloun*
R51. Senilità, *par Italo Svevo*
R52. Trente Mille Jours, *par Maurice Genevoix*
R53. Cabinet Portrait, *par Jean-Luc Benoziglio*
R54. Saison violente, *par Emmanuel Roblès*
R55. Une comédie française, *par Éric Orsenna*
R56. Le Pain nu, *par Mohamed Choukri*
R57. Sarah et le Lieutenant français, *par John Fowles*
R58. Le Dernier Viking, *par Patrick Grainville*
R59. La Mort de la phalène, *par Virginia Woolf*
R60. L'Homme sans qualités, tome 1, *par Robert Musil*
R61. L'Homme sans qualités, tome 2, *par Robert Musil*
R62. L'Enfant de la mer de Chine, *par Didier Decoin*
R63. Le Professeur et la Sirène
par Giuseppe Tomasi di Lampedusa
R64. Le Grand Hiver, *par Ismaïl Kadaré*
R65. Le Cœur du voyage, *par Pierre Moustiers*
R66. Le Tunnel, *par Ernesto Sabato*
R67. Kamouraska, *par Anne Hébert*
R68. Machenka, *par Vladimir Nabokov*
R69. Le Fils du pauvre, *par Mouloud Feraoun*
R70. Cités à la dérive, *par Stratis Tsirkas*
R71. Place des Angoisses, *par Jean Reverzy*
R72. Le Dernier Chasseur, *par Charles Fox*
R73. Pourquoi pas Venise, *par Michèle Manceaux*
R74. Portrait de groupe avec dame, *par Heinrich Böll*
R75. Lunes de fiel, *par Pascal Bruckner*
R76. Le Canard de bois (Les Fils de la Liberté, I)
par Louis Caron
R77. Jubilee, *par Margaret Walker*
R78. Le Médecin de Cordoue, *par Herbert Le Porrier*

R79. Givre et Sang, *par John Cowper Powys*
R80. La Barbare, *par Katherine Pancol*
R81. Si par une nuit d'hiver un voyageur, *par Italo Calvino*
R82. Gerardo Laïn, *par Michel del Castillo*
R83. Un amour infini, *par Scott Spencer*
R84. Une enquête au pays, *par Driss Chraïbi*
R85. Le Diable sans porte (tome 1 : Ah, mes aïeux !)
par Claude Duneton
R86. La Prière de l'absent, *par Tahar Ben Jelloun*
R87. Venise en hiver, *par Emmanuel Roblès*
R88. La Nuit du Décret, *par Michel del Castillo*
R89. Alejandra, *par Ernesto Sabato*
R90. Plein Soleil, *par Marie Susini*
R91. Les Enfants de fortune, *par Jean-Marc Roberts*
R92. Protection encombrante, *par Heinrich Böll*
R93. Lettre d'excuse, *par Raphaële Billetdoux*
R94. Le Voyage indiscret, *par Katherine Mansfield*
R95. La Noire, *par Jean Cayrol*
R96. L'Obsédé (L'Amateur), *par John Fowles*
R97. Siloé, *par Paul Gadenne*
R98. Portrait de l'artiste en jeune chien, *par Dylan Thomas*
R99. L'Autre, *par Julien Green*
R100. Histoires pragoises, *par Rainer Maria Rilke*
R101. Bélibaste, *par Henri Gougaud*
R102. Le Ciel de la Kolyma (Le Vertige, II)
par Evguénia Guinzbourg
R103. La Mulâtresse Solitude, *par André Schwarz-Bart*
R104. L'Homme du Nil, *par Stratis Tsirkas*
R105. La Rhubarbe, *par René-Victor Pilhes*
R106. Gibier de potence, *par Kurt Vonnegut*
R107. Memory Lane
par Patrick Modiano, dessins de Pierre Le-Tan
R108. L'Affreux Pastis de la rue des Merles
par Carlo Emilio Gadda
R109. La Fontaine obscure, *par Raymond Jean*
R110. L'Hôtel New Hampshire, *par John Irving*
R111. Les Immémoriaux, *par Victor Segalen*
R112. Cœur de lièvre, *par John Updike*
R113. Le Temps d'un royaume, *par Rose Vincent*
R114. Poisson-chat, *par Jerome Charyn*
R115. Abraham de Brooklyn, *par Didier Decoin*
R116. Trois Femmes, *suivi de* Noces, *par Robert Musil*
R117. Les Enfants du sabbat, *par Anne Hébert*
R118. La Palmeraie, *par François-Régis Bastide*
R119. Maria Republica, *par Agustin Gomez-Arcos*

R120. La Joie, *par Georges Bernanos*
R121. Incognito, *par Petru Dumitriu*
R122. Les Forteresses noires, *par Patrick Grainville*
R123. L'Ange des ténèbres, *par Ernesto Sabato*
R124. La Fiera, *par Marie Susini*
R125. La Marche de Radetzky, *par Joseph Roth*
R126. Le vent souffle où il veut, *par Paul-André Lesort*
R127. Si j'étais vous..., *par Julien Green*
R128. Le Mendiant de Jérusalem, *par Elie Wiesel*
R129. Mortelle, *par Christopher Frank*
R130. La France m'épuise, *par Jean-Louis Curtis*
R131. Le Chevalier inexistant, *par Italo Calvino*
R132. Le Dialogue des Carmélites, *par Georges Bernanos*
R133. L'Étrusque, *par Mika Waltari*
R134. La Rencontre des hommes, *par Benigno Cacérès*
R135. Le Petit Monde de Don Camillo
par Giovanni Guareschi
R136. Le Masque de Dimitrios, *par Eric Ambler*
R137. L'Ami de Vincent, *par Jean-Marc Roberts*
R138. Un homme au singulier, *par Christopher Isherwood*
R139. La Maison du désir, *par France Huser*
R140. Moi et ma cheminée, *par Herman Melville*
R141. Les Fous de Bassan, *par Anne Hébert*
R142. Les Stigmates, *par Luc Estang*
R143. Le Chat et la Souris, *par Günter Grass*
R144. Loïca, *par Dorothée Letessier*
R145. Paradiso, *par José Lezama Lima*
R146. Passage de Milan, *par Michel Butor*
R147. Anonymus, *par Michèle Manceaux*
R148. La Femme du dimanche
par Carlo Fruttero et Franco Lucentini
R149. L'Amour monstre, *par Louis Pauwels*
R150. L'Arbre à soleils, *par Henri Gougaud*
R151. Traité du zen et de l'entretien des motocyclettes
par Robert M. Pirsig
R152. L'Enfant du cinquième Nord, *par Pierre Billon*
R153. N'envoyez plus de roses, *par Eric Ambler*
R154. Les Trois Vies de Babe Ozouf, *par Didier Decoin*
R155. Le Vert Paradis, *par André Brincourt*
R156. Varouna, *par Julien Green*
R157. L'Incendie de Los Angeles, *par Nathanaël West*
R158. Les Belles de Tunis, *par Nine Moati*
R159. Vertes Demeures, *par Henry Hudson*
R160. Les Grandes Vacances, *par Francis Ambrière*
R161. Ceux de 14, *par Maurice Genevoix*

R162. Les Villes invisibles, *par Italo Calvino*
R163. L'Agent secret, *par Graham Greene*
R164. La Lézarde, *par Edouard Glissant*
R165. Le Grand Escroc, *par Herman Melville*
R166. Lettre à un ami perdu, *par Patrick Besson*
R167. Evaristo Carriego, *par Jorge Luis Borges*
R168. La Guitare, *par Michel del Castillo*
R169. Épitaphe pour un espion, *par Eric Ambler*
R170. Fin de saison au Palazzo Pedrotti, *par Frédéric Vitoux*
R171. Jeunes Années. Autobiographie 1, *par Julien Green*
R172. Jeunes Années. Autobiographie 2, *par Julien Green*
R173. Les Égarés, *par Frédérick Tristan*
R174. Une affaire de famille, *par Christian Giudicelli*
R175. Le Testament amoureux, *par Rezvani*
R176. C'était cela notre amour, *par Marie Susini*
R177. Souvenirs du triangle d'or, *par Alain Robbe-Grillet*
R178. Les Lauriers du lac de Constance, *par Marie Chaix*
R179. Plan B, *par Chester Himes*
R180. Le Sommeil agité, *par Jean-Marc Roberts*
R181. Roman Roi, *par Renaud Camus*
R182. Vingt Ans et des poussières
par Didier van Cauwelaert
R183. Le Château des destins croisés, *par Italo Calvino*
R184. Le Vent de la nuit, *par Michel del Castillo*
R185. Une curieuse solitude, *par Philippe Sollers*
R186. Les Trafiquants d'armes, *par Eric Ambler*
R187. Un printemps froid, *par Danièle Sallenave*
R188. Mickey l'Ange, *par Geneviève Dormann*
R189. Histoire de la mer, *par Jean Cayrol*
R190. Senso, *par Camillo Boito*
R191. Sous le soleil de Satan, *par Georges Bernanos*
R192. Niembsch ou l'immobilité, *par Peter Härtling*
R193. Prends garde à la douceur des choses
par Raphaële Billetdoux
R194. L'Agneau carnivore, *par Agustin Gomez-Arcos*
R195. L'Imposture, *par Georges Bernanos*
R196. Ararat, *par D.M. Thomas*
R197. La Croisière de l'angoisse, *par Eric Ambler*
R198. Léviathan, *par Julien Green*
R199. Sarnia, *par Gerald Basil Edwards*
R200. Le Colleur d'affiches, *par Michel del Castillo*
R201. Un mariage poids moyen, *par John Irving*
R202. John l'Enfer, *par Didier Decoin*
R203. Les Chambres de bois, *par Anne Hébert*
R204. Mémoires d'un jeune homme rangé, *par Tristan Bernard*

R205. Le Sourire du Chat, *par François Maspero*
R206. L'Inquisiteur, *par Henri Gougaud*
R207. La Nuit américaine, *par Christopher Frank*
R208. Jeunesse dans une ville normande
par Jacques-Pierre Amette
R209. Fantôme d'une puce, *par Michel Braudeau*
R210. L'Avenir radieux, *par Alexandre Zinoviev*
R211. Constance D., *par Christian Combaz*
R212. Épaves, *par Julien Green*
R213. La Leçon du maître, *par Henry James*
R214. Récit des temps perdus, *par Aris Fakinos*
R215. La Fosse aux chiens, *par John Cowper Powys*
R216. Les Portes de la forêt, *par Elie Wiesel*
R217. L'Affaire Deltchev, *par Eric Ambler*
R218. Les amandiers sont morts de leurs blessures
par Tahar Ben Jelloun
R219. L'Admiroir, *par Anny Duperey*
R220. Les Grands Cimetières sous la lune
par Georges Bernanos
R221. La Créature, *par Étienne Barilier*
R222. Un Anglais sous les tropiques, *par William Boyd*
R223. La Gloire de Dina, *par Michel del Castillo*
R224. Poisson d'amour, *par Didier van Cauwelaert*
R225. Les Yeux fermés, *par Marie Susini*
R226. Cobra, *par Severo Sarduy*
R227. Cavalerie rouge, *par Isaac Babel*
R228. Tous les soleils, *par Bertrand Visage*
R229. Pétersbourg, *par Andréi Biély*
R230. Récits d'un jeune médecin, *par Mikhaïl Boulgakov*
R231. La Maison des prophètes, *par Nicolas Saudray*
R232. Trois Heures du matin à New York
par Herbert Lieberman
R233. La Mère du printemps, *par Driss Chraïbi*
R234. Adrienne Mesurat, *par Julien Green*
R235. Jusqu'à la mort, *par Amos Oz*
R236. Les Envoûtés, *par Witold Gombrowicz*
R237. Frontière des ténèbres, *par Eric Ambler*
R238. Les Deux Sacrements, *par Heinrich Böll*
R239. Cherchant qui dévorer, *par Luc Estang*
R240. Le Tournant, *par Klaus Mann*
R241. Aurélia, *par France Huser*
R242. Le Sixième Hiver
par Douglas Orgill et John Gribbin
R243. Naissance d'un spectre, *par Frédérick Tristan*
R244. Lorelei, *par Maurice Genevoix*

R245. Le Bois de la nuit, *par Djuna Barnes*
R246. La Caverne céleste, *par Patrick Grainville*
R247. L'Alliance, tome 1, *par James A. Michener*
R248. L'Alliance, tome 2, *par James A. Michener*
R249. Juliette, chemin des Cerisiers, *par Marie Chaix*
R250. Le Baiser de la femme-araignée, *par Manuel Puig*
R251. Le Vésuve, *par Emmanuel Roblès*
R252. Comme neige au soleil, *par William Boyd*
R253. Palomar, *par Italo Calvino*
R254. Le Visionnaire, *par Julien Green*
R255. La Revanche, *par Henry James*
R256. Les Années-lumière, *par Rezvani*
R257. La Crypte des capucins, *par Joseph Roth*
R258. La Femme publique, *par Dominique Garnier*
R259. Maggie Cassidy, *par Jack Kerouac*
R260. Mélancolie Nord, *par Michel Rio*
R261. Énergie du désespoir, *par Eric Ambler*
R262. L'Aube, *par Elie Wiesel*
R263. Le Paradis des orages, *par Patrick Grainville*
R264. L'Ouverture des bras de l'homme
par Raphaële Billetdoux
R265. Méchant, *par Jean-Marc Roberts*
R266. Un policeman, *par Didier Decoin*
R267. Les Corps étrangers, *par Jean Cayrol*
R268. Naissance d'une passion, *par Michel Braudeau*
R269. Dara, *par Patrick Besson*
R270. Parias, *par Pascal Bruckner*
R271. Le Soleil et la Roue, *par Rose Vincent*
R272. Le Malfaiteur, *par Julien Green*
R273. Scarlett si possible, *par Katherine Pancol*
R274. Journal d'une fille de Harlem, *par Julius Horwitz*
R275. Le Nez de Mazarin, *par Anny Duperey*
R276. La Chasse à la licorne, *par Emmanuel Roblès*
R277. Red Fox, *par Anthony Hyde*
R278. Minuit, *par Julien Green*
R279. L'Enfer, *par René Belletto*
R280. Et si on parlait d'amour, *par Claire Gallois*
R281. Pologne, *par James A. Michener*
R282. Notre homme, *par Louis Gardel*
R283. La Nuit du solstice, *par Herbert Lieberman*
R284. Place de Sienne, côté ombre
par Carlo Fruttero et Franco Lucentini
R285. Meurtre au comité central
par Manuel Vásquez Montalbán
R286. L'Isolé soleil, *par Daniel Maximin*

R287. Samedi soir, dimanche matin, *par Alan Sillitoe*
R288. Petit Louis, dit XIV, *par Claude Duneton*
R289. Le Perchoir du perroquet, *par Michel Rio*
R290. L'Enfant pain, *par Agustin Gomez-Arcos*
R291. Les Années Lula, *par Rezvani*
R292. Michael K, sa vie, son temps, *par J. M. Coetzee*
R293. La Connaissance de la douleur
par Carlo Emilio Gadda
R294. Complot à Genève, *par Eric Ambler*
R295. Serena, *par Giovanni Arpino*
R296. L'Enfant de sable, *par Tahar Ben Jelloun*
R297. Le Premier Regard, *par Marie Susini*
R298. Regardez-moi, *par Anita Brookner*
R299. La Vie fantôme, *par Danièle Sallenave*
R300. L'Enchanteur, *par Vladimir Nabokov*
R301. L'Ile atlantique, *par Tony Duvert*
R302. Le Grand Cahier, *par Agota Kristof*
R303. Le Manège espagnol, *par Michel del Castillo*
R304. Le Berceau du chat, *par Kurt Vonnegut*
R305. Une histoire américaine, *par Jacques Godbout*
R306. Les Fontaines du grand abîme, *par Luc Estang*
R307. Le Mauvais Lieu, *par Julien Green*
R308. Aventures dans le commerce des peaux en Alaska
par John Hawkes
R309. La Vie et demie, *par Sony Labou Tansi*
R310. Jeune Fille en silence, *par Raphaële Billetdoux*
R311. La Maison près du marais, *par Herbert Lieberman*
R312. Godelureaux, *par Eric Ollivier*
R313. La Chambre ouverte, *par France Huser*
R314. L'Œuvre de Dieu, la part du Diable, *par John Irving*
R315. Les Silences ou la vie d'une femme, *par Marie Chaix*
R316. Les Vacances du fantôme, *par Didier van Cauwelaert*
R317. Le Levantin, *par Eric Ambler*
R318. Beno s'en va-t-en guerre, *par Jean-Luc Benoziglio*
R319. Miss Lonelyhearts, *par Nathanaël West*
R320. Cosmicomics, *par Italo Calvino*
R321. Un été à Jérusalem, *par Chochana Boukhobza*
R322. Liaisons étrangères, *par Alison Lurie*
R323. L'Amazone, *par Michel Braudeau*
R324. Le Mystère de la crypte ensorcelée
par Eduardo Mendoza
R325. Le Cri, *par Chochana Boukhobza*
R326. Femmes devant un paysage fluvial, *par Heinrich Böll*
R327. La Grotte, *par Georges Buis*
R328. Bar des flots noirs, *par Olivier Rolin*

R329. Le Stade de Wimbledon, *par Daniele Del Giudice*
R330. Le Bruit du temps, *par Ossip E. Mandelstam*
R331. La Diane rousse, *par Patrick Grainville*
R332. Les Éblouissements, *par Pierre Mertens*
R333. Talgo, *par Vassilis Alexakis*
R334. La Vie trop brève d'Edwin Mullhouse
par Steven Millhauser
R335. Les Enfants pillards, *par Jean Cayrol*
R336. Les Mystères de Buenos Aires, *par Manuel Puig*
R337. Le Démon de l'oubli, *par Michel del Castillo*
R338. Christophe Colomb, *par Stephen Marlowe*
R339. Le Chevalier et la Reine, *par Christopher Frank*
R340. Autobiographie de tout le monde, *par Gertrude Stein*
R341. Archipel, *par Michel Rio*
R342. Texas, tome 1, *par James A. Michener*
R343. Texas, tome 2, *par James A. Michener*
R344. Loyola's blues, *par Erik Orsenna*
R345. L'Arbre aux trésors, légendes, *par Henri Gougaud*
R346. Les Enfants des morts, *par Henrich Böll*
R347. Les Cent Premières Années de Niño Cochise
par A. Kinney Griffith et Niño Cochise
R348. Vente à la criée du lot 49, par *Thomas Pynchon*
R349. Confessions d'un enfant gâté
par Jacques-Pierre Amette
R350. Boulevard des trahisons, *par Thomas Sanchez*
R351. L'Incendie, *par Mohammed Dib*
R352. Le Centaure, *par John Updike*
R353. Une fille cousue de fil blanc, *par Claire Gallois*
R354. L'Adieu aux champs, *par Rose Vincent*
R355. La Ratte, *par Günter Grass*
R356. Le Monde hallucinant, *par Reinaldo Arenas*
R357. L'Anniversaire, *par Mouloud Feraoun*
R358. Le Premier Jardin, *par Anne Hébert*
R359. L'Amant sans domicile fixe
par Carlo Fruttero et Franco Lucentini
R360. L'Atelier du peintre, *par Patrick Grainville*
R361. Le Train vert, *par Herbert Lieberman*
R362. Autopsie d'une étoile, *par Didier Decoin*
R363. Un joli coup de lune, *par Chester Himes*
R364. La Nuit sacrée, *par Tahar Ben Jelloun*
R365. Le Chasseur, *par Carlo Cassola*
R366. Mon père américain, *par Jean-Marc Roberts*
R367. Remise de peine, *par Patrick Modiano*
R368. Le Rêve du singe fou, *par Christopher Frank*
R369. Angelica, *par Bertrand Visage*

R370. Le Grand Homme, *par Claude Delarue*
R371. La Vie comme à Lausanne, *par Erik Orsenna*
R372. Une amie d'Angleterre, *par Anita Brookner*
R373. Norma ou l'exil infini, *par Emmanuel Roblès*
R374. Les Jungles pensives, *par Michel Rio*
R375. Les Plumes du pigeon, *par John Updike*
R376. L'Héritage Schirmer, *par Eric Ambler*
R377. Les Flamboyants, *par Patrick Grainville*
R378. L'Objet perdu de l'amour, *par Michel Braudeau*
R379. Le Boucher, *par Alina Reyes*
R380. Le Labyrinthe aux olives, *par Eduardo Mendoza*
R381. Les Pays lointains, *par Julien Green*
R382. L'Épopée du buveur d'eau, *par John Irving*
R383. L'Écrivain public, *par Tahar Ben Jelloun*
R384. Les Nouvelles Confessions, *par William Boyd*
R385. Les Lèvres nues, *par France Huser*
R386. La Famille de Pascal Duarte, *par Camilo José Cela*
R387. Une enfance à l'eau bénite, *par Denise Bombardier*
R388. La Preuve, *par Agota Kristof*
R389. Tarabas, *par Joseph Roth*
R390. Replay, *par Ken Grimwood*
R391. Rabbit Boss, *par Thomas Sanchez*
R392. Aden Arabie, *par Paul Nizan*
R393. La Ferme, *par John Updike*
R394. L'Obscène Oiseau de la nuit, *par José Donoso*
R395. Un printemps d'Italie, *par Emmanuel Roblès*
R396. L'Année des méduses, *par Christopher Frank*
R397. Miss Missouri, *par Michel Boujut*
R398. Le Figuier, *par François Maspero*
R399. La Solitude du coureur de fond, *par Alan Sillitoe*

Collection Points

SÉRIE POINT-VIRGULE

V1. Manuel de savoir-vivre à l'usage des rustres et des malpolis, *par Pierre Desproges*
V2. Petit Fictionnaire illustré, *par Alain Finkielkraut*
V3. Quand j'avais cinq ans, je m'ai tué *par Howard Buten*
V4. Lettres à sa fille (1877-1902), *par Calamity Jane*
V5. Café Panique, *par Roland Topor*
V6. Le Jardin de ciment, *par Ian McEwan*
V7. L'Age-déraison, *par Daniel Rondeau*
V8. Juliette a-t-elle un grand Cui ?, *par Hélène Ray*
V9. T'es pas mort !, *par Antonio Skarmeta*
V10. Petite Fille rouge avec un couteau *par Myrielle Marc*
V11. Manuel à l'usage des enfants qui ont des parents difficiles, *par Jeanne Van den Brouck*
V12. Le A nouveau est arrivé *par Pierre Ziegelmeyer et Jean-Benoît Thirion*
V13. Comment faire l'enfant (17 leçons pour ne pas grandir) *par Delia Ephron*
V14. Zig-Zag, *par Alain Cahen*
V15. Plumards, de cheval, *par Groucho Marx*
V16. Bleu, je veux, *par Gisèle Bienne*
V17. Moi et les Autres, *par Albert Jacquard*
V18. Au vrai chic anatomique, *par Frédéric Pagès*
V19. Le Petit Pater illustré, *par Jacques Pater*
V20. Cherche souris pour garder chat, *par Hélène Ray*
V21. Un enfant dans la guerre, *par Saïd Ferdi*
V22. La Danse du coucou, *par Aidan Chambers*
V23. Mémoires d'un amant lamentable, *par Groucho Marx*
V24. Le Cœur sous le rouleau compresseur *par Howard Buten*
V25. Le Cinéma américain. Les années cinquante *par Olivier-René Veillon*
V26. Voilà un baiser, *par Anne Perry-Bouquet*
V27. Le Cycliste de San Cristobal *par Antonio Skarmeta*
V28. Tchao l'enfance, craignos l'amour *par Delia Ephron*
V29. Mémoires capitales, *par Groucho Marx*
V30. Dieu, Shakespeare et moi, *par Woody Allen*

V31. Dictionnaire superflu à l'usage de l'élite et des bien nantis, *par Pierre Desproges*
V32. Je t'aime, je te tue, *par Morgan Sportès*
V33. Rock-vinyl (Pour une discothèque du rock) *par Jean-Marie Leduc*
V34. Le Manuel du parfait petit masochiste *par Dan Greenburg*
V35. L'Oiseau Canadèche, *par Jim Dodge*
V36. Des sous et des hommes, *par Jean-Marie Albertini*
V37. De l'univers à nous, *par Robert Clarke*
V38. Pour en finir une bonne fois pour toutes avec la culture, *par Woody Allen*
V39. Le Gone du Chaâba, *par Azouz Begag*
V40. Le Cinéma américain. Les années trente *par Olivier-René Veillon*
V41. Mistral gagnant, chansons et dessins, *par Renaud*
V42. Les Aventures d'Adrian Mole, 15 ans *par Sue Townsend*
V43. Le Palais des claques, *par Pascal Bruckner*
V44. La Cuisine cannibale, *par Roland Topor*
V45. Le Livre d'Étoile, *par Gil Ben Aych*
V46. Les Dingues du nonsense, *par Robert Benayoun*
V47. Le Grand Cerf-volant, *par Gilles Vigneault*
V48. Comment choisir son psychanalyste *par Oreste Saint-Drôme*
V49. Slapstick, *par Buster Keaton*
V50. Chroniques de la haine ordinaire *par Pierre Desproges*
V51. Cinq Milliards d'Hommes dans un vaisseau *par Albert Jacquard*
V52. Rien à voir avec une autre histoire *par Griselda Gambaro*
V53. Comment faire son alyah en vingt leçons *par Moshé Gaash*
V54. A rebrousse-poil *par Roland Topor et Henri Xhonneux*
V55. Vive la sociale !, *par Gérard Mordillat*
V56. Ma gueule d'atmosphère, *par Alain Gillot-Pétré*
V57. Le Mystère Tex Avery, *par Robert Benayoun*
V58. Destins tordus, *par Woody Allen*
V59. Comment se débarrasser de son psychanalyste *par Oreste Saint-Drôme*
V60. Boum !, *par Charles Trenet*
V61. Catalogue des idées reçues sur la langue *par Marina Yaguello*